KB253177

한국문학의 담론

— 시간현상학과 웃음

정 신 재

국학자료원

책머리에

　<한국중견작가연구>를 펴낸 데 이어 일곱 번째 평론집을 선보인 게 된다. 그동안 우리의 문학 비평은 문학 이론의 창조보다도 외국 문학 이론의 수입에 치중되어 온 편이다. 우리의 문학 작품이나 비평사에 근거한 가치 평가보다도 외국에서 유행하는 비평 논리에 의해서만 작품을 재단하려 한다면, 비평가들은 노예와 같은 비굴한 태도로 인해 문화의 식민지 상태를 초래하게 되고, 독자들에게는 또하나의 사대주의적 세계관을 심어 놓을지도 모른다. 포스트모더니즘만 해도 그러하다. 그동안 지배 계층의 권익에 이용되어 온 문학을 주변부에도 옮겨 놓고자 하는 것이 해체의 논리이다. (물론 거기에는 그동안의 편협한 관점에서 벗어나 세계의 본질을 들여다보고자 하는 시각도 포함되어 있다.) 곧 해체는 제국주의적 이데올로기에 편승하여 문학 이론을 정리해 온 유럽이나 미국의 비평가들이 반성의 차원에서 들고 나온 것이어서, 그동안 소외시켜 왔던 주변부의 문학을 돌아보자는 의도도 포함되어 있다. 그러한 해체의 논리를 가지고 그동안 주변부에 있던 우리 문학을 들먹거린다는 것은 포스트모더니즘에 대한 역사적 배경도 없이 단순히 이론의 잣대만 이식하는 것이어서, 차라리 세계 문학의 시각에서 중심과 주변, 해체와 종합을 거시적 담론으로 바라볼 필요가 있다.

　포스트구조주의자들도 전통적인 문학 정전을 폐지하고 보다 포괄적이고 광범위한 관점에서 문학 정전을 새롭게 정의할 것을 주

장하고 있는데, 이들 이론가들은 시대의 변화에 따른 사회적 영향이나 정치적 효과에 따라서 문학 작품을 평가한다. 그렇다면 21세기를 앞둔 우리 문학은 한국의 현실과 관련된 정전을 정리해야 할 것이다. 그동안 우리의 비평은 리얼리즘/모더니즘, 정신주의/해체주의 등 이분법에 의해 틀에 맞는 작품만을 집중적으로 논의해 온 편이었다. 그러다 보니 그 틀에 들지 못한 다수의 작가들이 소외감을 느낀 것도 사실이다. 그래서 필자는 여러 개의 거울을 사용하여 몇몇 작품에서 그동안 인지하지 못했던 '깨달음'을 발견하고자 한다.

1999년 이문동 淸水齋에서

저자 씀

차 례

순진의 아이러니

제 2 부 김동인 소설 연구

김동인 소설 연구

제 3 부 변용의 미학

Ⅰ. 작가와 창작

Ⅱ. 수필 창작

Ⅲ. 체험과 실감유리

제 1 부 한국문학의 담론

제 1 부 한국문학의 담론

한국 현대시의 경계와 해체

1. 경계와 해체의 원형

<삼국유사>에서 [新羅始祖 赫居世王]편을 보면 다음과 같은 이야기가 나온다.

> 어느 날 왕은 하늘로 올라갔는데 7일 뒤에 그 죽은 몸뚱이가 땅에 흩어져 떨어졌다. 그러더니 왕후도 역시 왕을 따라 세상을 떠났다. 나라 사람들은 이들을 합해서 장사지내려 했다. 그러나 큰 뱀이 나타나더니 쫓아다니면서 이를 방해하므로 五體를 각기 장사지내어 五陵을 만들고 또한 이름을 蛇陵이라고 했다.[1]

혁거세왕의 죽음은 특이하다. 단군이 산으로 들어갔다고 죽음을 표현한 데 비하면 혁거세왕의 죽음은 보다 상위의 문화 양식을 가지고 있다. 단군의 죽음이 수렵 문화를 상징하는 것이었다면 혁거세왕의 죽음은 그 해체를 통한 새로운 문화의 성립을 요구했다. 원

---

1) 일연, 삼국유사, 이민수 역 (서울: 을유문화사, 1992), 66쪽.

래 우리의 신화는 탄생에 더 비중을 두고 있었다. 주몽·박혁거세 등의 탄생이 난생 신화를 바탕으로 한 것은 그만큼 神異함을 강조함으로써 초능력의 권위를 가지고 있음을 부각시키기 위한 것이었다. 그것은 부족 국가 시대에 중앙집권적인 이데올로기를 강조하기 위한 상징이었다. 그렇다면 죽음 역시 집권자의 이데올로기를 반영하는 상징 체계로 이용되었을 가능성이 높다.

그럼 혁거세왕의 죽음은 어떤 상징 체계를 가지고 있는가. 이는 두 가지 측면에서 생각해 볼 수 있다. 하나는 삶과 죽음으로 나뉘어진 경계의 인식이요, 다른 하나는 사체가 다섯 부분으로 나누어졌다는 해체의 인식이다. 전자는 生死觀이 반영된 것이며, 후자는 기존 관습으로부터의 일탈이 이루어진 것이다.

백성들이 합장을 하려 한 것은 기존의 관습에 머무른 것이다. 부부가 생전에도 함께 살았으니 죽어서도 함께 지내라는 뜻이 포함되었을 것이다. 그러나 '큰 뱀이 나타나서' 이를 방해하는 바람에 백성들은 결국 五體를 각각 나누어 장사지낼 수밖에 없었다. 이러한 생각은 백성들이 가지고 있던 기존의 관습적 사고를 뛰어넘은 것이다. 마치 예수가 제자들에서 떡을 나누어주며 '이것이 내 몸'(<마태복음> 26장 26절)이라고 말했던 것처럼, 왕은 사후에까지도 인간의 죽음과 인간성에 관한 다양한 의미를 제공했던 것이다.

필자는 데리다 등이 말하는 '해체' 의미를 이 '오체의 나누어짐'과 관련시켜 생각해 보고자 한다. '해체'가 세계나 존재의 본질을 제대로 파악하기 위해 기존의 이성과 선입견을 해체하는 데 그 의의가 있고, 대상 언어를 초월한 위치에서 메타 언어가 존재하는 것이라면, 오체의 나누어짐은 기존의 관습에서 일탈한 보다 포괄적인 위치에서의 담론이 아니었을까.

그런데 이런 시각은 바로 삶과 죽음의 경계에서 이루어진다. 위에 인용한 설화에서의 이야기는 삶과 죽음의 경계에서 전개된다. 바흐친에 의하면 '죽음은 인간의 성장과 재생의 과정에 있어 필요한 하나의 고리며 출생의 다른 면'2)인 것이다. 곧 죽음은 인간의 상상력을 신화의 세계로 끌어들이기에 충분한 경계를 가지고 있는 것이다. 왕의 시신이 하늘로 올라갔다가 다시 땅에 흩어져 떨어졌다는 것도 하늘—햇빛·물·계절의 순환 등—과 땅—곡식의 수확—의 경계를 인식한 데서 생긴 세계관이다. 마찬가지로 중세의 신 중심의 세계관에서 르네상스 이후 인간 중심의 세계관으로의 변화도 분명한 경계가 설정되어 있었으며, 합리주의와 모더니즘 사이에도 분명히 경계가 존재하고 있다. 포스트모더니즘에서 현실과 시의 경계가 해체되고, 고급 문화와 대중 문화의 경계가 무너지며, 제국주의 이데올로기 중심에서 주변적인 것으로 옮겨가는 추세에 있다고 하지만, 이러한 경계의 해체나 붕괴는 경계의 인식에서 출발한 것이 아닐까.

최근 정치적으로는 동구 공산주의의 몰락과 중국의 개방, 소련의 붕괴와 그에 따른 냉전 이데올로기의 종식을 목격했고, 사회적으로는 후기 자본주의 사회, 대중매체사회를 경험했지만, 우리 사회는 엄연히 분단 현실이라는 경계가 자리잡고 있다. 이러한 여러 가지 여건에 비추어 볼 때, 경계는 새로운 세계에 대한 인식의 출발점이 되기도 하고 경계의 무너짐은 새로운 구조로의 편입을 종용하며, 의미의 산종을 나타내기도 하는 것이다.

그럼 우리 문학 비평에서의 경계는 어떤 의미를 지니는 것일까.

한국 문학의 경계는 한국의 역사적 상황 속에서 자생된 현상이

---

2) 김욱동, 대화적 상상력 (서울: 문학과지성사, 1991), 253쪽.

다. 식민지 현실에서는 현실 극복을 위하여 민중은 각기 민족주의와 사회주의 논리를 끌어들였고, 분단 현실에서도 한때 이분법적 시각이 제시되기도 하였다. 이에 따라 비평에서도 이분법의 시각이 제시된다. 이러한 시각은 비평의 흐름을 식민지 시대 카프(KAPF) 문학/민족주의 문학, 해방 공간의 좌/우익 논쟁, 60년대 순수/참여 논쟁[3][4], 80년대 리얼리즘/모더니즘 논쟁[5]으로 이분법화함으로써 '우리에게 거시적 안목을 가져다 준 반면 개별 문학의 심층적이고 정밀한 논의에 이르는 것을 방해하는 경직된 사유를 조장'[6]하기도 하였다. 그러나 80년대의 리얼리즘/모더니즘의 이분법은 90년대에 정신주의가 주장되면서 새로운 전기를 맞게 된다. 곧 식민지 현실에서 국민문학/프로문학/모더니즘이 엄연히 존재했던 것처럼, 80년대에 순수문학/리얼리즘/모더니즘, 90년대에 정신주의/민중문학/포스트모더니즘 등의 삼분법이 한국 문학의 실재로 자리잡지 않았나 하는 생각이 든다. 나아가 더 다양한 대립항이 존재할 수 있다는 징후가 발견되기도 한다. 최동호는 80년대까지 우리 시의 약점을 '순수주의, 민중주의, 달관주의, 파괴주의'[7]로 요약하였으며, 우리의 생태시를 '민중적 생태 지향시, 전통적 생태 지향시, 모더니즘적 생태 지향시'[8]로 분류했다. 또한 정정호는 포스트모더니즘편에서 나

---

3) 1960년대 순수문학과 참여문학 문제를 놓고 우리 나라 문단에서 일어난 논쟁으로, 문학의 사회 비판·현실 인식 기능을 주장하는 쪽과 문학의 탈이념적 독자성을 주장하는 쪽이 서로 맞섰다.
4) 오형엽, 시적 실험과 시적 초월의 성과 및 한계 (<문학사상> 320호, 1999. 6), 108쪽.
5) 김성곤, 뉴미디어 시대의 문학 (서울: 민음사, 1996.7), 346쪽.
6) 오형엽, 전게서, 108쪽.
7) 최동호, 삶의 깊이와 시적 상상 (서울: 민음사, 1995), 13쪽.
8) 최동호, 에코토피아와 인간의 존엄성 (<월간문학> 364호, 1999.6), 39쪽.

타난 시적 특성을 이승훈이 정리한 해체시, 김준오가 정리한 도시시, 박상배가 정리한 일상시로 분류9)하기도 하였다. 이는 하나의 대립항 속에 여러 요소를 내포하고 있다는 뜻으로 해석되기도 한다.

그래서 90년대 우리 시의 실재는 크게 세 갈래로 분류될 수 있을 것 같다. 곧 첫째는 최동호 등이 주장하는 정신주의 시, 둘째는 이승훈 등이 주장하는 해체주의를 포함한 포스트모던 시, 셋째는 민중시의 삼분법이 가능할 듯하다. 이는 식민지 현실에서의 순수시/프로시/모더니즘시, 60년대의 순수문학/참여문학/모더니즘, 90년대의 정신주의 시/민중시/포스트모던 시라는 흐름과 맥락을 같이 한다.

이러한 분류는 리얼리즘을 순수/참여로 양분하고 여기에 모더니즘을 대립함으로 내세운 것이다. 식민지 시대의 리얼리즘은 김동인·염상섭·현진건으로 대표되는 순수 리얼리즘과 김남천·임화·조명희 등으로 대표되는 참여 리얼리즘으로 양분할 수 있다. 두 리얼리즘의 공통점은 가난 현실의 폭로, 매춘 등의 성적 타락 고발 등을 통하여 일본의 식민지 전략에 나타난 이율배반성이나 허구성을 폭로하는 데서 발견된다. 그러나 전지기 인생 문제의 제시나 시대의 반영 등에 중점을 두는 반면 후자는 자아 개조, 부조리한 현실 고발, 프롤레타리아에 의한 혁명 의지 등에 초점을 맞추어 전개된다. 그러나 후자는 일본 경찰의 두 차례 강제 해산에 결정타를 맞고 박영희·백철 등의 반성10) 등 여러 원인에 의하여 민

---

9) 정정호 편, 포스트모더니즘과 한국문학 (서울: 글, 1991), 20-22쪽.
10) ·박영희: 남은 것은 이데올로기요 잃은 것은 예술성이다.
　　·백철: 근대 리얼리즘이 맹목적으로 외부의 사실에 굴종해 갔다고 하면 지금까지의 프로 문학의 리얼리즘은 이데올로기와 세계관의 방법과 공식주의에 무비판적으로 복종해 간 폐단이 없지 않았다.

중 속으로 잠복하게 된다. 그러나 이들의 존재는 소멸된 것이 아니어서 광복 후에 다시 고개를 들게 된다. 여기서 작가의 현실 참여는 우리 민족의 역사적 상황이 불의한 현실 쪽으로 기울거나 사회적 혼란이 가중될 때는 그동안 잠복해 있던 저항의 근성이 언제든 돌출 될 수 있다는 흔적을 발견하게 된다. 따라서 필자는 90년대 문민 정부가 들어선 이후 소멸된 듯한 민중 문학이 사실은 잠복해 있다고 해석하고 싶다. 곧 민중 문학은 정신주의나 해체주의 등으로 변주를 하긴 했지만, 위기의 상황이 펼쳐지면 집단적인 응전력을 보일 것으로 예견되므로 삼분법은 엄연히 존재하는 것이다.

식민지 시대의 모더니즘은 서양의 문예 사조를 수용하면서 나타난 현상이다. 물론 김기림이 <기상도>에서 보이는 것처럼 물질 문명에서의 인간성 회복보다는 문명 예찬으로 비쳐지는 오류를 범한 면이 없지 않지만, 李箱의 <오감도> 등에서 보이는 바와 같이 식민지 현실에서의 질식할 것 같은 상황에서의 내면 심리와 자아 분열 양상을 표현하는 등의 주체적인 수용의 측면도 있다. 따라서 50년대 '후반기 모더니즘 시인들', 60년대의 김수영·김춘수, 80년대의 이승훈·황지우, 90년대의 장정일·유하 등 모더니즘에서 포스트모더니즘으로 이어지는 전통 역시 식민지 시대에서 그 기원을 찾아야 할 것 같다.

그러나 순수문학/참여문학과 같은 이분법이나 정신주의/리얼리즘/포스트모더니즘과 같은 삼분법은 대립항으로 이루어진 실재로서 한국 문학의 계보화에는 성공하였을지 몰라도 비평의 경직성을 가져온 것만은 확실하다. 이러한 경직성은 비평의 고립화를 자초한다. 더구나 비평은 학술 논문과 교직되어 현학적인 경우도 있다. 그것은 독자와의 괴리감을 가져오며, 어떤 틀 속에 모양이 잡혀진 작품만을 비평 대상으로 다루게 한다. 그래서 각 대립항의 요소들을 혼성 모방하거나, 대립항간의 대화를 통해 새로운 구조의 질서를 모색하게 된다. 따라서 필자는 각 대립항간의 대화 가능성을 고찰하고자 한다.

2. 민중 문학의 향방

(1) 민중 문학의 전통

민중문학론자들은 60년대의 순수/참여 논쟁과 7,80년대의 정치 상황에 대한 체제 비판을 통하여 그들 나름대로의 입지를 확보해 왔다. 이들의 불의한 현실에 대한 날카로운 비판은 80년대 신군부 세력에 대한 불만을 가지고 있던 보수 중산층의 암묵적인 지지를 얻게 된다. 이때 민중문학론자들은 80년대에 민중적인 저항과 함께 논리적인 힘을 기를 수 있었다. 그러나 이때의 지지는 음모를 감수하고 '사회 정의'라는 위선을 내세운 정치 권력의 억압을 분쇄하기 위한 동조였지 적극적인 지지는 아니었다. 이는 문민 정부가 들어서면서 민중 문학에 대한 동조가 현저히 줄어든 것을 보아도 알 수 있다. 엄밀히 말하자면 민중 문학에 대한 동조는 80년대의 정치 상황에서 생긴 일시적인 동조였고, 현장 노동자나 대학생 계층 중심의 부분적인 동조였지, 사무직 노동자나 기성 문인들의 전폭적인 지지를 받았다고 보기 어렵다. 이를 극복하기 위하여 민중문학론자들은 시에서의 이야기체를 제시한다.

이야기체는 원래 임화의 [양말 속의 편지] 등의 시에서 비롯되었다. 서사 구조를 시에서 실험하기 위해 스토리나 사건을 끌어들이는 이야기체(담시체)는 백석·이용악 등의 시에서도 나타난다. 이 이야기체는 80년대의 현실에서 불의한 현실을 고발하고 노동자들의 생생한 삶을 전달하는 데에 아주 효과적이었다. 이는 식민지 현실에서 임화 등이 시도했던 대중성 확보의 실패와는 구별된다. 식민지 현실에서의 프로문학은 지식 계층이 주도하였다. 그들은 '프롤레타리아 옹호'라는 그들의 주장과는 다른 계층이었다. 그들은 비교적 무지한 편에 속했던 노동자·농민 계층을 독자로 확보하기 위하여 대중성을 끌어들이고 민요조를 시에 실현하려 하나, 그것은 시를 질적으로 끌어내리는 역할을 할 뿐이었다. 왜냐하면 노동자나 농민은 눈앞의 배고픔을 해결하느라 문학 잡지를 사 볼 경제력 여력이 없었다. 그러나 이야기체는 나름대로의 전통성을 확립한다.

80년대에 민중시가 활기를 띨 수 있었던 것은 이야기체 뿐만 아니라, 민중 문화와 함께 전개되었기 때문이다. 애초에 민중 문학은 박노해 등의 노동자 출신 문인들의 작품과 지식 계층의 이론적 지원 아래 형성된 것이었다. 특히 노동자 계층 문인들은 기존 작가들의 미학 이론과 괴리된 채 노동 현장의 생생함을 전달하는 데 치중하면서 노래마당을 비롯하여 굿·연희 등으로 기존의 장르를 초월한 놀이나 카니발의 형식으로 발전시켜 나간다. 원래 바흐친이 말한 '카니발'은 웃음을 동반한다. 그리고 그 웃음의 이면에는 '중세기의 종교적·봉건적 문화가 지니고 있는 공식적이고 진지한 풍조에 반대'11)하는 입장이 들어 있다. 한 마디로 말해서 카니발의 세계에서는 종교적이건 정치·사회적이건 혹은 심미적이건 모든

---

11) Bakhtin, Mikhail, Rabelais and His World. Trans. Helene Iswolsky. Bloomington: Indiana University Press, 1984. 4쪽.

공식적인 제도나 인습, 권위로부터 완전히 자유롭게 해방된 삶이 펼쳐진다. 바흐친에 의하면 지배 계급인 상류 사회의 귀족들이 향유하는 문화인 공식적인 문화와 피지배 계급인 일반 서민과 민중들이 향유하는 비공식적인 문화 사이에는 끊임없는 긴장과 갈등이 존재한다. 그런데 카니발이 진행되는 동안에는 非카니발적인 삶의 구조와 질서를 결정하는 법률과 금지, 제약들이 정지되고 자유와 평등이 지배한다. 곧 라틴어나 방언으로 씌어진 구어체나 문어체로 된 패로디, 욕지거리나 악담 혹은 저주와 같은 이른바 '상소리 장르', 카니발 축제나 장터에서 벌어지는 희극 쇼와 같은 儀式的인 구경거리 등의 해학적 형식이 자리잡게 된다. 이와 같은 카니발에서 웃음은 한편으로는 파괴적인 요소를 지니고 있으면서도 다른 한편으로는 창조적이고 생성적인 요소를 지니는 양면 가치적인 성격을 가진다.

카니발은 비단 서양이나 러시아에서만 있었던 양식이 아니다. 그것은 한국 문화에서도 보편적 양식으로 자리잡고 있었다. 가령 [봉산탈춤]은 봉건 질서가 무너지고 상업 자본주의가 득세해 가면서 나타난 카니발이며, 거기에는 양반의 허세와 비리를 희화화하는 패러디 양식과 웃음이 介在해 있었다. 곧 '봉산탈춤'에는 공식 문화에 대한 비공식 문화의 비판과 웃음이 들어 있다. 양반의 문벌의식과 허세와 사치와 현학의 허세는 양반을 조롱하는 편이나 시조 짓기, 破字 놀이, 시조짓기 놀이 등 양반들의 공식적인 문화를 흉내내면서, 그것은 다시 패러디에 의해서 비판된다. 이 놀이마당에서의 웃음은 양반들의 허세를 비판하는 파괴적인 요소를 지니면서 새로운 서민 문화를 창조하려는 생성적인 요소를 가지고 있다. 곧 탈춤 놀이는 공식적인 제도나 인습, 권위로부터 완전히 자유롭게 해방된 새로운 삶의 공간을 몽상하게 하며, 그동안 봉건 제도에 의해 억압되었던 민중은 권위와 위계 질서의 장벽을 과감하게 무너뜨리고 본래의 인간성을 적나라하게 표출시킨다.

여기서 탈은 극중 인물을 극도로 典刑化시켜 사회적인 모순을 날카롭게 나타내는 효과적인 수단이다. 또, 탈을 쓰고 나면 남녀노소 신분상의 차이가 없어지므로, 놀이마당은 그만큼 신명이난다. 탈은 획일성과 유사성에 대한 극단적인 아이러니여서 기존 체제에의 순응을 거부한다. 그것은 봉건 제도의 공포와 인간의 영혼을 억압하는 모든 것을 웃음을 통해 파괴하고자 하는 데에서 창조적이고 생성적인 힘이 있다.

19세기 말부터 20세기 초에 나타난 '봉산탈춤'이 파괴와 생성이라는 양면 가치적인 성격을 가지는 웃음을 동반하였듯이, 현대의 민중시 역시 불의의 현실에 대한 비판적 안목에서 나온 긴박감과 웃음이라는 대립항이 존재한다. 음모를 숨기고 위선에 찬 권력을 와해시키기 위해서 민중론자들은 '모든 사회 관계를 계급으로 환원'[12]시킨다. 이는 불의의 권력을 분쇄시키기 위해 또하나의 권력을 생성하기 위한 전략이었다. 그러나 민중의 권력은 저항 세력을 형성한다는 데서 의의를 찾을 수 있을지는 몰라도 독단적 사고나 획일적 행동을 유발하기도 한다. 그리고 그러한 행동은 보수 중산층에게 혐오감을 주기 쉽다. 이때 독단을 견제하기 위한 대립항으로 필요한 것이 웃음이다. 다음의 시는 불의의 현실에 대한 비판이나 저항의 대립항으로서의 웃음을 동반한 작품이다.

---

12) 구모룡, 민중시의 개념과 근원을 둘러싼 논의들(<문학사상>, 1999.6), 85쪽. 특히 80년대 후반의 노동계급 중심주의는 민중 개념의 유연성과 구체성을 포기하고 모든 사회 관계를 계급으로 환원한다. 이것은 현실사회주의의 붕괴와 함께 민중 개념을 몰락시키는 효과를 가져왔다.

1) 꽹과리를 앞장 세워 장거리로 나서면
따라붙어 악을 쓰는 건 쪼무래기들뿐
처녀애들은 기름집 담벽에 붙어 서서
철없이 킬킬대는구나.
보름달은 밝아 어떤 녀석은
꺽정이처럼 울부짖고 또 어떤 녀석은
서림이처럼 해해대지만 이까짓
산구석에 처박혀 발버둥친들 무엇하랴.
비료 값도 안 나오는 농사 따위야
아예 여편네에게나 맡겨 두고
쇠전을 거쳐 도수장 앞에 와 돌 때
우리는 점점 신명이 난다.
한 다리를 들고 날라리를 불거나.
고갯짓을 하고 어깨를 흔들거나.
　　　　　　　—— 신경림, [농무] 부분

2) 환장하겠어요 양반님네들, 입은 삐뚤어졌어도 말이야 바로
해야지요. 남자는 잔을 잘 돌려야 출세하고, 여자는 치마를 잘 벗
어야 출세한다는데 어디 이 세상이 꼭 고렇고 고렇던가요. 나같은
말뚝이놈은 아무리 잔을 잘 돌려 보아야 부동산 투기 한 번 못할
게고, 증권 투기 한 번 못할 거예요. 이 꼴에 그 흔한 기생파티나
부정축재는 더구나 저승에 가도 못할 거예요. 근본이 쌍것이라 그
런 줄은 알고 있어요. 나도 명색이 사내 대장부인데 일 잘하고 욕
만 서말이라 매만 서말이라. 저토록 호소했으면 알 게 아니어요.
제 에미와 붙을 양반인지 좆반인지, 허리꺾어 절반인지, 개다리 소
반인지, 꾸레미전에 백반인지 나보다 유식한 양반놈들은 알게 아
니어요. 내가 왜 중진국 소리만 들어도 눈물이 나는가를. 내가 왜
넘어가는 해만 보아도 눈물이 나는가를, 나같은 말뚝이놈은 그저
그렇다 하면 그런 줄 아는 것만이 행복이고 평화라는 걸 알고 있

어요. 집과 권세는 날이 갈수록 낡기 마련이고, 사랑과 덕망은 날
이 갈수록 향기롭다는 것도 알고 있어요. 봄은 잎을 피우고, 가을
은 잎을 털어냄이 진리인데, 환장하겠어요 양반님네들, 입은 삐뚤
어 졌어도 말은 바로 해야지요.
　　　　　　　　　　　　　　── 정의홍, [말뚝이] 제2경

　1)은 '비료값도 안 나오는 농사'를 지어야 하는 농민의 설움을
'신명'나는 춤으로 극복하고자 하는 민중의 의지를 엿보게 하는 작
품이다. 화자는 민중을 우매하게 하는 권력의 권모술수를 알고 있
다. 여기서 권력을 가진 위정자는 등장하지 않고 농촌의 풍경─그
것도 소외받는 민중의 모습─이 그려진다. 그들은 '철없이' 낄낄대
고, 해해댄다. 그러나 화자는 그들의 우매한 웃음 뒤에 가려진 보
이지 않는 권력을 통찰하고 여유 있는 태도를 보인다. 이러한 태도
는 김소월 등이 보였던 한의 미학과는 또다른 개성을 풍긴다. 한과
해학이 전통이라는 측면에서는 같은 맥락을 보이지만, 신경림의
[농무]는 한을 웃음과 춤으로 변용시키는 점에서 민중 시학으로서
의 가치가 있다. 김수영의 [풀] 등이 억압의 현실에 대하여 끈기
있는 생명력으로 대처하면서 울음과 웃음의 대립항으로 전개하는
데 비하여, 신경림의 [농무]는 농민들의 한을 웃음과 춤으로 극복
해 가는 점에서 역동성이 있다.
　2)의 시는 민중시가 앞으로 어떻게 발전해야 할 것인가에 대한
하나의 단서가 된다. 여기에는 봉산탈춤의 어조를 통해서 자본주의
의 비리를 통렬하게 조소하는 듯한 웃음이 배어 있다. 중요한 것은
물신주의의 횡행에 대한 날카로운 비판이 흥겨움으로 전개된다는
점이다. 포스트모던 시가 문학이 후기 자본주의적 특성에 의해 상
품화·대중화되고　영상 매체의 영향을 받아 도시화·문명화·일

상화되는 것을 해체·패스티쉬·요설 등의 기법을 통해 반영한다면, 정의홍의 시는 봉산 탈춤이나 판소리와 같은 전통적인 어조를 통해 후기 자본주의의 부정적인 면을 비판한다.

문민 정부가 들어서자 보수 중산층은 후기 산업사회에서 생산보다 우위를 차지하는 소비에 관심을 가진다. 그리하여 고급 소비가 신분 상승을 가져올 수 있다는 신념에 쌓인 보수 중산층은 80년대의 민중 문학을 외면해 버린다. 그러나 민중 문학의 장점은 불의의 현실을 목격할 때마다 뜨겁게 타오르는 역동적인 힘이 잠재해 있다는 점이다. 그리고 그 힘은 웃음을 동반한 풍자나 해학 등으로 나타난다. 따라서 70년대 이후 민중 문학이 관료적 권위주의를 통한 억압이나 후기 자본주의의 파행적이고 복합적인 독단에 대하여 여유와 웃음을 가지고 대처하였듯이, 제국주의 이데올로기가 와해되고 이전의 중심부에 해당하던 것이 주변부로 밀려나는 추세에 있는 요즈음 정보화 사회나 후기 자본주의 사회의 폐해에 대한 대응이 웃음의 대중성과 함께 새로운 전략으로 제시되어야 할 것이다.

민중 문학은 30년대 임화가 [양말 속의 편지] 등을 통해 드러낸 '서사 구조의 실험'이라는 담시체(이야기체)의 전통을 확립해 놓았고, 창조적이고 생성적인 요소로서의 여유 있는 웃음을 계승하였다. 아울러 민중 문학은 쇠퇴한 것이 아니라 잠복해 있다는 생각이 든다. 그것은 80년대의 비판 대상이 사라지자 모더니즘을 수용하거나, 웃음이나 일상성을 포용함으로써 대중성으로 변주할 몸짓을 취하기도 하며, 김지하 시인의 경우처럼 생명주의로 변주되기도 한다. 또한 민중 문학은 불의의 현실에 처했을 때 용광로처럼 타오를 응전력을 내부에 간직하고 있다.

(2) 민중 문학의 변주

1996년 11월 '민족문학작가회의'와 '민족문학사연구소'가 공동으로 기획한 <민족문학의 갱신을 위하여>라는 심포지움이 있었다. 진정석은 [민족문학과 모더니즘]에서 새롭게 변화된 환경에서 더 이상 리얼리즘의 우위성을 고수하지 말고 대신 근대성을 바탕으로 리얼리즘과 모더니즘, 특히 모더니즘을 적극 수용해야 한다고 주장한다. 이 주장에 대하여 80년대 후반 리얼리즘 논쟁에서 일역을 담당했던 윤지관과 김명환이 각각 [문제는 '모더니즘'의 수용이 아니다](<사회평론 길> 97.1)와 [민족문학론 갱신의 노력](<작가> 97.1,2월)으로 진정석의 견해에 비판을 가하면서 논쟁이 시작되었다[13]. 후자의 주장은 민중문학의 활로는 모더니즘의 전면적인 수용이 아니라 오히려 기존 리얼리즘의 심화·확대를 통해서 가능하리라는 것이다.

진정석은 기존의 민중문학론과 리얼리즘으로는 놀라운 속도로 급변하고 있는 90년대의 현실을 포착할 수 없고, 뛰어난 문학적 성취를 보장하는 이념적 지표로서의 기능도 상실했다고 문제를 제기한다. 그는 민중문학의 위축은 민족사의 특수한 과제에 대한 문학적 응전의 측면만을 강조한 나머지 근대성이라는 인류사의 보편적 경험이 제기하는 문제에 적절히 대응하지 못했다는 것이다. 이런

---

13) 강진호, 복고바람과 진보진영의 모색(<한국문학평론> 4호, 1997.12), 166쪽. 여기에 대해 진정석이 [모더니즘의 재인식](<창작과 비평>, 97년 여름)에서 그것을 재반박하고, 그것을 다시 윤지관과 김명환이 [민족문학에 떠도는 모더니즘의 유령](<창작과 비평>, 97년 가을)과 [달을 가리키는 손가락보다 달을](<작가>, 97년 9·10월)로 각각 응수하면서 논쟁은 점차 가열되었다.

진단을 바탕으로 진정석은 그 대안으로 "근대성 범주를 가운데 놓고 리얼리즘과 모더니즘의 이분법적 도식을 재고하자"고 주장한다. 이에 대하여 윤지관은 다음과 같이 반론을 제기한다. "리얼리즘이 우리 현실에서 가지는 생명력은 서구와는 다른 우리의 역사적 상황에서 생겨나고 유지된 것이다. 그것을 전제하지 않은 논의는 모더니즘과 리얼리즘을 공평하게 대접해야 한다는 내용없는 절충론에 불과하"며, 낮은 의미의 속류 리얼리즘을 보완하기 위해서 모더니즘을 끌어들여야 한다는 것은 잘못이고 그것은 오히려 리얼리즘의 심화를 통해서 극복될 사안이라는 게 윤지관의 주장14)이다. 아울러 윤지관은 [민족문학에 떠도는 모더니즘의 유령]에서 한국 문학에서 모더니즘의 위상에 대한 검토를 전개한다. 7,80년대 한국 모더니즘은 사회운동과 결합되지 못하고 정치 현실과 무관한 언어 실험의 틀 속에 자리잡으며 추상화의 도를 높여갔으며, 제3세계적 특수성으로 인해 80년대는 모더니즘보다 리얼리즘이 더 선호되었다고 정리한다. 따라서 중요한 것은 이들에 대한 객관적 평가와 이를 진정한 인간의 해방으로 이룩해 나갈 전망을 모색해 보는 일이라고 윤지관은 주장15)한다.

진정석과 윤지관의 주장을 정리하면, 전자는 근대성을 바탕으로 리얼리즘과 모더니즘, 특히 모더니즘을 적극 수용하자는 것이요, 후자는 진정석의 주장은 "내용없는 절충론"에 불과하니 리얼리즘의 심화를 통해서 "민족문학의 갱신"이 필요하다는 것이다.

이에 대하여 강진호는 두 사람이 "모두 민족문학론의 위기를 타개하기 위해 모더니즘을 긍정적으로 수용해야 하며, 리얼리즘과 모

---

14) 상게서, 169쪽.
15) 상게서, 170쪽.

더니즘에 집착하지 말고 근대성을 중심으로 문제를 재인식해야 하고, 또 광활한 현실의 리얼리티를 재인식해야 하고, 또 광활한 현실의 리얼리티를 적극 수용해야 한다는 동일한 문제의식을 갖고 있다"16)고 진단하고, "문제는 리얼리즘이냐 모더니즘이냐 하는 편 가르기가 아니라 근대성에 대한 미적 대응의 상이한 방식을 인정하고 그러한 시각을 바탕으로 현재와 과거의 문학을 민족문학의 견지에서 폭넓게 수용하는 일"17)이라고 주장한다.

그러나 이들의 주장에는 어딘가 편협한 면이 없지 않다. 우선 이들은 "민중문학"이라는 용어 대신 "민족문학"이라는 용어를 사용하고 있다. 아마도 이들의 견해에는 "민중문학=민족문학"이라는 고착된 사고가 자리잡고 있는 듯하다. "민족문학"이라는 용어는 수많은 외침을 당해 온 역사적 환경에서 제국주의적 이데올로기나 외세에 대응하는 우리 문학 나름대로의 특수한 조건에서 생성된 개념이다. 그래서 이 용어에는 정신주의·해체주의·리얼리즘 등을 포괄하는 보다 보편적인 경험이 깔려 있다. 그런데 이 용어를 리얼리즘이나 민중문학의 테두리에서 묶는 것은 7,80년대의 특수한 상황에서 왕성했던 담론에만 한정시키는 결과를 자아낼 것이며, 그것은 새로운 시대에 대한 대응 전략이 못되어 과거의 문학적 사실에만 고착되는 현상을 낳고 말 것이다. 따라서 민중문학을 민족 문학에 너무 고착되게 연계시키는 것은 과거 일제 식민지 현실 때부터 문단에서 광범위하고 줄기차게 사용해 온 용어를 어느 하나로 축소시키고 결국은 "민중문학의 죽음이나 쇠퇴"를 "민족문학의 죽음이나 쇠퇴"로 오해하게 할 소지도 있는 것이다.

---

16) 상게서 170쪽.
17) 상게서, 172쪽.

또한 민중문학을 리얼리즘이나 모더니즘의 측면에서만 다루는 것도 문제이다. 우리 문학이 이런 측면에서만 형성되어 온 것은 아니다. 식민지 시대에는 순수 문학이 우세하고 프로 문학이 쇠퇴했던 때도 있었으며, 광복 후에는 좌/우익이 논쟁을 벌이던 때도 있었고, 60년대에는 순수/참여간에 논쟁이 있었던 때도 있었다. 최동호는 우리 현대시의 역사를 다음과 같이 정리한다.

> 1) 우리 현대시의 역사를 돌이켜보자면, 우리 시는 서정에서 현실의 길로 걸어나왔다고 한다. 그러나 이제 1990년대의 상황 속에서 우리 시는 현실에서 서정의 길로 나아가야 할 것이다. 필자는 그것을 한용운적 서정시에서 이육사를 거쳐 김지하적 서정시로의 길이 그동안 우리 시가 걸어나온 하나의 길이라고 거칠게 요약할 수 있다고 본다.[18]

> 2) 1980년대까지 우리 문화의 전진적 추진력을 활기차게 이끌어왔던 리얼리즘 시의 약화 이후 유행처럼 번지기 시작한 포스트모더니즘 계열의 시들은 급변하는 시대적·사회적 와중에서 새로운 활로를 찾기보다는 사회 분위기에 편승하여 현실 추수적·해체적·파괴적·허무적 시들로써 독자들의 호기심을 자극하고 있다는 것이 필자의 솔직한 판단이다.[19]

이상과 같이 한국의 현대시는 그 흐름에서 중심이 되는 사조가 나타나긴 했지만, 그렇다고 삼분법에 해당하는 다른 사조들이 전혀 무시된 것은 아니었다. 80년대에도 리얼리즘이 두드러진 양상으로 나타나긴 했지만, 엄연히 많은 독자들은 전통 서정시를 좋아했다.

---

18) 최동호, 삶의 깊이와 시적 상상(서울: 민음사, 1995), 50쪽.
19) 상게서, 19쪽

따라서 민족문학은 정신주의/해체주의/리얼리즘(민중문학)을 포괄하는 시각에서 다루어져야지, '민중문학=민족문학'과 같은 편파적 시각은 우리 문학을 사시적으로 보게 할지도 모른다.

3. 정신주의의 과제

민중시가 퇴각하면서 80년대 후반부터 90년대에 이르기까지 두드러지게 나타난 사조가 정신주의와 해체주의이다. 이 두 사조는 최동호, 김준오/ 이승훈, 박상배 등에 의해 대립항으로 자리잡게 된다. 이들 대립항은 각기 지지하는 작가들에 의하여 논쟁으로까지 발전하게 된다.

최동호는 평론집 <삶의 깊이와 시적 상상> 서문에서 "중심이 해체되고 변방의 경계가 모호해진 1990년대의 혼돈 상황에서 인간적인 삶의 지향점으로 '정신주의'가 절실히 요구된다고 보았기 때문"[20]이라며 정신주의의 타당성을 술회하였다. 그리고 "컴퓨터의 용도가 가공할 힘을 발휘할수록 그리고 물신주의적 마성에 깊이 빠져들 위험이 커질수록 인간의 인간다움을 지켜 주는 것이 시적 상상의 힘이요, 그 중심에 자리잡고 있는 것이 정신주의"임을 강조하였다. 그러면서 그는 "민중시의 경직성[21]이나 해체시의 자기 파괴"를 비판[22]하였다. 그는 "포스트모더니즘이란 이름하에 행해진

---

20) 상게서 (서울: 민음사, 1995), 5쪽.
21) 상게서, 72쪽. 1970년대에서 1980년대를 관통하는 동안 리얼리즘 시의 추진력은 우리 사회의 동적 에너지에 힘을 가하면서 긍정적 역할을 담당했지만 이데올로기적 경직화라는 부정적 영향도 미쳤던 것도 사실이다.
22) 상게서, 14쪽. 전통적인 서정에도 커다란 변화가 요구될 터이며, 민중시의

온갖 부정적·허무적 행위들은 필연적으로 시를 부정하고, 문화 그 자체를 부정하고, 끝내는 자기 자신마저 부정하는 결과를 가져오고 말 것"[23]이라면서, 포스트모던 시가 안고 있는 반목적주의가 낳고 있는 종말론적 세계 인식, 세속적 에로티시즘의 광범위한 확산, 개인주의적 성향 등을 비판[24]하고 정신주의를 생성적 관점에서 파악하고자 한다. 그의 정신주의는 전통적인 서정에서 변주된 것[25]이며, "절제된 정신을 기반으로 한 확고한 세계관"[26]을 바탕으로 한다. 최동호는 정신주의에 대해 네 가지 명제를 단다. 1) 과도기적 상황에서 언제나 새로운 역사 지평의 확대를 모색, 2) 정적인 시학을 부정하고 동적인 시학을 지향하여 보수적 고착성을 타파, 3) 세속주의를 거부하면서 현실의 현실성에 대한 각성을 촉구, 4) 한국적인 신성함의 추구와 더불어 인간 존재의 고귀성을 고양[27]은 정신주의가 추구하는 주된 특성이다. 이는 전통 서정시의 보수적인 면을 타파하면서 역사의식과 생태주의를 끌어들이겠다는 의도를 내포한다.

경직성이나 해체시의 자기 파괴도 더 이상 세인의 관심을 끌기 어려울 것이다. 더욱이 세속화되고 물신주의의 힘에 고통받는 인간성을 지키기 위해서는 정신주의적 자기 극복이 절대적인 명제가 될 것이다.

23) 상게서, 84쪽.

24) 상게서, 74-76쪽.

25) 상게서, 50쪽. 우리 현대시의 역사를 돌이켜 보자면, 우리 시는 서정에서 현실의 길로 걸어 나왔다고 한다. 그러나 이제 1990년대의 상황 속에서 우리 시는 현실에서 서정의 길로 나아가야 할 것이다. 필자는 그것을 한용운적 서정시에서 이육사를 거쳐 김지하적 서정시로의 길이 그동안 우리 시가 걸어나온 하나의 길이라고 거칠게 요약할 수 있다고 본다. 정신주의 시의 중심 줄기가 여기에 있다.

26) 상게서, 16쪽. 시의 엄격성을 유지하는 것은 언어나 형식만이 아니다. 외적 형식을 가능케 하는 절제된 정신을 기반으로 한 확고한 세계관이 이를 떠받치고 있어야 한다.

27) 상게서, 21-35쪽.

이에 대하여 김준오는 정신주의가 노장사상과 선사상을 수용하면서 다음과 같은 세 가지 특성을 가지고 있다고 주장한다. 첫째, '비움'의 세계, 둘째, 수락의 긍정적 태도 또는 현실 도피의 측면, 셋째, 정신주의 시가 진지한 어조와 신성함과 경건함의 감각을 회복한 점[28]을 들었으며, 이성선은 첫째, 서정성 회복, 둘째, 자생적 시관, 셋째, 동양정신, 넷째, 생태학적 생명관, 다섯째, 해체주의 부정[29] 등을 들었다. 이들의 주장을 정리해 볼 때, 정신주의는 동양정신과 생태학적 생명관을 바탕으로 하면서 서정성을 가지고 해체주의를 부정하는 입장을 취한다. 아울러 최동호는 "분화보다는 종합을, 부정보다는 긍정을, 불화보다는 화합을, 허무주의보다는 낙관주의를, 기계보다는 인간을, 문명보다는 자연을 강조하면서 끝내는 인간과 자연과 문명이 하나의 전체로서 조화되는 생성적 세계관에 근거한 것"[30]이 정신주의의 미학적 토대임을 주장한다. 그러면서 최동호는 정신주의의 입장에서 김지하의 시 등을 분석하였다. 곧 우주에서의 생명의 존귀함과 사랑 등을 다루었다.

그러나 정신주의를 내세우는 비평가들의 주장은 전통 서정시에서 말하는 시적 특성과 별로 다르지 않다. 서정성이나 생명에 대한 관심은 식민지 현실에서 시문학파, 생명파, 청록파에서 이미 다룬 특성들이다. '동양정신'이라는 것도 한용운, 이육사, 청록파 시인들의 시에서 다루어진 세계여서, 서정시의 전통적인 특질일 뿐 새로움이 없다. 단지 이들의 주장은 전통 서정시의 특성에다 생태시에

---

28) 김준오, 서정양식과 정신주의 시(<문학사상> 290호, 1996.12), 72쪽에서 재인용.
29) 이성선, 정신주의의 서정성과 우주적 생명관 확보(<문학사상> 290호, 1996.12), 47-56쪽.
30) 최동호, 전게서, 20-21쪽.

서 말하는 세계관의 입장을 종합해서 변주시켰을 뿐이다.

또한 최동호의 정신주의는 너무 추상적인 데 머물고 있다. 그는 김지하의 시를 통해 정신주의를 구체적으로 드러내고 있다. 김지하의 생명 사상이 나오기까지는 '민중문학'의 과정이 있었다. 굳이 [오적]을 예로 들지 않더라도 김지하는 잘못된 체제를 비판하다가 감옥에도 갔다. 곧 김지하는 우주 안에서 그의 생명 사상을 구현하기 위하여 '민중문학'적 관점에서의 현실 인식도 거치고 순수문학 편에서의 인간성도 체현한다.

김지하가 우주 안에서의 생명 사상을 구현하기까지는 변용의 과정이 들어 있다. 그는 한때 민중의 편에서 부조리한 현실을 비판하였다. 그러나 그는 요즈음 생명주의에 심취되어 있다. 전지의 현실은 부조리한 사회였으나 후자의 현실은 환경이 된다. 곧 그는 인식 대상의 공간을 달리하면서 현실에 대한 응전력에서는 현실 비판에서 생명 사랑으로 변주되고 있다. 현실에서의 비판 대상이 사라지자 그는 생명 사랑으로 이상 공간을 설정하면서 응전력을 변용시켜 나간다. 현실 비판에서 생명 사랑으로 변용된 그의 시를 성신주의 영역에민 묶이 둘 수는 없다. 김지희의 실제에는 민족외 현실도 들어 있고, 우주에 대한 몽상도 들어 있다. 그러므로 그의 시를 논할 때 너무 동양 사상에만 머무른다거나 신비주의에 젖어서도 안 되는 중용의 시학이 필요하다. 말하자면 사회 현실과 우주 공간을 거시적으로 바라보는 종합적 사고가 요구된다. 민중문학적 요소와 정신주의적 요소가 절충되는 공간이 필요함도 이 때문이다. 따라서 김지하의 시는 민중 문학과 정신주의를 포괄하는 열린 사고를 요구한다. 이는 순수/참여 또는 리얼리즘/모더니즘과 같은 이분법이나 정신주의/해체주의/모더니즘과 같은 삼분법에 의한 대립

이나 편협한 시각을 거부하게 한다. 곧 한 편의 시 속에 정신주의
적 요소, 해체주의적 요소, 리얼리즘적 요소를 얼마든지 포괄할 수
있다는 가능성을 내포한다.

4. 해체주의의 과제

이승훈, 박상배 등은 최동호 등이 주장하는 정신주의를 비판하는
입장[31]에 선다. 정정호에 의하면 포스트모던 시는 해체시(이승훈
주장), 도시시(김준오 주장), 일상시(박상배 주장), 문명시, 신서정시
등으로 분류[32]된다. 이 중 90년대 들어 큰 쟁점으로 떠오른 것은
이승훈의 해체시론이었다. 그리고 최동호가 주장한 정신주의와의

---

31) 이승훈, 해체시론 (서울: 새미, 1998), 80-82쪽.
　　민중시가 퇴각하면서 남은 것은 거시 담론에 대한 회의이며, 자연시로의
퇴행이다. 이름깨나 있는 시인들이 너도 나도 자연이나 찬미하는 퇴행적
풍토에서 중요한 것은 미시 담론에 대한 관심이고, 그건 총체성, 체계, 역
사 대신 현존에 대한 인식과 현존에 대한 총체적 부정으로 드러난다.
　　박상배 시인이 주장하는 일상성에 대한 자각이다. 그것은 이념의 못빼기,
관념 깎기, 표면의 미학으로 요약된다. 사실 그동안 우리 시를 지배한 것
은 이런 미학, 그러니까 일상성에 대한 추구보다는 일상세계를 초월하는
무슨 정신, 이데올로기, 자연 같은 잡히지 않는, 그런 점에서 구체성을 상
실한, 말하자면 사는 일 따로 놀고 시 쓰는 일 따로 노는 위선의 프로포
즈였다.
　　80년대 후반에 시작된, 아니 관점에 따라서는 60년대 말 김수영에 의해
시작된, 아니 30년대 이상에 의해 시작되고, 90년대 김춘수에 의해 지금도
온건한 양상으로 지속되는 해체의식은 90년대에 오면 일상성으로의 회귀
라는 명제를 낳고 해체든 일상성이든 결국은 총체성, 역사, 동일성, 매개
성을 부정한다는 점에서 미시 담론의 범주에 든다.
32) 정정호, 포스트모더니즘과 한국문학의 길트기와 '새로운 리얼리즘'을 위하
여, 포스트모더니즘과 한국문학(서울: 글, 1991), 17-21쪽.

논쟁이 있을 때 박상배가 해체주의를 옹호하는 글33)을 발표하기도 하였다. 이승훈은 '자아/언어/대상의 관계에서 대상, 말하자면 구체적인 사물이나 현실을 괄호친 상태에서의 자아찾기'의 시를 '비대상시'라 이름짓는다. 그리고 자아/언어/대상의 관계에서 자아도 대상도 사라지고 언어만 남아 언어를 대상으로 언어가 시를 쓰는 '메타시'34)를 주장한다.

이승훈이 '해체시론'을 주장하는 데에는 나름대로의 배경이 있다. 그는 기존의 자연을 제재로 한 전통 서정시는 "자연을 노래하는 자연 찬미, 사회를 비판하는 계몽 이성, 초월을 강조하는 관념론적 도피" 등이 두드러져 "구닥다리 문학, 점잖은 문학, 재미없는 문학"으로 평가한다. 그래서 그는 "열기 없는, 지적 모험이 없는, 한물간 문학에 대한 비판적 글쓰기"를 시도한다. 곧 우리 문학의 인습적 가치의 해체를 시도한다. 그의 해체시론은 데리다 등이 말하는 해체주의와 마찬가지로 이성중심주의를 배격한다. 그리하여 이성중심주의가 이성중심주의적 편견을 드러내어 인식론적 허위를 보여준다35)고 본다. 그는 이성중심주의에 대한 비판적 입장에서 대상을 없애고 주체를 소멸시킨다. 그러면 남는 것은 언어라고 보고

---

33) 박상배, '시대의 문학'이란 유령과의 투쟁 선언(<문학사상> 290호, 1996.12), 61쪽. 오늘날은 언어든 영상이든 그것들이 현실을 반영하지 않고 현실을 조작하는 시대이며, 따라서 인간은 언어·영상매체와 현실·대상이라는 이원체계가 붕괴되어 매체의 지시기능이 혼란에 이르고 그 대신 그것의 메타 기능이 오히려 지배적인 가상현실의 사회 속에서 삶을 영위하고 있다. 메타시야말로 이 시대, 거대한 공룡 같은 역사의 세기말에 처한 인간의 새로운 현실 인식·의식상황을 독자적으로 반영하고 있다는 것이다. 철학적 배경으로는 후/탈구조주의·해체주의를 거명했고 후/탈현대성이 정신사적 추적에서 메타시의 자기회귀성을 찾았다.

34) 이승훈, 해체시론(서울: 새미, 1998), 91쪽.

35) 상게서, 16, 63쪽.

언어가 시를 쓰는 새로운 시쓰기를 주장한다.

1) 내가 그동안 시를 쓰면서 깨달은 것 가운데 하나는 내가 시를 쓴
   다고 하지만 이 '나'는 시를 쓰는 게 아니라, 그러니까 시를 생산
   하는 게 아니라, 그러니까 시를 생산하는 것이 아니라 시에 의해
   구성된다는 사실이고 이런 깨달음은 뒤늦은 깨달음이지만 그렇게
   뒤늦은 깨달음도 아니라는 점이다. …(중략)… '나'는 시를 생산하
   는 게 아니라, 그러니까 시를 쓰는 게 시에 의해 구성된다. …(중
   략)… 시를 쓸 때 시를 쓰는 '나'는 사라지고 다른 '나', 말하자면
   시 속의 '나'가 생긴다.36)

2) 나는 없다. 나는 시를 쓸 때, 말할 때 태어날 뿐이다. 그렇다면 부
   르주아적 시쓰기의 주체인 나에 대한 회의와 부정이 나타나고, 이
   런 부정과 회의는 부르주아적 주체에 대한 부정과 회의로 발전한
   다. 무슨 주체가 있는 것이 아니라 시가 있고 언어가 있을 뿐이다.
   시가 '나'를 생산하고 언어가 '나'를 생산하고 이런 '나'는 시 속
   에, 언어 속에 존재할 뿐이다. 내가 없는 터에 어떻게 시쓰기가 가
   능한가? 시쓰기가 불가능한 이유이다.37)

전통적인 시쓰기는 주체가 언어를 수단으로 대상을 노래하는 형
식으로 드러난다. 그런데 이승훈은 여기서 주체와 대상을 없앰으로
써 부재의 시, 비대상시를 주장한다. 화자인 주체가 언어의 구조에
들어가면 이전의 주체는 없어지고 이전의 주체와는 별개의 존재가
시의 구조에서 언어가 되어 유희를 나눈다는 것이다. 그러나 여기
서 생각해 봐야 할 것은 자동차를 그대로 놔 두면 자동차가 움직
이지 않고 에너지를 넣고 조작하는 운전자가 있어야 한다는 점이

---

36) 상게서, 18, 19쪽.
37) 상게서, 18, 19쪽.

다. 마찬가지로 주체가 언어에 편입되기 이전에 운전자 역할을 하
는 주체의 역할을 무시할 수는 없다. 이승훈은 주체가 없다는 것은
부재의 시임을 주장하지만, 주체의 경험이나 정서·상상력이 없이
어떻게 언어만으로 시가 이루어지게 한다는 것인지 알 수가 없다.
물론 형식주의나 구조주의에서 작품 나름대로의 형식이나 구조를
중요시하긴 한다. 그러나 이승훈은 언어 속의 '타자'가 주체와 별
개라면서 부재의 시학을 주장한다. 그러나 '타자' 역시 주체와의
관련 속에서 생성된 것이지 의도적으로 단절시킨다고 해서 뜻대로
되는 것은 아니다. 언어 속에서 타자가 활동하기 위해서는 의식적
으로든 무의식적으로든 주체의 생각이나 감정이 반영되기 마련이
다. 그래서 라캉은 상상계·상징계·실재계를 통해서 타자와의 관
계를 설정하였다. 곧 타자는 주체와의 관계에서 형성된 것이지, 주
체와 관계가 없는 타자는 공허에 가깝다. 이승훈은 또 주체의 소멸
을 말하기 위해서 "폐허는 부재하면서도 존재하는 이상한 세계"라
고 말한다. 그러나 폐허는 기존의 구조가 허물어진 또 다른 세계이
지 온전히 없어진 것은 아니므로 부재가 아니다. 곧 이승훈은 주제
가 소실했기 때문에 언어 속에서 타자가 남는다[38]고 하지만 '타자'
에는 경험·정서·상상 등으로 주체의 흔적이 남아 있다. 곧 언어
속의 타자는 혼자일 수 없는 것이다.

　이승훈의 '해체시론'은 데리다의 해체주의, 이상의 [오감도]에 나

[38) 상게서, 102쪽. 남들이야 뭐라고 하든 30년 가까이 시를 쓰며 내가 관심을
　　둔 주제는 바로 이 자아라는 개념이다. 그런 점에서 나는 전통 시학에 대
　　해 회의적이며 비판적인 입장에 서 있는 셈이고, 그건 지금도 그렇다. 그
　　동안의 시쓰기에서 얻은 결론은 한마디로 자아는 존재하지 않는다는 명제,
　　'나는 타자다'라는 명제다. 과연 나는 누구인가? 그리고 정말 누가 시를
　　쓰는 걸까? 이런 생각은 최근에 더욱 심해지는 것 같다.

타난 초현실주의, 김춘수의 무의미시, 패스티쉬 등을 바탕으로 하고 있다. 이들 시론은 기존의 합리주의나 이성중심주의를 비판하는 입장을 취한다. 그러나 이들이 이런 방법을 취하는 것은 존재나 세계에 대한 기존의 편견을 해체를 통하여 바로잡고 의미의 산종을 얻기 위해서이지, 기존의 것을 무턱대고 파괴하는 것은 아니다. 이승훈의 '해체시론'은 기존의 구태의연한 표현 방법을 혁신시켰다는 데서 의의를 찾을 수 있으나, 허무적이고 자기 방임적인 태도가 되어서는 곤란하다. 또한 포스트모더니즘의 이론을 비판하는 패러디의 입장에서 받아들였다기보다는 혼성 모방한 듯한 인상도 짙다.

1) A가 도주한다. B도 C도 도주한다. A, B, C, 손을 들고 각자의 꿈 속으로 도주한다. A가 B의 꿈에 나타난다. B가 C의 꿈에 나타난다. A, B, C, 손을 쳐들고 신음한다. 어떤 밤은 눈물, 눈물 더하기 웃음, 어떤 밤은 눈물 더하기 웃음이다. A, B, C, 손을 쳐들고 갑자기 웃기 시작한다. 하하하 도주의 형태만이 완벽하다. 완벽한 것만이 도주한다. 도주가 아니라 발악이다.
—— 이승훈, [도주의 풍경] 전문

2) 이승훈 씨는 바바리를 걸치고 흐린 봄날/서초동 진흥 아파트에 사는 시인 이승훈 씨를 찾아간다 가방을 들고 현관에서 벨을 누른다/ 이승훈 씨가 문을 열어준다. 그는 작업복을/입고 있다 아니 어쩐 일이요? 이승훈 씨가/놀라 묻는다 지나가던 길에 들렀지요 그래요?/전화라도 하시지 않고 아무튼 들어오시오/이승훈 씨는 거실을 지나 그의 방으로/이승훈 씨를 안내한다 이승훈 씨는 그의 방에서/ 시를 쓰던 중이었다 이승훈 씨는 원고지 뒷장에/샤프 펜슬로 흐리게 갈겨 쓴 시를 보여준다.
—— 이승훈, [이승훈 씨를 찾아간 이승훈 씨] 부분

  1)은 '분열된 자아'를 표현한 것이며, 2)는 자아는 존재하지 않으며 '나는 타자'라는 해체의 기법이다. 말하자면 1)은 李箱의 [오감도 시제1호]에서의 분열된 자아와 같은 초현실주의적 수법이요, 2)는 포스트모더니즘 기법이다. 이는 '리얼리즘과 모더니즘과 포스트모더니즘이 뒤섞인 상황'39)을 반영한 것이다. 곧 넓은 의미의 모더니즘과 포스트모더니즘이 뒤섞여 표현된 것이다. 혼성 모방이 포스트모더니즘의 한 특성이긴 하지만, 이승훈의 '해체시론'은 엄밀한 포스트모더니즘 시론이기보다는 모더니즘의 특성과 포스트모더니즘의 특성을 혼합해서 드러낸 것이다. 이는 이승훈의 체험과 관련된다. 그는 어린 시절 어두운 가정 환경으로 인해 이사를 많이 다녔다. 이런 체험은 그를 낯선 곳에 대한 불안과 억압에 싸이게 한다. 이런 가운데서 그는 고교 시절 이상과 김춘수의 시에서 큰 감명을 받는다. 특히 이상의 '식민지 시대의 병든 청춘이 겪는 황량한 내면성'40)은 그의 내면세계와 유사한 점이 많았다. 이는 자연스럽게 이상 시의 표현 기법을 모방하게 한다. 따라서 그의 '해체시론'은 포스트모더니즘의 배경에서 생성된 것이라고는 개인의 사유에 의해서 의도된 표현이다. 곧 개인의 주관적인 면이 작용하여 나타난 결과이다. 이승훈은 자신의 시를 '이상-김수영-김춘수'의 계보에서 자리매김 한다. 그래서 그는 일상성에 대한 자각과 해체의식을 강조한다. 그리고 총체성을 부정하고, 일상성을 초월하는 정신·이데올로기·자연 등을 '위선의 프로포즈'라고 비판한다는 점에서 정신주의와는 대립된다. 그러나 그의 '해체시론'은 포스트모더니즘의 부정적인 면이 없지 않다. '해체'는 그 목적이 인간 구

---

39) 김성곤, 뉴미디어 시대의 문학 (서울: 민음사, 1996), 334쪽.
40) 이승훈, 전게서, 97쪽.

원과 소외된 주변부에 대한 관심을 목표로 한다. 그것은 내면세계 질서의 방기, 욕망의 방임적인 유로, 상품 가치에 의한 비인간화, 이성과 과학에 의한 자연 파괴와는 거리가 있다.

현대 사회가 정보화 시대·후기 자본주의 시대로서 다양한 정보의 이용, 상품적 가치의 중시 등의 특성이 나타나므로 개인의 의도와는 다르게 사회 현상이 자연스럽게 반영된다. 또한 시가 개인의 자아를 새롭게 발전시켜 나간다는 점에서 주관적인 면도 투영된다. 그러나 그러한 자아나 세계의 표현은 인간 구원이나 이상적 사회를 지향하는 해체이어야 하고, 자기 파괴적인 것이 주가 되어서는 곤란하다.

5. 어떻게 해석할 것인가

우리의 문학 비평은 국민문학/프로문학/모더니즘, 정신주의/민중문학/포스트모더니즘 등으로 3분법이라는 경계를 형성하며 발전해 왔다. 또한 남한 문학, 북한 문학, 교포 문학의 삼분법도 가능하다. 이러한 경계는 우리 문학의 거시 담론을 발전시키는 데 기여하였지만, 너무 경직되어 미시적인 부분을 소홀히 하는 면이 없지 않다. 따라서 3분법이라는 경계도 변증법적으로 발전할 필요가 있다. 그 방법의 하나는 경계의 해체 전략을 생각해 볼 수 있다. 그리고 그 해체는 일정한 방향이 있어야 한다. 그동안 소외되었던 주변부에 대한 관심을 가지거나, 존재의 본질을 파악하기 위한 해체의 방법도 필요하다.

이렇게 볼 때에 민중문학, 정신주의, 해체주의는 어느 한 쪽에 고착되어서는 곤란하다. 민중문학은 90년대 문민정부가 들어서고 정보화 시대와 후기 자본주의가 대세를 이룬 지금, 이러한 시대에 걸맞는 대응 전략이 필요한 것 같다. 보수 중산층의 외면을 받지 않는 웃음의 미학을 현대적으로 변용시키는 것은 그 한 방법이 될 것이다. 정신주의도 전통 서정시와 구별되고 생태시학을 포용하면서 서정성이나 동양 정신을 고집할 것이 아니라 포스트모더니즘적 현실도 인정함으로써 보다 현대적으로 거듭나야 할 것이다. 해체주의는 인간 구원을 전제로 하면서 한국의 사회 현실에 걸맞는 포스트모던성을 계발해야 할 것 같다. 이는 이제까지의 삼분법적 사고에서 일달하여 가 대립항의 요소들을 적극적으로 수용 검토하는 일도 필요하다. 이것이 21세기를 맞는 보다 과감한 응전의 방식이 될 것이다.

21세기의 사회는 정보화 사회이다. 그러므로 시인이나 비평가도 정보를 활용하게 된다. 그런데 정보를 짜맞추다 보면 시에서 혼성모방이 자연스럽게 표현될 수도 있고, 여러 코드들을 동원한 '디지날식 징보의 짜집기'도 나올 수 있다. 중요한 것은 작가가 기존의 기법이나 담론에서 더 나아가 새로운 질서와 새로운 인긴형을 향한 상상력을 가지는 것이다.

끝으로 황지우의 [아직은 바깥이 있다]를 인용함으로써 결론을 맺으려 한다.

아,
아직은 저기에 바깥이 있다
저 바깥에 봄이 자운영꽃이 지체하고 있을 때
                내
            몸이 아직 여기 있어

아름다운 요놈의 한세상을 알아본다

보릿대 냉갈 옮기는 담양 들녘을
노릿노릿한 늦은 봄날, 차 몰고 휙 지나간 거지만
—— 황지우, [아직은 바깥이 있다] 부분[41]

　여기에는 '논'과 '바깥' 사이에 경계가 존재한다. 경계를 기준으로 할 때는 세계가 둘로 나뉘어지지만, 경계가 무너질 때 세계는 하나가 된다. 곧 '논'과 '바깥'은 하나의 세계를 이루는 요소가 되는 것이다. 지금까지 우리 비평은 이분법 내지 삼분법으로 경계를 지어 왔다. 이는 통시적으로 20세기를 식민지 현실과 분단 현실로 살아 왔고, 공시적으로는 남한/북한 또는 남한/북한/재외 동포라는 이분법 내지 삼분법의 역사적 상황으로 기인한 바 크다. 그러나 21세기의 문학 비평은 그러한 경계를 무너뜨리고 존재나 세계의 본질편에서 대립항적 요소를 선택하고 세계 문학과 민족 문학편에서 거시적으로 바라보는 해석이 나올 것으로 기대된다.

---

41) 황지우, 어느 날 나는 흐린 주점에 앉아 있을 거다(서울: 문학과지성사, 1999.3), 11쪽.

* 참고 문헌

· 강진호, 복고바람과 진보진영의 모색(<한국문학평론> 4호, 1997.12)
· 구모룡, 민중시의 개념과 근원을 둘러싼 논의들(<문학사상>, 1999.6)
· 김성곤, 뉴미디어시대의 문학(서울: 민음사, 1996)
· 김성곤, 포스트모던 시대의 작가들(서울: 민음사, 1990)
· 김욱동, 대화적 상상력(문학과지성사, 1991)
· 김욱동, 문학의 위기(서울: 문예출판사, 1993)
· 김욱동편, 포스트모더니즘과 포스트구조주의(서울: 현암사, 1991)
· 김윤식, 한국 문학과 포스트모더니즘(<현대시사상>, 1989.3)
· 김윤식 외, 한국 현대 비평가 연구(서울: 강, 1996.12)
· 김준오, 대중문화와 탈승화(<현대시> 1996년 10월호, 1996.10)
· 김진수, 90년대 문학비평의 비판적 검토(<21세기 문학> 5호, 1999.2)
· 김춘식, 동양정신과 한국문학(<한국문학평론> 6호, 1998.6)
· 김치수, 문학에 있어서의 구조주의, 현대문학비평의 방법론(서울: 서
          울대출판부, 1990)
· 박상배, '시대의 문학'이란 유령과의 투쟁 선언(<문학사상> 290호,
          1996.12)
· 박혜경, 상처와 응시(서울: 문학과지성사, 1997)
· 반경환, 한국문학의 이론적 정립을 위하여(<한국문학평론> 3호,
          1997.9)
· 방민호, 납함 아래의 침묵—90년대 비평의 한 진단(<21세기 문학> 5
          호, 1999.2)
· 송용구, 새로운 문학운동으로서의 생태시(<시문학> 335호, 1999.6)
· 오형엽, 시적 실험과 시적 초월의 성과 및 한계(<문학사상>, 1999.6)
· 유종호, 정전과 문학사의 변증법(<한국문학평론> 4호, 1997.12)
· 유종호, 문학과 사회(<자유문학> 21호, 1996.9)

· 이경호, 포스트모더니즘과 도시시의 새로운 형식(<문학정신>,1991.6)
· 이성선, 정신주의의 서정성과 우주적 생명관 확보(<문학사상> 290
　　　호, 1996.12)
· 이승훈, 해체시론(서울: 새미, 1998)
· 이승훈, 전후 모더니즘 운동의 두 흐름(<문학사상> 320호, 1999.6)
· 이승훈, 90년대와 해체시의 흐름(<21세기 문학> 통권 5호, 1999.2)
· 이재복, 비평의 죽음, 혹은 감성적 소통의 부재(<한국문학평론> 5호,
　　　1998.3)
· 이희환, 상업주의와 문학성의 변주곡(<한국문학평론> 4호, 1997.12)
· 임헌영, 문학의 위기(서울: 태학사, 1992)
· 임헌영, 분단시대의 문학(서울: 태학사, 1992)
· 정정호 편, 포스트모더니즘과 한국문학(서울: 글, 1991)
· 정한용, 아직도 사랑은 끝나지 않았네(<현대시> 1996년 10월호,
　　　1996. 10)
· 정효구, 도시에서 쓴 자연시의 의미와 한계(<21세기 문학> 5호,
　　　1999.2)
· 정효구, 최근 생태시에 나타난 문제점(<시와 사람> 통권 2호,
　　　1996.8)
· 채수영, 문학생태학(서울: 새미, 1997.7)
· 최동호, 문학과 환경(<자유문학> 21호, 1996.9)
· 최동호, 삶의 깊이와 시적 상상(서울: 민음사, 1995)
· 최동호, 에코토피아와 인간의 존엄성(<월간문학> 364호, 1999.6)
· 최원식, 문학의 귀환(<창작과 비평> 104호, 1999.6)
· 최현무 편, 한국문학과 기호학(서울: 문학과비평사, 1988)
· 한영옥, 한국 현대시와 포스트모더니즘 증후(<현대시학> 330호,
　　　1996.9)
· 홍용희, 생명주의와 한국문학(<한국문학평론> 6호, 1998.6)
· 홍정선, 한국 문학과 정치의 관련 양상(<자유문학> 21호, 1996.9)

* 시집

· 곽재구, 사평역에서(서울: 창작과 비평사, 1996)
· 문덕수, 사라지는 것들을 위하여(서울: 미래사, 1991)
· 문정희, 남자를 위하여(서울: 민음사, 1996)
· 박인환, 목마와 숙녀, <박인환 選詩集>(1955)
· 박진환, 春·夏·秋·冬(서울: 조선문학사, 1998)
· 서정춘, 竹篇(서울: 동학사, 1996)
· 신대철, 무인도를 위하여(서울: 문학과지성사, 1994)
· 신현림, 세기말 블루스(서울: 창작과비평사, 1996)
· 임보, 구름 위의 다락마을(서울: 우이동사람들, 1998)
· 상정일, 지하인간(서울: 미래사, 1991)
· 정의홍, 하루만 허락받은 시인(서울: 새미, 1996)
· 정호승, 외로우니까 사람이다(서울: 열림원, 1999.4)
· 황지우, 구반포 상가를 걸어가는 낙타(서울: 미래사, 1991)
· 황지우, 어느 날 나는 흐린 주점에 있을 거다(서울: 문학과지성사,
        1999.3)

리얼리즘의 담론
— 김동인 소설을 중심으로

1. 리얼리즘의 형성 배경

산업혁명 이후 유럽에서 기계가 인간의 일을 대신하는 일이 많아지자 사람들에게는 시간적인 여유가 생기게 된다. 주말이면 교외로 여행을 가는 사람들이 많아지고, 평일 저녁에는 책을 읽는 소시민들이 많아진다. 그것은 귀족의 후원으로 책을 출간하던 작가들에게 변화를 가져온다. 이전에는 귀족들이 작가들의 창작 활동을 후원하고 출간 비용을 댔으나 소시민들이 독자층으로 대두하면서부터 작가들은 독자들의 흥미를 이끌 새로운 담론을 모색하게 된다. 그리하여 작가들은 귀족의 생활을 주로 서술하던 데서 벗어나 하층계급의 생활을 소재로 한 작품을 내게 되고, 귀족 중심의 도덕률에서 벗어나 천민계층을 포함하여 새로운 도덕률을 모색하게 된다. 그리고 소설에 대한 인기가 급증하여 마취제가 없던 시절에는 환자로 하여금 소설의 재미있는 부분을 읽게 한 후 수술을 했다는

애기가 전해질 정도이다. 리얼리즘은 이러한 상황에서 출발하게 된
다.

　리얼리즘[1]은 19세기 중엽 낭만주의를 반대하고 나온 사조이다.
낭만주의는 이상 추구를 목적으로 상상력을 고도로 발전시키는 양
식이기 때문에 공상적이고 비현실적인 관념이 주를 이룬다. 이에
비해 리얼리즘은 실증 철학을 바탕으로 한다. 실증철학자 꽁트는
인간의 정신 발달 과정을 신화시대, 형이상학적 시대, 과학적 시대
로 나누고, 과학적 시대는 절대적 인식을 부정하고 사실이나 체험
을 근거로 하는 시대라고 설명한다. 이는 체험과 사실 이상의 진리
가 없다는 말과 통하여, 유일한 신앙은 과학 법칙이요, 사실에 근
거한 것만이 확실한 것이라고 믿는다. 그리하여 정확한 규정들을
중시하고 실증적 인식을 통해 미래를 예측하려 한다. 실증 철학의

---

1) 이 글에서 리얼리즘이라는 용어는 사실주의와 자연주의를 통틀어서 말한
　것이다.
　· 정한모, 리얼리즘 문학의 한국적 양상 (<思潮> 1권 5호,1958), 289쪽. '문
　학에서 리얼리즘과 자연주의는 때로는 구획 있는 것으로 쓰이기도 하지만
　자연주의라는 汎稱으로 리얼리즘까지 일괄하여 부르고 있는 한국이나 일
　본에서의 관례는 또한 리얼리즘이라는 이름으로 자연주의라는 범칭과 같
　은 뜻을 나타낼 수도 있다고 생각한다.
　· 장백일, 김동인문학의 재평가(<한국문학논총> 1집, 1979.4), 124쪽. '철학
　상의 리얼리즘은 실재론이나, 문예상에서는 이상주의(idealism), 특히 심미
　주의 내지 유미주의와 반대되며, 사실을 현실에 있는 그대로 보는 경향으
　로 현실주의가 되며, 사실을 있는 그대로 충실하게 묘사한다는 뜻에서 사
　실주의가 된다. 문예상의 사실주의는 19세기 전반까지의 낭만주의에 반대
　하여 사실을 있는 그대로 충실히 묘사하는 것을 방법으로 하는 현실주의
　문예 사조의 하나이다.
　· 강인숙, 자연주의의 한국적 양상 (<현대문학> 117호, 1964.9.1), 130쪽.
　'리얼리즘과의 구별이 없이 그대로 혼용되어 온 한국의 자연주의는 계몽
　주의를 탈피하여 문학의 순수성을 확립하는 극히 기초적이요 초보적인 작
　업과 더불어 개인주의, 민족주의 등 르네상스적인 과업을 등에 지고, 상반
　되는 낭만적 요소와 뒤섞인 채로 한국만의 특이한 양상을 띠어 갔다.

영향을 받아 의학에서 베르나르 Bernard의 <실험의학서설>, 생물학
에서 다윈의 진화론, 문학에서 테느 Taine의 환경결정론(인종·환
경·시대)이 나온다. 문학에서 사실주의는 이지적 실증을 찾아서
객관적·비개성적인 것을 존중하는 점에서 고전주의와 유사한 것
같지만, 고전주의는 양식·이성을 존중하는 데 비해 사실주의는 사
실성에 의존한다는 점에서 차이가 있다.

　리얼리즘의 과제는 기존의 선입견에서 벗어나 사물의 현실성에
대한 인식을 새롭고 진실되게 하는 것이었다. 이에 예술가는 관찰
자의 역할과 아울러 과학자의 역할을 한다. 곧 리얼리즘은 일정한
조건을 가진 상황 속에서 각각의 유전적 요인을 갖춘 개성적 인간
이 어떻게 변화되어 가느냐를 밝히는 데서 체계적이며, 그것을 바
라보는 인간의 시각이 구태의연한 도덕에서 벗어나 인간이 가진
속성이나 사회적 실재를 바라보게 한다는 점에서 과학적 진실을
요구한다.

　발자크의 [인간 희극]에서 보여지는 거의 끝이 없을 정도로 풍성
한 묘사들은 인간과 상황의 무한히 변화하는 양식을 하나의 체계
속에 포괄하려는 시도에서 나온 산물이다. 마치 동물 세계가 동물
학의 시각에 의하여 여러 종으로 구분될 수 있는 것처럼 '사회적인
종'도 사회 속에서 인식되고 정의되어야 하는 것이며, 또한 그때그
때의 상이한 삶의 조건을 통하여 특정하고 공통적인 고유성과 속
성을 갖게 된다. 그래서 발자크는 각기의 상황에 종속되는 인간들
의 모습을 명확히 설명하기 위하여 백과사전적으로 계획된 주변세
계를 사실적으로 묘사하는 방법을 사용하였다2). 또한 플로베르는

---

2) 스테판 코올, 리얼리즘의 역사와 이론, 여균동 편역 (서울: 미래사, 1986),
　 83-88쪽.

현실이 마치 현미경을 들여다 볼 때와 같은 완전한 객관성 속에서 묘사되어, 감정이나 형이상학적인 생각이 갖는 부작용으로부터 해방되어 순수한 현실을 생각할 수 있어야 한다고 주장한다. 그리하여 작가의 개인적인 견해나 관점은 서술이 갖는 전통적인 가치와 아울러 소설로부터 제외되고, 단지 지각과 묘사에만 집중된다[3].

리얼리즘은 기법면에서 객관성을 주지로 삼는다. 이 객관성은 논평이나 훈계와 같은 작가의 목소리를 없애는 데 있지만, 작가는 모든 가치에 대해서 중립적인 태도를, 인물에 대해서는 객관적인 태도를, 사건에 대해서는 비감동적인 감정을 가진다. 즉 해석이나 개인적 관점을 개재시키지 않고 사물을 보는 것으로서 선악 등에 대해서 무관심한 태도를 가진다.

이러한 리얼리즘의 특성은 개략적으로 다음과 같이 정리될 수 있다.

1) 어떤 비상한 사건보다도 일상적이고 현실적인 사건에 집중되면서 그러한 사실을 비개성적으로 또는 객관적으로 제시한다. 그리고 객관성을 위해 주관성, 낭만적 과장, 서정적인 것, 개인의 기분 같은 것이 배격된다. 또한 共時的 시간 관점에서 당대의 현실을 사실적으로 제시하려는 시간의 의식이 뚜렷하고, 공간 개념에서 현실적 환경의 제시가 보다 중요해지며, 디테일의 사용—인물의 성격이나 심리를 표현하기 위하여 소도구를 사용—이 두드러진다.

2) 작자의 편집자적인 개입을 배제하고 어떤 명확한 윤리적이고 교훈적인 특성에 얽매이지 않는다.

3) 소설의 사건이 현실 속에서 일어난다고 착각하게 하기 위한 방법으로 환경의 세부적 묘사가 나타나며, 경험세계를 지배하는 원

---

3) 상게서, 89-90쪽.

인과 결과의 원칙을 소설에 적용시킨다.

4) 사회적 비관주의를 배면으로 하면서 중류계층이나 하류계층의 생활과 관련되어 있는 것이 많다. 그리하여 가난·범죄 및 어떤 덕성적인 향상이 없는 생의 누추한 국면까지 드러내며, 생의 진실이 박진감 있게 제시되고, 금전과 재산이 유도하는 힘에 대한 증대된 인식이 나타난다.

5) 대상과 상응하거나 밀접성을 지닌 산문의 언어와 현실적이고 사실적인 생의 사본으로서의 평면성과 객관적 사실적인 언어의 이용이 뚜렷해진다. 또한 형식면의 독창성과 더불어 개인적인 경험에다 전에 없던 관조적인 가치를 부여함으로써 형식적인 관습이 거부된 비전통적인 플롯을 창안하기도 한다.

6) 작가가 인물을 개성의 소멸화 현상으로서 K니 Y니 하는 無性名이 등장하기도 한다.4)

리얼리즘은 크게 서구 리얼리즘과 러시아 리얼리즘으로 구분할 수 있다. 앞에서 주로 언급한 것이 서구 리얼리즘에 관한 것이라

---

4) 조진기, 한국 근대 리얼리즘 소설 연구 (서울: 새문사, 1989), 172쪽.
   이재선, 한국 현대 소설사 (서울: 홍성사, 1979), 45-46쪽.
   문덕수, 문예사조 (서울: 개문사, 1983), 106-119쪽.
   참고로 문덕수는 19세기 리얼리즘의 특성으로 다음과 같이 정리했다.
   첫째는 환상과 주관을 거부하고 객관적 정확성으로 현실에 접근하라는 과학적 객관성이다. 둘째는 개인과 사회와의 새로운 관계의 정립이다. 셋째는 모든 문제는 사람의 손이 미치고 실제로 존재하는 현상에 한정하는 실증주의 정신이다. 넷째는 사회의 암흑면·추악상의 묘사를 주로하여 고전주의나 낭만주의 작품에서는 볼 수 없는 속물들의 생활·빈곤·범죄·금전욕·자살·모략·중독 등의 어두운 현실을 보여 준다는 것이다. 다섯째는 예술가란 현실을 보는 인간, 현실을 관찰하고 현실의 인식을 수정하고 그것을 발전시켜 나가는 역할을 지닌 인간 외에 아무것도 아니라는 '見者의 思想'과 사물의 인식과 현실은 일치하므로 언어는 현실을 정확히 표현할 수 있다는 一語說이다.

면, 러시아 리얼리즘은 서구 리얼리즘이 쇠퇴하면서 본격적으로 나타나기 시작한다. 러시아 리얼리즘은 다시 비판적 리얼리즘과 사회주의 리얼리즘으로 구분되는데, 이러한 구분은 사회주의 리얼리즘이 본격적으로 등장하면서 나타난다. 비판적 리얼리즘이 서구 리얼리즘의 바탕이 되는 자본주의의 모순을 비판하면서 등장한 것이라면, 사회주의 리얼리즘은 사회주의 이론에 의해 작품을 도식적으로 분석하는 것을 특징으로 한다.

러시아 리얼리즘은 유럽에서 자본주의의 모순이 드러나고 서구 리얼리즘이 점차 쇠퇴해 갈 즈음에 러시아의 유럽과 가까운 국경 쪽에서부터 발달하기 시작한다. 그들 리얼리스트들은 자본주의가 어떤 기만으로 은폐되지 않은 소수의 다수에 대한 잔인한 착취를 가져 왔다고 보게 된다.

> 자본주의는 인간과 인간의 관계를 순전히 화폐관계에 예속시켰다. 자본주의는 사회적 제관계들을 혁명적으로 변화시키면서 농시에 프롤레타리아를 창출시켰다. 그들은 가차없는 자본주의적 채찍 아래서 그것을 부정하는 운동 가운데 인간에 의한 인간의 착취, 만인에 대한 만인의 투쟁이라는 대립을 지양해야 하는 역사적 임무를 자각하게 되었다.[5]

이러한 분위기 속에서 비판적 리얼리즘의 작가들은 문학을 통해 보다 생동적이고 능동적인 활동과 실천을 하고자 한다. 그래서 이들은 가능한 한 많은 행위를 하는 사회적 인간을 표현하는 것을 예술 인식의 토대로 한다. 사회주의 리얼리스트들은 러시아 리얼리

---

5) 이봐스첸코, 비판적 리얼리즘과 사회주의 리얼리즘, <리얼리즘의 역사와 이론>, 여균동 편 (서울: 미래사, 1986), 230쪽.

즘의 틀 안에서 비판적 리얼리즘 작가와 사회주의 리얼리즘 작가
들을 분류하였는데, 발자크, 스탕달, 디킨즈, 고골리 등을 비판적
리얼리즘의 계열에 포함시킨다. 곧 비판적 리얼리즘 작가들은 인간
의 탈사회화, 인간의 소외, 인간들의 대립 등의 현실을 예술의 내
용으로 하였다. 19세기 비판적 리얼리즘은 자본주의적 세계 질서의
부패를 탄핵하였다. 그들은 이기주의, 기생충적 근성, 이익욕 등을
비판하면서 거기서의 탈출과 가능성을 제시한다.

> 19세기 전반기의 비판적 리얼리즘 작가들은 이기주의와 사리사욕의
> 지배가 야기시킨 파괴적 결과를 관찰했던 반면에 돈의 왕국으로부터
> 의 탈출구와 탈부르조아적 실존의 가능성을 그들의 주인공으로부터
> 모색했다. …(중략)… 지난 19세기 전반기의 비판적 리얼리즘은 인간
> 에게 힘있는 사회적 가능성들이 펼쳐져 있다는 신념으로부터 출발했
> 고 그렇기 때문에 인간적 활동성의 의미를 그 중심점으로 삼았다. 이
> 것은 새롭고 더 우월하고 진보적인 인간 공동체가 시작됨을 의미했던
> 위대한 역사적 대전환의 결과였다.[6]

그리하여 19세기 전반기의 소설 주인공들은 혁명적 전환과 생성
의 와중에서 자신을 발견하며, 후반기에는 내적으로 정태적이며 변
화가 불가능한 상황 속에서 더 이상 희망이 없다는 느낌을 짙게
한다. 러시아 리얼리즘에서는 플로베르가 개인 활동의 탈출구를 부
르조아 사회의 쇠사슬로부터 자유로운 영역, 즉 환상이나 정신적인
삶, 지성의 영역에서 구했고, 로망 롤랑이 <장 크리스토프>에서 인
간적 존재의 창조적, 정신적 본질을 풍부하게 설명했다고 본다. 또
한 그들은 고골리, 톨스토이 등을 비판적 리얼리즘, 푸시킨을 사회
주의 리얼리즘 계열 작가로 본다. G. 루카치는 톨스토이가 과거의

---

6) 상게서, 233, 234쪽.

리얼리즘 전통을 계승했으며, 지주적 착취자와 피착취자간의 관계를 잘 표현했다는 점에서 비판적 리얼리즘의 작가로 본다. 나아가 톨스토이 문학의 발전은 러시아 지배계급으로부터의 점진적 이탈 과정, 러시아 현실의 억압자·착취자를 향한 증오심의 확대 과정이라는 것이다. 또한 그는 푸시킨이 서구 리얼리즘 기법을 살렸으면서도 사회적 재생의 가능성을 제시했다고 치켜세웠으며, 푸쉬킨 소설에서 사회의 세력이 주인공의 인간성을 왜곡시키거나 그 인간성의 핵심에 손상을 가하지 못한다는 점이 표현되고 묘사되었다[7]고 본다.

루카치에 의하면 푸시킨의 작품은 첫째로 리얼리즘 기법을 닮고 있고, 형식적인 균형미가 나타난다.

> 그의 모든 형상화는, 그것이 하나의 감정이나 어떤 사건을 묘사하는 경우라 할지라도, 그것의 양적 질적 비중에 따라 내용상 그리고 형식상으로 객관적 사회 현실의 가장 심원하고 참된 방향에 엄밀하게 상응한다. 또 그의 모든 형상화는 푸시킨의 시대에서는 미래와 미래의 진보가 생활의 표면에서는 거의 없거나 희박하게만 보일 때조차도 그것은 지향하는 운동, 변화, 개혁의 비율에 정확히 대응하는 것이다.[8]

둘째로 루카치는 푸시킨의 객관적 태도를 지적하고 있다.

> 라스띠냐크의 운명, 줄리앙 소렐의 운명 그리고 특히 라스콜리니코프의 운명은 발자크, 스땅달, 그리고 도스토예프스키의 극히

---

7) G. 루카치, 변혁기 러시아의 리얼리즘 문학, 조정환 역 (서울: 동녘, 1986), 34쪽.
8) 상게서, 36쪽.

> 내면적인 삶의 문제와 아주 밀접하게 얽혀 있었다. 이에 비해 푸
> 시킨은 그의 주인공 헤르만을 외부에서, 어떤 흥미롭고 중요한 인
> 간 유형으로 볼 뿐, 헤르만의 운명과 최소한의 내적 연대도 맺고
> 있지 않다.9)

나아가 루카치는 푸시킨의 주인공들(오네긴, 알레코, 헤르만)의 대도시적인 성격이라든지, 개별적 디테일을 작품 전체의 多聲的 구성과 밀접히 연관지워 집중적이고 간결하게 묘사하는 것이라든지 하는 등 푸시킨이 러시아 리얼리즘에 상당히 공헌했다고 본다.

이러한 루카치의 주장은 사회주의 리얼리즘편에서만 바라본 편견이 많이 섞여 있고, 사회주의 리얼리즘도 미리 주어진 간명한 통찰들을 사례를 들어 구체화시키거나 단지 도해식을 제한하는 점 등에서 문제가 있다. 그러나 푸시킨이나 톨스토이의 작품에서 리얼리즘 측면을 바라보는 데는 효용이 있다. 말하자면 서구 리얼리즘과 사회주의 리얼리즘의 공통점을 발견하게 한다. 이를 구체적으로 나열하면 다음과 같다. 첫째 진리를 충실하게 나열하는 예술적 표현이라는 점, 둘째 자연에 대하여 가지게 되는 인상을 객관적으로 드러내고 실재를 재현하려 한점, 셋째 현실에 대한 보다 현실성 있는 서술을 한다는 점, 넷째 미래에 대한 도정을 제시한다는 점 등이다. 그러나 서구 리얼리즘과의 차이도 없지 않다. 그것은 미리 주어진 사상적 기준에 맞추거나 도해식으로 설명하는 데 있고, 사회주의적 조건하에서의 리얼리즘의 방법이 연구되며, 세계의 사회주의 혁명을 위한 현실적 투쟁으로 리얼리즘의 방법을 이용하고 과학적으로 통찰하며 능동적으로 실천하기를 강요하기까지 한다는

---

9) 상게서 38, 39쪽.

것[10]이다. 그러나 사회주의 리얼리즘은 장점도 없지 않다. 그것은 인간이 세계를 변혁시킬 힘을 긍정하고, 사회적 생존 조건과 인간의 인격성을 변화시킬 인간의 활동성을 인정한다는 점이다. 그것의 미적 성과는 새로운 인간의 모습에 있다. 그것은 시대의 진보를 위해 인간의 본질적이고 자유로운 행위에 의해 행동하고 활동하게 하며, 동물적인 존재 조건으로부터 빠져나와 현실적으로 인간적인 존재 조건 속으로 들어가게[11] 한다.

따라서 1920년대 이후의 한국 문학에 나타난 민족문학과 프로문학의 본질을 이해하기 위해서는 서구 리얼리즘과 러시아 리얼리즘의 공통점과 차이점을 분석하고, 그 특성들이 한국 문학에 어떻게 반영되었는지를 고찰할 필요가 있다고 본다.

한국 문학에서 리얼리즘은 18,9세기에 발달한 실학사상과 서민의식을 계기로 현실 인식의 기반을 형성하기 시작했다. 실학사상은 농·공·상을 천히 여기던 그 이전의 성리학적 관점에 반기를 든 것이다. 그리하여 현실에 낳은 관심을 가시기 시작했으며, 박지원의 [양반전]·[호질]·[허생전]에서 보이는 것처럼 이전의 양반들의 위선을 풍자하며 인간성을 현실과 관련시키려 했다는 점에서 혁신적이다. 그러나 그것은 위정자를 중심으로 한 권력이 적극적으로 받아들이지 않았다는 점에서 아쉬움이 남으며, 사실주의 이론이 구체적으로 논의되기 시작한 것은 김동인이 春園의 문학에 나타난 계몽성을 비판하면서부터라고 할 수 있다. 구체적으로 <創造>의 등

---

10) 스테판 코올, 리얼리즘의 역사와 이론, 여균동 편 (서울: 미래사, 1986), 148-151쪽.
11) 이봐스첸코, 전게서, 253쪽.

장과 관련을 가지며, 김동인·염상섭·현진건·최학송·주요섭·조
명희 등을 들 수 있다.

한국 문학에서 리얼리즘은 1920년대의 민족 현실에 대한 투철한
인식의 필요[12]에서 본격적으로 제기되었다. 곧 식민지 현실에서 작
가들은 당대의 대중으로 하여금 식민 정책의 모순을 폭로하고 가
난한 민족의 삶과 식민 정책의 모순을 자각하게 할 필요[13]가 있었
다. 그리하여 작가들은 이광수처럼 이상적 세계를 추구하기보다는
현실 자체에 보다 관심을 집중함으로써 리얼리즘 문학과의 필연적
인 접맥을 꾀하게 된다. 그러므로 리얼리즘과의 접맥은 당시 순수
문학이나 프로 문학을 추구하는 작가들의 공통된 관심사라고 하여
도 과언이 아니다. 따라서 리얼리즘에 대한 자세한 고찰은 순수 문
학과 프로 문학의 공통점과 차이점을 리얼리즘의 측면에서 파악하
는 것이 되며, 이 점은 두 문학이 공통된 뿌리를 가지고 있었다는
점에서 한국 문학에서 양분되어 온 문학의 흐름을 보다 객관적인
위치에서 재조명할 계기를 가져다 줄 것이다.

그런데 한국 문학에서 리얼리즘은 몇 가지 특이한 점이 있다. 첫
째 서양에서는 낭만주의에 대한 반발로 사실주의가 대두했는데, 한
국 문학에서는 사실주의와 낭만주의가 같은 시기에 들어왔다. 즉
1919년 <창조>의 창간을 계기로 사실주의, 1922년 <폐허>를 중심
으로 낭만주의가 나타난다. 둘째 사실주의와 자연주의를 혼동해서
쓰는 경우가 많다. 후자에 대해서는 서양에서도 동질론으로 보는
경우[14]와 리얼리즘이라는 더 큰 유개념의 테두리 속에 넣으면서

---

12) 빈민에게로 가라, <동아일보> 사설, 1923.10.20
13) 조진기, 한국 근대 리얼리즘 소설 연구 (서울: 새문사, 1989), 67쪽.
14) 동질론은 브으샤 Beuchat, 하우저 Arnold Hauser 등의 견해로 양자간에 아
    무런 차이도 인정하지 않는다. 그래서 하우저는 다음과 같이 말한다.

별개로 취급하는 경우15)가 있다. 따라서 한국 문학에서는 리얼리즘의 큰 테두리 속에서 사실주의와 자연주의의 요소들을 포괄적으로 고찰할 필요가 있다. 다만 리얼리즘의 관점에서 볼 때, 사실주의가 주어진 현실에 대한 정확한 관찰을 하며 환경을 중시하는 데 비해 자연주의는 자연과학적 방법을 통해서 자연16)을 관찰한다는 점에

'그 한계선이 매우 유동적이기 때문에 그 발전의 두 국면을 가른다는 것은 … 실제적 견지에서 볼 때 직접적인 오류를 초래케 한다고는 말 못할 지언정 적어도 전적으로 소용없는 일임이 분명하다. 어쨋든 우리가 여기에서 고찰하고 있는 예술 운동 전반을 자연주의라고 부르고, 리얼리즘이라는 개념은 낭만주의와 그 이상주의적 경향에 대립하는 철학에만 적용히는 것이 더 편리하다. 예술적 스타일로서의 자연주의와 철학적 태도로서의 리얼리즘은 그 구분이 완전히 뚜렷한 것이지만, 예술에서의 자연주의와 리얼리즘의 구별은 사정을 복잡하게만 만들고 사이비 문제를 제기할 따름이다.' 뿐만 아니라 1848년 보들레르는 발자크를 가리켜 '소설가이며 학자, 발명가이며 관찰자, 또한 사상과 가시적 존재의 생성의 법칙을 알고 있는 나튀랄리스느'라고 말하였으며, 졸라는 자신이 보기에 반낭만주의적으로 여겨지는 작가들을 초기에는 리얼리스트 또는 자연주의자라고 구별 없이 지칭하다가 차츰 그의 문학 이론이 정비되어 감에 따라 후자의 용어를 사용하게 된다.
· Hauser, The Social History of Art, Vintage Books, 1958, vol.4, 64쪽.
· 정명환, 졸라와 자연주의 (서울: 민음사, 1982), 214쪽.
15) 자연주의를 리얼리즘이라는 큰 유개념의 테두리 속에 넣으면서도 그 이론적 주장의 극단성과 특수성 때문에 별개로 취급하는 경우가 있다. 말하자면 리얼리즘은 현실을 일정한 방법으로 파악하고 정해진 규칙에 의거해서 현실의 類像을 제시하려고 하는 반면, 자연주의는 꽉 짜여진 상황에서 하락하는 인간의 모습을 보이려고 하기 때문에 비관주의적이라는 것이다.
　졸라의 소설에서 자연과의 합치는 육체적, 생리적 현상으로 나타난다. 그리고 자연 그 자체가 동적 성격을 띠고, 인간의 정력적인 약동으로 전환시키기도 한다. 말하자면 자연은 인간의 속에 깃들어 있는 정력을 밖으로 분출케 하는 직접적이며 즉각적인 소여이며, 자연의 힘은 육체를 통해서 작용하기도 한다.
· 정명환, 전게서 162쪽.
16) 철학적 의미의 자연주의는 시간과 공간에서 생겨나는 일체의 사건을 자연이라고 부르며, 이 자연은 과학의 인과율로 모두 설명이 가능하다고 본다.

서 차이가 있다.

셋째, 한국 문학에서의 리얼리즘은 러시아 리얼리즘의 요소도 많이 반영되어 있다.

19세기 러시아 리얼리즘은 서구의 선진 제국과 폭넓은 문화적 관계를 가졌던 지방에서 발달하였다. 19세기의 러시아 리얼리스트들은 러시아에서 농노제적인 제도가 붕괴되고 자본주의의 요소들이 부단히 발전되는 시대에 살았다. 동시에 서구와 보다 선진적인 유럽 국가들의 모습에서 그들은 이미 완전히 성숙된 부르조아 사회의 특징들을 볼 수 있었고, 얼마 후엔 부르조아 사회가 몰락하는 최초의 징후들을 볼 수 있었다. 이 역사적인 시기 동안에 러시아에서는 처음엔 귀족 운동이 일어났고, 19세기 후반기에는 참여자들의 사회적 성분이 잡계급 출신인 사람들에 의한 해방 운동이 대중의 불만을 고조시켰다. 신분제와 농노제와의 투쟁에 야기된 혁명적 분위기는 부르조아적 환상에 대한 환멸로 인하여 더욱 공고히 되었다. 이러한 사회 상층부에 대한 비판적 태도가 19세기 러시아 소설가들의 창작 속에서 대중에 대한 관심과 그들 자신의 창작으로 대중의 역사적 각성을 촉진하려는 노력과 결합되었다. 말하자면 러시아 작가들은 민중과 민중의 탐구 속에서 미래에 대한 확신, 인간 본성의 밝고 휴머니즘적인 원칙에의 믿음과, 역사와 개개인의 보이지 않는 이성에 대한 믿음을 이끌어 냈던 것이다[17].

이러한 특성들은 1920년대에 브나로드 운동과 같은 성격의 농촌 계몽 운동이 전개된 점과, 비교문학적 측면에서 轉信者 역할을 한 일본 문단에 러시아 소설이 많이 번역되어 있었던 점 등에서 발견

---

17) 게오르기 프리들렌제르, 러시아 리얼리즘론, 이항재 역 (서울: 열린책들, 1989), 159-182쪽.

된다. 그리하여 이광수가 톨스토이의 기독교적 인도주의 정신에 영
향을 받고, 김동인은 에밀 졸라의 소설에 나타난 산만성을 비판하
면서도 톨스토이의 문학 이론(인형조종설, 톨스토이식 사실주의 등)
을 좋아했으며, 염상섭의 [표본실의 청개구리] 등에 나타난 우울
성·암담성도 러시아 리얼리즘에 대한 취향18)에서 비롯되었다고
할 수 있다. 또한 당시 식민지 현실에서 부르조아에 해당하는 일제
에 대한 저항의식, 봉건 질서의 신분제에 대한 반발, 인간 본성의
휴머니즘에 대한 관심, 가난 현실이 일제의 수탈에서 비롯되었다는
데 대한 자각 등에 관심을 가지고 있던 당시 지성인들의 취향과도
관련이 있다고 본다.

2. 김동인 소설과 리얼리즘

(1) 리얼리즘 계열의 소설

서구 리얼리즘이나 러시아 리얼리즘은 한국 문학에 대체로 어떻
게 반영되었는가. 이를 김동인을 중심으로 해서 몇 가지 알아보기
로 하자.

첫째 김동인은 일제 식민지 현실을 부자연하고 모순된다고 보고
부정적 현실을 있는 그대로 고발하여 작품을 휴머니즘을 되찾기

---

18) 조진기, 한국 근대 리얼리즘 소설 연구 (서울: 새문사, 1989), 147쪽.
　　우리의 리얼리즘 소설은 러시아 리얼리즘의 인도주의적 요소와 국민 의식
　　(민족 의식)을 중시하는 경향과 함께, 일본 明治, 大正期 문학이 강조한 私
　　소설적 경향과 단편 소설 중심의 소박한 리얼리즘으로 나타나게 된 것이
　　다.

위한 개혁의 수단으로 보고 있다. 이러한 태도는 앞에서 열거한 러시아 리얼리즘이나 서구 자연주의의 요소들을 반영한 것이다. 가령 졸라는 사람의 행위가 추악한 동물 행위의 상태에 머물러 있게 하는 사회 환경에 대하여 강한 반감을 표시하고 나아가 사회 개혁의 필요를 간접적으로 주장하였고, 토마스 하아디는 도덕적·종교적 의미가 사라진 세계에 놓여진 사회의 비관적인 운명을 개탄[19]했는데, 김동인은 [감자]에서 부정적 현실을 보여줌으로써 인간성의 개선은 독자 자신이 하도록 유도하였다.

둘째 한국 근대 소설에서 가난을 소재로 한 작품이 많은 것도 리얼리즘과의 관련성이 있는 것 같다. 러시아에서는 독일과의 전쟁 이후로 굶주림에 허덕이게 된 국민들이 파티 등으로 호화로운 생활을 하는 왕족이나 귀족들에게 불만을 품고 혁명을 일으켰다. 그리하여 톨스토이의 <안나 까레리나> 등에 나타난 상류층 유부녀의 바람피우기는 호화로운 귀족 생활에 대한 강한 불만을 야기시키기 위한 아이러니라고 할 수 있으며, 도스토예프스키의 <죄와 벌>에 나타난 가난한 젊은이와 부자 노파의 대조를 통한 휴머니즘의 발로와 톨스토이의 <부활>에서 네플류도프가 인간적인 양심편에서 끝까지 카츄샤를 따라다니며 변호해 준 일 등은 다 귀족과 평민을 객관적으로 바라보면서 하류 계층을 옹호하게 한다. 이러한 하류 계급의 편에 선 러시아 리얼리즘 소설은 일본문학을 轉信者로 해서 한국 문화에서는 토착 문화의 가난 현실과 함께 절실하게 다가선다. 그래서 가난 소재를 통해서 채만식의 <탁류>와 같이 가난을 세밀하게 관찰하여 사실적으로 보여주는 경향, 김유정의 [소낙비]와 같이 물질의 유혹에 넘어가는 '춘호 처'의 부정적인 면을 통해

---

19) 이상섭, 문학비평용어사전 (서울: 민음사, 1978), 244쪽.

서 순수성 지향이 강조되는 경향, 정비석의 [성황당]과 같이 가난 속에서 순수를 끝까지 지키는 서민의 모습을 긍정적으로 제시하는 경향, 프롤레타리아 문학과 같이 가난 소재를 계급 투쟁의 수단으로 보는 경향 등으로 나타난다.

셋째 한국 근대 소설에 나타난 리얼리즘은 서구 리얼리즘과 러시아 리얼리즘의 형식을 함께 수용했다. 서구 리얼리즘은 외적인 혼돈과 무질서에도 불구하고 낙관적인 결말과 산술상의 계산 방법으로 이상적 주인공들과 악한 주인공들의 숫자를 서로 동등하게 하고, 빛과 어두움의 대비 구조 속에서 서사의 극적 긴장과 이 극적 긴장을 상쇄시키는 플롯 전개의 완만함이 소태양계처럼 일정한 법칙과 질서가 있다. 여기에 비해 러시아 리얼리즘에서는 소설가의 자연발생적인 힘을 인정하면서 습관적인 문학 규범을 파괴하여 의도적으로 복잡화된 플롯의 무시, 외견상 불규칙적이고 비기교적인 형식이 실제적이고 일상적인 흐름 속에 있는 그것에 부응되도록 하였다.

리얼리즘의 형식을 김동인의 소설에서 찾아보면 [마음이 옅은 자여]에서는 불과 물의 이미지, 계절의 순환과 플롯이 조화되어 전개되는 점, [광염 소나타]에서는 액자소설 구조를 통해 예술적 창조력 중시와 도덕적 중시면에서 균형 감각을 가지는 점에서 서구 리얼리즘적이다.

그런데 김동인은 일본에 유학가서 당시 일본에 흘러 들어온 서구 리얼리즘과 러시아 리얼리즘의 대략을 이해했을 뿐이지, 그것을 본격적으로 익힌 것 같지는 않다. 그 이유는 다음과 같다. 첫째 김동인의 일본 유학 기간이 15세에서 20세까지인데 어떤 이론을 체계화시키기에는 너무 어린 나이라는 점, 둘째 서구 리얼리즘은 낭만적 요소에 대한 반발에서 나온 것인데 [마음이 옅은 자여]는 서간체 소설로 낭만적 요소가 가미되었다는 점(당시 일본에서는 서간체 소설이 유행했었다), 셋째 소설의 기본 이론과 리얼리즘을 구분 못한 점 등20)이다. 오히려 김동인은 당시 일본에 풍미하던 리얼리즘의 영향21)을 많이 받은 것 같다. 일본의 리얼리즘 문학은 대개

---

20) · 우리가 졸라의 각 작품에서 그 정확한 묘사며 지면에서 솟아나올 듯한 분명한 성격을 가진 각 인물을 보면서도 … 때때로는 참지 못하여 몇 페이지씩 뛰어넘으며 보는 것은 다른 것이 아니라 졸라의 작품에서는 통일된 이야기를 볼 수가 없다는 것이다. 김동인, [소설 작법]에서
   · 성격뿐으로, 플로트라는 것을 온전히 생각치 않고 써 나간 졸라의 모든 작품은 한낱 인물전람회로는 볼 수 있으나, 지리하고 용만하여 독자로서 하품을 나게 하는 것을 보면, 또한 성격뿐으로 플로트를 도외시할 수가 없다. 김동인, [소설 작법]에서
   · 소설 수법상 리얼이라 하는 것은 '있음직한 사실'이라야 한다. 이성으로 정확히 타진하면 '그런 일이 어디 있으랴' 하게 생각될 일일지라도 독자가 읽는 도중에 부자연미를 느끼지 않도록 만드는 것, 이것이 소설 수법상의 리얼이다. 김동인, [창작 수첩]에서
   · 그런지라 실재치 못할 일이라도 실재성을 띠게 묘사하고 실재한 사실이라도 거기서 모순된 군더더기를 모두 뜯어버리고 단순화하고 구체화하여 실재성을 띠게 하여 가지고 나타나야 한다. 성격 소설의 발달은 즉 리얼리즘의 발달을 뜻함이다. 김동인, [근대 소설의 승리]에서
21) 일본에서는 사실주의와 자연주의를 엄격하게 구별하여 받아들이지 못한 것 같다. 이런 경향 때문인지 이를 받아들인 한국의 논자들―백철·조연현·김동리·천이두 등―도 대부분 자연주의 경향으로 일괄 처리하여 버렸다. 말하자면 일본에서의 사실주의와 자연주의에 대한 혼동 양상이 그대로 한국 문학에도 수용되어 버린 것이다. 이 혼동을 모호하게 감추기 위하여 등장한 것이 '리얼리즘'이란 용어인데, 이는 대개 사실주의와 자연주의를 포괄하여 나타낸 것으로 이해되고 있다.
   · 백철, 신문학사조사 (서울: 신구문화사, 1970), 240쪽.
   · 조연현, 현대한국작가론 (서울: 문명사, 1970), 226쪽.
   · 조연현, 김동인의 문학, 김동인선집 (서울: 어문각, 1970), 524쪽. '김동리는 그의 [김동인론](<문학과 인간>)에서 김동인의 모든 작품을 자연주의적인 경향으로 일괄 처리하면서도 [광화사]나 [광염 소나타]를 낭만적 탐미적 경향의 작품이란 점을 지적했고'
   · 천이두, 한국단편소설론(상) (<현대문학>, 1965.10), 260-261쪽.

전기와 후기로 나누어지는데, 전기는 유전과 환경을 중시하고 도덕적 관념을 배제하며 적나라한 묘사를 통하여 현실을 재현하려 했지만 졸라의 과학적 실증 정신은 없고 단순히 외면적으로만 모방하고 있다22). 후기에는 硯友社를 중심으로 한 이전의 문학은 理想소설이거나 사건이나 인물의 성격을 과장하여 그려내서 재미만 주는 도금 문학이라고 규정하고 사물의 진상을 그리기 위해서는 무엇이든지 노골적이어야 하며 자연스러워야 할 것을 주장한다. 김동인의 [감자]에 나타나는 환경적 요인과 성에 대한 노골적 묘사, [김연실전]에서 '연실'의 연애에 대한 무지와 성에 대한 무감각 등은 다 이러한 경향을 반영한다.

평자들은 김동인의 소설에서 다음과 같은 작품을 리얼리즘의 경향으로 분류하고 있다. 백철은 자연주의 계열로 [감자]와 [발가락이 닮았다]를 들고23), 조연현은 자연주의적인 경향으로 [감자]·[明文]·[K박사의 연구]·[발가락이 닮았다]·[김연실전]·[수양]을 들고 있으며24), 김학동은 리얼리즘 소설로 [약한 자의 슬픔]·[유성기]·[목숨]25)·[배따라기]·[거칠은 터]·[유서]·[감자]·[명문]을 든다26). 이들 논자들은 사실주의와 자연주의를 동질론으로 보는 입장을 취한다. 그러나 김동인 소설에서 리얼리즘 경향은 보다 면밀하게 고찰할 필요가 있다.

---

22) 吉田精一, 自然主義硏究 (상) (東京堂, 1967), 1쪽.
23) 백철, 신문학사조사 (서울: 신구문화사, 1970), 128, 240, 243쪽.
24) 조연현, 김동인의 문학, 김동인선집 (서울: 어문각, 1970), 524쪽.
25) 필자는 [목숨](1921)을 심리주의 계열에 넣는 것이 좋을 듯하다. 이는 이상 성격의 소유자처럼 보이면서 사실은 과학적 합리주의에 반발하여 진실을 규명해 가는 주인공 M의 자세나 무의식의 표현이 초현실주의적 요소를 포함하고 있기 때문이다.
26) 김학동, 한국 문학의 비교문학적 연구 (서울: 일조각, 1972), 127쪽.

1) [약한 자의 슬픔](1919)[27]은 크게 네 개의 모티프를 가지고 있다. 첫 번째는 엘리자베트가 본능적으로는 이환을 사랑하면서도 실제로는 K남작에게 정조를 빼앗긴 데서 오는 상심이, 두 번째 단계는 법에 의해 자신의 억울함을 하소연해 보려 하지만 남작의 돈과 사회적 명망에 의한 좌절이, 세 번째로는 오촌모의 집에서 그림자 현상이나 환상과의 싸움을 통하여 서서히 자기를 찾아가는 고뇌가, 네 번째로는 엘리자베트의 몸속에 있던 핏덩이의 죽음을 통하여 약자의 위치에 있던 주인공이 강자가 될 것을 소망하는 자각이 보인다.

여기서 리얼리즘적인 요소는 일상적으로 일어날 수 있는 사건을 비교적 객관적으로 제시했다는 점이다. 말하자면 엘리자베트라는 약자가 강자인 K남작에게 유린당하고 쫓겨나는 과정에 작자의 직접적인 개입이 없고 오로지 보여줄 뿐이며, 거기에는 그렇게 될 수밖에 없는 인과의 법칙이 엄연히 자리잡고 있다. 또한 엘리자베트에게 정신적·육체적 압박을 가한 남작은 양심적인 가책이나 윤리의식을 전혀 보이지 않는다. 그리고 엘리자베트의 심리와 연결시켜 심리적 갈등이 심할 때는 장마비를 등장시켜 환경을 세부적으로 묘사한다. 그리고 엘리자베트가 램프 불빛을 바라보면서 갑자기 강

---

27) · 장백일, 김동인문학연구 (서울: 인문당, 1989), 72쪽.
　　‘[약한자의 슬픔]은 약자의 비참한 패배로부터 강자로 되기까지의 전락과 자각에의 구조이다.’
　　· 신동욱, 김동인문학에서 발견되는 하강적 미의식 1, <시문학> 제73호 (1978.8), 84쪽.
　　‘약자는 스스로를 강화함이 없이는 세계와 싸워 이기고 살아갈 수 없다는 실제상의 삶의 문제를 소설적 갈등으로 묘사한 것으로 볼 수 있다.’
　　· 김홍규, 황폐한 삶과 영웅주의 (<문학과 지성> 봄호, 1977), 225쪽.
　　‘승리를 향한 갈망의 역설적 표현’

자가 되기를 소망하는 과정은 형식적인 관습이 거부된 비전통적인 플롯으로 해석할 수도 있으며, 개성이 없이 서구적인 인상이 풍기는 '엘리자베트'나 'K남작'이라는 에펠레이션은 사회 제도에 의한 개성의 소멸화 현상을 상징하기도 한다.

2) [K박사의 연구](1929)는 주관성에서 헤어나지 못하는 과학자와 일상인으로서 비교적 객관적 안목을 가진 조수를 대비시켜 일상성이나 객관성이 결여된 인간을 풍자한 작품이다. 식량 문제가 인류의 미래를 위한 심각한 연구 과제이기는 하지만 똥이라는 물질을 연구 대상으로 설정한 것은 희화적이다. 이 작품은 과학자라 사부하시반 주관성에 빠진 한 인간과 비록 조수이긴 하시반 일상성 속에서 비교적 객관성을 유지하는 조수의 대비를 통해서 일상성에 대한 새로운 시선을 제공하고, 인물 설정이나 스토리가 인과의 법칙에 의해 진행되는 점에서 사실주의적 요소를 가지고 있다.

3) [감자](<조선문단>, 1925.1)는 리얼리즘―좀더 세분해 들어가면 자연주의[28] 계열에 속하는 작품이다. 이 작품은 복녀가 가난이라는 환경과 남편의 세으름 때문에 타락해 가는 과정을 인과율적으로 보여 주고, '왕서방'과 남편과 의사가 모두 금전의 유도적인 힘에 의해 윤리적이고 교훈적인 특성으로부터 벗어나 있는 것을 드러낸

---

28) 김학동·이재선 외, <한국근대문학연구> (서강대 인문과학연구소, 1969)에서 김학동은 자연주의에 대하여 다음과 같이 개념을 규정하였다. 1) 자연주의는 결정론적 물질주의를 요구한다. 2) 과학자와 같이 과학적인 방법에 의거하여 현실을 관찰하고 실험하되, 유전과 환경과 시대가 인간에게 미치는 영향을 해부하고 분석하여 결론을 내린다. 3) 사회의 총체적인 변혁을 기도한다. 4) 현실의 제시에 그 대상을 선택하지 않는다. 5) 문장의 세련으로 진실이 왜곡되고 작가의 개성이 노정되는 것을 꺼려 구성과 표현을 의식적으로 확대시키고 있다. 6) 조잡하고 추악한 사회의 어두운 면을 폭로한다. 그러나 이러한 규정은 넓은 의미에서의 리얼리즘을 말한 것이다.

다. 특히 복녀가 환경적 요인에 의해 타락해 가는 과정은 자연주의의 한 전형을 보여주는 것이다.

4) [배따라기](1921)는 리얼리즘-보다 세분해서 자연주의의 범주에 넣을 수 있는가. 자연주의의 대표격인 졸라의 소설에서 자연은 육체적, 생리적 현상으로 나타난다. 그것은 동적 성격을 띠고, 인간을 정력적으로 약동하게 하기도 한다. 말하자면 자연은 인간에 깃들어 있는 정력을 밖으로 분출케 하는 직접적이며 즉각적인 소여이며, 자연의 힘은 육체를 통해서 작용하기도 한다. 그럼 김동인의 [배따라기]에 나타난 자연은 어떤 것인가. 물론 발단 부분에 자연이 묘사[29]되어 있기는 하다. 그러나 자연주의에서의 자연은 만물의 소생이나 순환과 같은 자연의 질서나 과학의 법칙에 더 가깝다. 곧 삶의 흐름에서 나타나는 과학의 법칙이 자연이다. 이렇게 보면 [배따라기]에는 눈에 보이는 자연 말고 또 다른 자연의 세계가 있다. 그것은 인간 심성에서 보여지는 자연이다. 주인공 '그'는 카인 콤플렉스(형제간의 질투 감정)를 가지고 양가 감정을 가진 존재이다. 그리고 그는 그것을 유발할 수밖에 없는 환경적 조건에서 살고 있다. 바다를 향한 조그만 마을에서 '그들 형제가 그 마을에서 제일 부자이고 또 제일 고기잡이를 잘하였고, 그 중 글이 있었고, 배따라기에도 그 마을에서 빼나게 그 형제가 잘하였다.' 이러한 조건은 카인 콤플렉스가 발휘되기에는 최상의 조건이다. 더구나 '그의 안해는 촌에는 드물도록 연연하고도 예쁘게 생겼다.' 이 때문에 '그'는 아내가 아우에게 조금만 잘 해 줘도 시샘을 한다. 아우에게 자

---

29) … 낮게 뭉글뭉글 엉키는 분홍빛 구름으로서, 우리와 서로 손목을 잡자는 그런 하늘이다. 사랑의 하늘이다. 나는 잠시도 멎지 않고 푸른 물을 황해로 부어내리는 대동강을 향한 모란봉 기슭, 새파랗게 돋아나는 풀 위에 뒹굴고 있다. 김동인, [배따라기]에서

신이 아껴 두었던 음식을 주었다는 질투심에서 아내를 두들기고, 집 나간 아우를 걱정한다고 두들겨 팬다. 그것은 아내를 너무 사랑한 나머지 생긴 질투심이요, 양가 감정이다. 어느 날 '그'는 아내가 사다 달라는 거울을 사 가지고 좋아하던 술도 안 마시고 돌아온다. 그런데 방안에는 아내와 아우가 이상한 모습을 하고 있다. '방 가운데는 떡상이 있고, 그의 아우는 수건이 벗어져서 목 뒤로 늘어지고 저고리 고름이 모두 풀어져 가지고 한편 모퉁이에 서 있고, 안해도 머리채가 모두 뒤로 늘어지고 치마가 배꼽 아래 늘어지도록 되어 있으며, 그의 안해와 아우는 그를 보고 어찌할 줄을 모르는 듯이 움직도 안하고 서' 있다. 영락없이 두 사람이 육체적 관계를 맺은 듯한 모습이다. 아우가 쥐를 잡으려다가 그렇게 되었음을 넌지시 암시를 주었으나, '그'가 그걸 믿을 리 없다. 그는 아우를 때려서 문밖에 던진 뒤에, 쥐를 잡으려다가 그렇게 되었다는 아내의 말도 믿지 않고 마구 때린 뒤에 등을 밀어 내어쫓았다. 그는 저녁이 되어 불을 켜려고 성냥을 찾다가 후덕덕 뛰어나왔다가 사라지는 쥐를 발견하고는 진상을 알게 된다. 그러나 아내는 다음 날 물에 불은 시체가 되어 발견된다. 그리고 아우는 그가 아내를 장시지낸 이튿날부터 보이지 않는다. 그는 혼자 남은 아우의 아내를 잠자코 보고 있을 수가 없어 아우의 소식을 알아 보려고 어떤 배를 얻어 타고 물길을 나선다. 곧 이 작품에는 카인 콤플렉스를 가진 인간이 그것이 돌출할 수밖에 없는 환경적 조건에서 인과율적으로 살아갈 수밖에 없는 삶이 그려져 있다. 그리고 그 때문에 물 이미지와 함께 끝없이 속죄의 길을 걸을 수밖에 없는 인간의 조건을 그려 놓았다. 이러한 삶이 진행되는 동안 새빨간 빛과 물 이미지가 적절하게 배열되어 있다. 곧 '그'가 사랑의 마음을 간직한 채 아내를 위해 자기 집으로 돌아올 때는 '새빨간 저녁 햇빛을 받은 넘치는 바다'이다. 그러나 '그'가 속죄의 이미지를 가지고 있을 때의 배경은 '새빨간 빛을 등으로 받으면서' 떠난 아우를 찾아 나서는 물의 이미지다. 이와 같이 배경 또한 주인공의 심경에 따라 변화한다. 이것은 소태양계처럼 일정한 법칙과 질서가 있는 리얼리즘의 형식적 조건에 해당한다. 따라서 [배따라기]는 그 플롯이나 표현 형식에 있어 리얼리즘의 조건을 갖추고 있다.

(2) 서구 리얼리즘의 옹호

김동인은 톨스토이의 창작 태도(인형조종설 등)를 즐겨 사용하였으면서도 러시아 리얼리즘을 강하게 비판하는 입장을 보였다.

> 비문학적인 레닌이 자기의 정치적 의욕을 위하여 창조해 낸 예술론에 취하여 그릇된 논조의 담을 쌓고 그 안에서 으르렁거리려는 사람들을 보면 자연히 고소를 금치 못하겠다.[30]

이는 김동인이 프로문학에 대해 얼마나 냉소적이었는가를 잘 말해 준다. 이 외에도 김동인은 [문예비평과 이데올로기] · [해방후 문단의 독재성] · [계란을 세우는 방법] · [계급문학시비론] · [민족문학과 무산문학의 합치점과 차이점] · [속 문단 회고] · [적막한 藝苑] 등[31]에서 프로문학의 모순을 지적하고 있다. 그는 소설에서도 비판적 리얼리즘의 흉내를 내면서 프롤레타리아의 허구성을 풍자했는

---

30) 김동인전집 16권 (서울: 조선일보사, 1988), 370쪽.
31) 김동인전집 16권 (서울: 조선일보사, 1988), 205, 263, 267, 279, 286, 330, 370, 206쪽.

데, [벗기운 대금업자](1930) · [배회](1930) 등이 여기에 해당한다.

[벗기운 대금업자]는 전당국 주인 삼덕이가 노동자·학생 등의 프롤레타리아의 사기와 위협에 시달리다 재산을 거덜내고 만주로 유랑의 길을 떠났다는 스토리로 되어 있다. 전당포는 당시 악덕 부르조아로 낙인찍히던 시절에 전당국 삼덕이를 통해서 프롤레타리아의 착취를 풍자한 것은 프로문학 경향에 대한 비판의 일면을 잘 보여 준다. [배회] 역시 프롤레타리아의 전형인 고무 공장 직공 B와 그를 관찰하는 A를 통해서 그들 삶의 진면목을 보여 주는 듯하다가 결말에 가서 유희 기분에 젖어 동맹 파업을 하던 직공들의 모순을 풍자한 것은 김동인의 프로문학에 대한 비판이 그만큼 고착화되어 있음을 드러낸 것이다.

김동인은 계몽주의적 성격의 春園 문학을 비판하면서 '인생 문제 제시'를 들고 나왔다. 그만큼 그는 리얼리즘에 충실하려 한 듯하다. 그는 선악 관념보다도 미에 더 충실했다. 김동인이 말하려는 미는 선이든 악이든 사실적으로 그려내는 데 의미를 둔 리얼의 의미가 강하다. 그래서 그는 악의 더러운 면을 보여서 독자로 하여금 선을 깨닫게 할 수 있으면 그것도 가치가 있다고 보았다. [감자]는 그러한 단면을 잘 드러낸 작품이다. 그는 어느 정도의 리얼리즘 이론도 가지고 있었다[32]. 그리고 그러한 경향은 인간 심리의 표현을

---

32) · 리얼리즘의 사명은 이 복잡하고 불통일되고 모순 많은 인간 생활을 단순화하고 통일화하는 데 있다. 찌꺼기를 모두 뽑아 버리고 골자만을 남겨 가지고 그것을 정당화시켜서 표현하는 데 있다. 그런지라 실재치 못할 일이라도 실재성을 띠게 묘사하고 실재한 사실이라도 거기서 모순된 군더더기를 모두 뜯어버리고 단순화하고 구체화하여 실재성을 띠게 하여 가지고 나타나야 한다. 성격 소설의 발달은 즉 리얼리즘의 발달을 뜻한다.
김동인, 근대소설의 승리, 김동인전집 16권 (서울: 조선일보사, 1988), 221

통해서 인과율로 드러나는 것을 특징으로 한다. 따라서 앞으로 김동인 소설에서의 리얼리즘은 작중 인물의 심리 분석과 함께 체계화되어야 할 것이다.

쪽.
· 독자가 읽는 도중에 부자연미를 느끼지 않도록 만드는 것, 이것이 소설 수법상의 리얼이다. …(중략)…사실 그대로를 묘사했다, 혹은 사실 실제로 경험한 심리를 그대로 소설에 써 넣었다 하는 말은 대개는 실상으로는 부자연한 느낌을 받는 소설이요, 따라서 부자연한 소설이다. 그와 똑같은 의미로, 그와 꼭 반대의 의미로, 그 소설은 자연스럽다든가 자연스러운 진전을 보인 소설이라 하는 것은 실재 사실―현실과 자세히 대조 검분한다면 부자연한 사실이요, 있을 수 없는 현실이다.
  김동인, 창작수첩, 429쪽.
· 소설에서도 마찬가지다. 순화라고 하는 것이 그것이다. 먼저 '사건'으로 논하자면 먼저 그 소설의 진전과 그다지 관계가 없는 사건은 아무리 그 소설의 주인공의 행한 일이라든지 아무리 주요 인물이 연관된 일이라도 제해 버린다. 그렇지 않으면 아주 경하고 작게 취급을 한다.
  김동인, 창작수첩, 431쪽.

시간의 담론

1. 시간현상학적 접근

소설에서 시간은 단순히 하나의 테마나 어떤 성취를 위한 조건일 뿐만 아니라 소설의 주제 그 자체가 되며 사건을 성취시키는 힘[1]이다. 소설에는 시간적 繼起를 통해 진전해 가는 작중인물의 행동이 작가의 개성과 기법에 따라 여러 가지 형태로 배열된다. 그래서 모든 소설은 그 나름대로의 시간 체계를 가지고 있으며, 여러 時間價의 복합체[2]로 이루어져 있다.

시간은 심리적 측면에서도 깊은 의미를 지닌다. '모든 사람들이 다 제 나름의 시간 체계를 가지고 다닌다'[3]는 멘딜로우의 지적처럼 인간의 정신세계에서 시간에 대한 인식의 범주는 다양하게 나

---

1) 한스 마이어호프, 문학과 시간현상학, 김준오 역(서울:삼영사, 1987), 13쪽.
   '문학은 시간적 예술이다.'
   롤랑 부르뇌프/레알 윌레, 현대소설론, 김화영 편역(서울:문학사상사, 1990) 193, 194쪽.
2) A.A 멘딜로우, 시간과 소설, 최상규 역(서울:대방출판사, 1983), p.74쪽
3) 상게서, 18쪽.

타난다. 우리는 시간이 때로는 빨리 가고 때론 느리게 흐른다고 느낀다. 그리고 어떤 때는 시간의 흐름을 예민하게 의식하고, 어떤 때는 시간의 흐름을 의식하지 못할 때도 있다. 그리하여 작품 속에서 충격적인 장면의 사건은 오랫동안 우리의 기억 속에 남아 있고, 지루하게 서술된 부분은 금방 잊어버리기도 한다. 이러한 여러 경우를 통해 볼 때 인간의 모든 경험 속에는 시간적 지표(temporal index)가 찍혀 있음을 알 수가 있다. 공적이고 객관적인 시계나 연대가 지시하는 물리학의 시간 개념인 자연적 시간이 있는가 하면, 커다란 충격이나 감동을 받았을 때는 그 인상이 오래 간다는 점에서의 경험과 깊은 관련을 가지는 문학적 시간도 있다. 문학에서 다루어지는 문학적 시간은 경험의 일부가 되고 인간의 생활구조 속에 포함되어 있는 시간의 의식이다. 그러므로 문학적 시간의 의미는 경험세계와 인생의 맥락 속에서 터득될 수 있다.

이 세상에서 일어나는 것은 모두 현재의 시점에서 파악된다. 과거의 기억과 미래에의 기대는 현재의 의미있는 시간의 연속체 속에서 구성된다. 이런 해석에 의하면 과거란 과거사에 대해 현재에 일어나고 있는 기억 경험이며, 미래란 미래사에 대한 현재의 기대나 예상이다. 과거와 미래는 단절되어 있는 것이 아니라 연속적 흐름 속에서 경험된다. 그래서 인상깊었던 순간의 이미지는 영원히 지속되기도 하고, 다양한 이미지들이 어떤 사건을 중심으로 시간 경험의 연속적인 흐름 위에서 통일되고 조화되어 나타나기도 한다. 독자들이 작품 줄거리를 흥미진진하게 읽을 수 있는 것도 자신의 체험과 함께 시간의 연속적인 흐름을 따라가기 때문이다. 시간의 흐름 위에서 동적으로 결합되는 사건들이 가치를 가지느냐 못 가지느냐 하는 것은 연상에 의해서 판단된다. 의식의 흐름과 기억에 나타나는 연상은 인간을 문학적으로 재구성한다고 할 때 객관적·역사적 자료에 부가해서 작중인물의 행위가 실감나도록 하는 자기 동일성의 중요한 단서로 활용되어 왔다.

자아나 인격은 개인의 역사를 이룩하는 순간들과 변화들의 연속을 배경으로 할 때에만 경험되고 터득된다4). 자아는 경험의 순간들을 통합하여 어떤 종류의 통일체를 구성하는데, 이런 구성에는 시간의 연속적 흐름이 깊이 개입해서 이루어진다. 우리의 인격이 견고하고 불변한 하나의 핵을 중심으로 세워지는 것은 통일성과 연속성이 있는 자아와 시간의 속성 때문이다. 그래서 작가는 독자의 자아를 성숙된 데로 나아가게 하기 위해 기억과 상상력의 종합을 시간의 연속성과 통일성 위에 놓음으로써, 독자의 연상이 작품의 구조에 와 닿게 한다.

마이어호프 Hans Meyerhoff는 진정한 자아가 획득되는 과정에서 자기 동일성이 증명되는 시간적 양상을 표면적 현재와 기억 구조5)로 구분하였다. 표면적 현재는 의식의 흐름 속에 부유하는 무질서한 이미지늘이 상징적으로 상호 관련됨으로써 어떤 의미를 획득하게 하는 것을 말한다. 그리고 표면적 현재는 의식의 흐름, 상징적 연관성, 자유 연상의 수법 등으로 자아를 하나의 지속적 통일체로 인식게 하며, 인격을 재구성하는 기능을 한다. 기억 구조란 시간과 자아의 통일체들이 과거에 관하여 상호 의존의 관계를 가지는 것으로, 기억이 시간과 자아의 구조를 해명하는 관건이 된다. 그리하여 특별한 사건을 회상함으로써 인간의 전생애를 재구성하여 다양성 속의 통일로 경험적 시간을 재포착하게 하는 방법이다. 이는 백

---

4) 한스 마이어호프, 전게서, 12쪽.
5) 이승훈, 문학과 시간(서울:이우출판사, 1986), 54-56쪽.

일몽과 환상의 세계에 부유하는 무질서한 이미지들의 파편들을 결합하여 어떤 통일체를 만드는 표면적 현재에 비하여, 기억·상상력의 상호 의존 관계에 의하여 진정한 자아가 재창조된다[6]는 점에서 차이가 있다. 따라서 특별한 사건을 회상함으로써 인간의 전생애가 구성될 수 있다는 논리가 성립된다.

　김동인의 「목숨」(1921)에서 주인공은 자신이 죽을 지도 모른다는 환상에 사로잡혀 여러 꿈 장면에서 자신을 죽음으로 내몰려는 악마와 마주선다. 그는 자신의 육체적 징조와 병원에 가 보라는 친척들의 권유와 S병원 원장의 오진 등이 한데 겹쳐 그의 정신세계를 죽음 이미지로 통일되게 한 것이라고 볼 때, 표면적 현재가 작용한 것이라고 보여진다. 결과는 주인공이 수술을 통해 살아나게 됨으로써 생명을 다루는 일에서마저 오진이 있다는 데서 왜곡된 현실을 조소한 것이지만, 글의 구성에서 나타나는 현실과 환상의 교차는 진실을 밝히는 데 소용되며 죽음 이미지에서 삶의 이미지로의 변화를 실감케 한다. 주인공이 죽음의 공포 앞에서 악마를 보고 헛소리를 하는 것은 인격의 해체가 아니라 삶의 진실을 바라보게 한다는 점에서 자아의 획득을 의미한다. 말하자면 환상이 주인공의 의식을 분열시키는 것이 아니라 인격을 재구성하는 역할을 하는데, 이는 현실과 환상을 오가는 표면적 현재가 죽음 이미지나 삶의 이미지로의 통일성을 유도하도록 작용한 것이다.

　김동인의 「배따라기」(1921)는 의처증이 있던 '그'가 아내와 동생의 관계를 의심하다가 오해로 인해 아내는 자살하게 되는데, 나중

---

6) 상게서, 56쪽. '재창조된 자아는, 첫째로 상상력의 종합이라는 칸트적 명제에 의하여 통일성을 획득하며, 둘째로 창조적 회상에 의하여 자아의 연속성을 깨닫게 한다. 연속성은 마이어호프의 말처럼 상이한 시간의 상이한 기억 내용들이 공존한다는 사실에 의하여 명시된다.'

에 쥐가 발견됨으로써 진실이 밝혀지고 잘못을 뉘우친 그가 집을 나간 동생을 찾아나선다는 줄거리로 되어 있다. 여기서 배따라기를 부르며 아우를 찾아다니는 주인공의 행위는 자신의 과거에 대한 기억 때문이며, 이 기억이 그의 여생을 좌우하고 있다고 해도 지나치지 않다. 말하자면 이 작품은 기억 구조가 중심을 이루고 있는 것이다.

　이상과 같은 마이어호프의 표면적 현재와 기억 구조는 과거-현재-미래의 시간 구조를 따지기보다는 진정한 자아의 획득 과정에서 나타나는 이미지의 결합 관계를 시간성과 결부시켜 구분한 것인 듯하다.

2. 표면적 현재

　시간은 항상 인간의 마음 속에 존재하고 인간의 마음을 사로잡는다. 그래서 시간은 인간의 자아와 깊은 연관를 맺는다. 자아는 받아들인 것을 해석·조직·종합할 뿐만 아니라, 의식의 흐름과 기억에 나타나는 의의 있는 연상의 패턴 등의 연속성을 가지고 있다. 이 경험의 연속성과 통일성으로 인해 인간은 자기 자신의 어떤 인물이라고 말할 수 있게 된다7). 이런 의미에서 자아는 외부적이든 내부적이든 자극을 받아들이는 수동적 容器일 뿐만 아니라 이런 자극을 통제하고 수정하고 조직하고 통합하는 능동적 중심체다.

------

7) 한스 마이어호프, 전게서, 44, 45쪽. 인간을 소위 '문학적으로 재구성'한다고 할 때 객관적, 역사적 자료에 부가해서 의식의 흐름과 기억에 나타나는 의의있는 연상의 패턴이 개성, 즉 自己同一性을 구성하는데 가장 중요한 단서로서 항상 사용되어 왔다.

시간의 양상과 자아의 양상과의 상호 관계는 두 가지로 나타난다. 첫째는 표면적 현재라는 시간적 흐름 속에서 나타나며, 둘째는 개인의 기억 구조 즉 그의 과거를 구성하는 관계들 속에서 나타난다8). 이 두 가지는 몇 가지 특징을 가지고 있다. 우선 기억은 자연과 인간이 만든 연장, 역사적 기록보다는 훨씬 복잡하고 혼란스러운 기록 수단이다. 기억의 복잡성과 혼란성은 기억된 사물들 사이의 관계가 통일적, 順列的인 것이 아니라 산발적이고 동적인 순서(dinamic order)를 나타내고 있다는 사실에 있다. 말하자면 기억 속에 있는 사물들 사이의 인과 관계는 자연계에서 사물들 사이의 그것과는 달리 '보다 앞'과 '보다 뒤'라는 객관적이고 통일적이고 일관성 있는 질서를 구성하지 않는다. 그래서 기억은 연상과 의식의 흐름을 통해서 표면적 현재 속에서 재구성할 필요가 있다. 표면적 현재란 의미의 기초는 오거스틴에 의해 처음 이루어졌다. 그에 의하면 이 세상에서 일어나고 있는 것은 모두 현재의 시점에서 일어난다9). 즉, 그것은 항상 현재에서 일어나는 경험이요, 이념이며, 사물이라는 것이다. 이러한 논리에 의하면 과거란 과거사에 대해 현재에 일어나고 있는 기억 경험이며, 미래란 미래사에 대한 현재의 기대나 예상이다. 따라서 인간의 기억이나 경험은 연상이나 의식의 흐름을 통해서 표면적 현재 속에서 새로운 질서와 흐름을 가지게 된다. 이런 의미에서 기억과 연상은 자아를 형성하는 중요한 요소가 된다.

한스 마이어호프는 기억된 것을 영원에 포함시키기도 한다. 영원

---

8) 상게서, 55쪽.
9) St. Augustine, Confession, 11章
   한스 마이어호프, 전게서, 20쪽에서 재인용.

은 무한한 시간이 아닌, 無時間性, 즉 물리적 시간을 초월하고, 이 시간 밖에 있는 경험의 한 성질을 의미하는데, 이 영원의 양상은 두 가지 방법으로 발생한다. 하나는 회상 행위이며, 다른 하나는 기억된 것이다. 후자의 기억된 경험은 머릿속에 떠오른 이미지로 그 경험이 일어난 날짜와는 관계가 없는 것처럼 보여서 '영원한 精髓'라는 성질을 가진다. 그러나 자아가 형성되려면 이러한 기억된 경험만으로는 만족되지 않는다. 기억된 경험을 새로운 질서 아래 놓이게 할 연속과 지속의 성질이 필요한데, 이것이 곧 연상과 의식의 흐름 등이며, 이를 통해 표면적 현재가 형성되는 것이다. 따라서 '표면적 현재'(specious present)의 경험은 연속적 흐름과 지속[10]에 의해 구성된다.

이러한 자아와 결부된 시간의 양상으로 보면 김동인의 소설 가운데 「광염 소나타」(1929), 「아라삿 버들」(1930), 「광화사」(1935) 등은 주인공의 기억과 연상, 의식의 흐름 등을 통해 표면적 현재를 수놓고 있음을 보게 된다.

「광염 소나타」에서 '성수'는 유복자로 태어났기 때문에 아버지의 성격이나 재능에 대한 기억 경험이 없다. 그는 어머니의 교육에 의해 아버지의 재능을 추측해 볼 수 있을 뿐이다. 그리고 자신의 유전적 요인에 아버지와 동질의 재능이 있다고 막연히 추측할 수 있을 뿐이다. 그런데 그 어머니마저 세상을 떠나자, 그는 방황하게 되고 그 과정에서 아버지의 친구인 '음악 비평가 K씨'를 만나 '표면적 현재'를 구성하게 된다.

---

10) 한스 마이어호프, 전게서, 29쪽. '지속이란 간단히 말하면 우리가 시간을 연속적 흐름으로 경험하는 것이다. 우리의 시간 경험은 순간의 연속성과 변화의 다양성 뿐만 아니라 이 연속과 변화 내에 관류하는 어떤 지속성에 의해서도 특징을 가지게 된다.'

이 과정을 쏘포클레스의 오이디푸스 이야기와 비교해 보면 유사한 면을 발견할 수 있다. 주지하다시피 오이디푸스 이야기는 자기 인생에 시간의 연속이 여지없이 파괴되었기 때문에 갑자기 처참하게 파국의 운명에 빠져 버리는 인간의 비극이다. 말하자면 오이디푸스에게는 그의 유년시절에서 청년시대에 이르는 과거가 있고, 스핑크스가 패배하고 테에베가 해방되고 왕관과 왕비를 획득한 이후 그가 살아오고 기억하고 있던 과거가 있는데, 전자의 과거는 망각되고 억압되거나 전혀 왜곡되어 전해지다가 뒤에 가서 폭로되는 과거다. 그러므로 자연과 역사의 객관적 사실에 의해서 보면 그는 하나의 동일 인물이나, 그 자신의 경험면에서 보면 서로 다른 두 인물로 자기 동일성이 전혀 없다. 오이디푸스의 비극은 여기서 생겨난다. 곧 그의 두 가지 과거 사이의 단절이 너무 심각함으로 인해, 그의 분열된 자아의 파편들을 조화된 상태로 복원시킬 수 없다는 데 그의 비극이 있다.

김동인의 「광염 소나타」에서도 마찬가지다. 성수가 유복자로서 아버지에 대한 경험이 없다는 데서 그의 불행이 초래되는 것이다. 성수의 아버지는 야인으로, 그의 광포스런 야성은 때때로 비위에 거슬리면 선생을 두들기기가 예사여서, 학교 근처의 술집이며 모든 상점 주인들은 그에게 매깨나 안 얻어 맞은 사람이 없었다. 그러한 야성은 그의 음악 속에 풍부히 잠겨 있어서 오히려 그 야성적 힘이 그의 예술을 더 빛나게 하는 것이었다. 그러나 교양이 있고 어진 성수의 어머니는 그를 곱게 길렀다. 곧 그의 유전적 요인과 환경적 요인간에 분열이 있음으로 해서 음악성이 살아나지 못한다. 이것을 서술자인 K씨는 이렇게 서술했다.

　　그러나 이상한 것은 그만치 뛰놀던 열정과 터질 듯한 감격도 음보로 그려 놓으면 아무 긴장도 없는 싱거운 음계가 되어 버리고 하였습니다. 왜? 그만치 천분이 잇고 그만치 열정이 있던 그에게서 왜 그런 재와 같은 음악만 나왔느냐고 물으실 테지요. 거기 대해서는 이따가 설명하리다.
　　감격과 불만 열정과 재―비상한 흥분과 그 흥분에 대한 반비례되는 시원치 않은 결과 이러한 불만의 십 년의 세월이 지났습니다.[11]

　　이처럼 성수의 분열된 자아를 아는 K씨는 음악적 재능이 살아날 환경을 만들어 줌으로써 재능이 살아나게 한다. 그러나 성수의 재능은 방화, 살인, 屍姦 등의 행위가 있어야만 살아나는 비정상적인 것이다. 이것은 성수에게 아버지의 재능이 연상될 만한 경험이 없고, K씨 역시 분위기만 살려줬을 뿐 광포스런 야성의 정당한 방향을 제시해 주지 못한 데에 원인이 있다. 이 때문에 잘못 구성된 성수의 표면적 현재가 성수로 하여금 백일몽 환자처럼 꿈에서나 일어날 수 있는 행위를 아무런 분간 없이 하게 한 것이다.

　　성수의 정신세계를 이루고 있는 표면적 현재를 좀더 면밀히 살펴보자.

　　성수의 비극은 아버지에 대한 경험이 없다는 데에 있다. 그래서 그는 꿈과 같은 환상적인 데서 아버지로서의 이미지를 채우려 한다. 여기서 현실과 환상 사이에 괴리감을 자아내고, 연속성과 통일성을 가져야 할 자아에 자기 동일성을 가져다 주지 못하고 분열을 초래하고 만다. 모르와(A. Maurois;1885-1967)가 '우리의 인격은 견고하고 불변한 하나의 핵을 중심으로 세워지며 일종의 정신적 彫

---

11) 김동인, 광염 소나타, 김동인전집 제 2권, 41쪽.

像'이라고 말했듯이, 인격이란 개개로 분리되고 불연속적인 개인적 순간적 인상들이 끝없이 연속함으로써 연속성의 인상과 통일성의 환상 가운데 생겨나는 것이다. 말하자면 자아나 인격은 수많은 인상들이 어떤 질서 아래 연속되어 하나의 핵을 중심으로 세워져야 한다. 그런데 성수의 자아는 어머니의 교육과 K씨의 후원 사이에 심한 단절이 가로놓여 자아를 분열시켜 버리고 말았다. 그리하여 그의 행위는 예술적으로는 좋은 작품을 잉태하나, 윤리적으로는 비인간적인 행위를 한다. 그는 자연의 질서로 보면 하나의 동일 인물이나, 그 자신의 경험면에서 보면 서로 다른 두 인물로 자기 동일성이 없다.

성수의 표면적 현재가 계속성이나 통일성이 없다는 것을 김동인은 요약적 서술(telling)과 직접적 장면(showing)[12] 제시로 구분해 놓았다. 요약적 서술은 성수가 어머니에 대한 경험을 이야기할 때 사용되었다.

그날 밤이 새도록, 그는 흥분이 되어서 자기의 그 새의 일을 일일이 다 이야기하였습니다. 그 이야기에 의지하면 대략 그의 경력이 이러하였습니다.

─그의 어머니는 그를 밴 뒤에 곧 자기의 친정에서 쫓겨 나왔습니다. 그때부터 그의 가난함은 시작되었습니다.[13]

---

12) 노오먼 프리이드먼, 소설의 시점, 현대소설의 이론, 최상규 역(서울:대방출판사, 1986), 366쪽. 요약적 서술과 직접적 장면의 구별은 시점이 주관적이냐 객관적이냐 하는 데에 기초를 두고 있다. 전체 규모가 약축되어 있느냐 확대되어 있느냐 하는 것을 근거로 한다. 이미 보아온 바와 같이 객관적 시점은 독자를 보다 더 이야기에 접근시킬 수 있기 때문에 객관적 시점의 경향은 확대된 규모로 나아가게 되고, 주관적 시점의 경향은 이야기로부터 독자를 멀리 떼어 놓기 때문에 약축된 규모를 지향하는 것이다.

13) 김동인 전집 제 2권, 40쪽.

그러나 K씨의 집에 들어간 후의 백성수의 연주 장면은 사건을 구체적으로 확대하여 보여줌으로써 독자를 보다 더 이야기에 접근시키는 직접적 장면 제시가 주를 이룬다.

1) 저는 다시 그곳까지 가서, 그 무서운 불길에 그 낟가리에 연달아 있는 집을 헐어 내는 광경을 구경하다가 문득 홍분되어서, 집으로 돌아왔읍니다.
그날 밤에 된 것이 '성난 파도'이었읍니다.[14)

2) 이러한 온화한 것이 차차 '스케르쪼'로 들어가서는 소낙비, 풍랑, 번개질, 무서운 바람 소리, 우레질, 전복되는 배, 곤해서 물에 떨어지는 갈매기, 한 번 뒤집어지면서는 해일에 쓸려 나가는 동리 사람의 부르짖음—홍분에서 홍분, 광포에서 광포, 야성에서 야성 온갖 공포와 포학한 광경이 눈앞에 어릿거리는데, 이 늙은 내가 그만 홍분에 못 견디어, 뜻하지 않고 '그만두어 달라'고 고함친 것만으로도 짐작하시겠지요.[15)

1)의 예문은 성수가 '성난 파도'를 연주하게 되는 동기를 고백하는 부분이고, 2)의 예문은 K씨가 직접 성수의 연주 장면을 듣는 장면이다. 똑같은 사건에 대해 1)은 성수의 시점, 2)는 K씨의 시점으로 표현하였고, 1)은 성수가 자신의 행위를 고백하는 편지 형식으로 2)는 K씨가 옛날 일을 회상하는 형식으로 되어 있어, 성수의 경험과 K씨의 경험이 구분된 직접적 장면의 제시로 되어 있다.
이상과 같이 김동인이 성수의 어머니에 대한 경험과 K씨와의 경

---

14) 김동인전집 제 2권, 47쪽.
15) 상게서, 48쪽.

힘이 요약적 제시와 장면 제시로 구분시킨 것은, 어머니의 어진 교육과 K씨의 광포적 야성을 구별시킴으로써 성수의 분열된 자아의 모습을 극명하게 드러내기 위해서임을 알 수 있다. 이러한 성수의 자기 동일성의 실패는 예술과 윤리간의 단절을 초래하였고, 성수가 좋은 예술 작품을 창조하려는 지속성을 가지려 해도 자아의 연속성을 잃어버리게 된다. 그리하여 성수는 방화에 만족하지 못하고 살인·屍姦 등으로 행동을 옮겨간다. 궁극적으로 성수는 표면적 현재를 이룰 지속의 힘을 예술 창작을 통해 실현하려 하나, 야성적인 힘을 갖춘 아버지의 음악에 대한 기억의 부재와 어머니와 K씨로부터 형성된 자아의 분열로 자기 동일성을 잃고 만다. 이것은 지속의 힘이나 연상이 개인적, 순간적 인상들을 어떤 질서 아래 연속시키며 분열된 자아의 파편이나 인상의 무질서를 올바른 자아로 자기 동일화시켜야만 표면적 현재로서의 가치를 발한다는 것을 아이러니적 구조로 표현한 것이라 할 수 있다.

「광염 소나타」가 주인공의 아버지에 대한 기억의 不在와 두 개의 과거로 인해 생긴 자아의 분열로 자기 동일성이 이루어지지 않았다면, 어머니에 대한 기억을 몽상하는 「狂畵師」(1935)의 '솔거'는 왜 자기 동일성이 이루어지지 않았는지 생각해 보지 않을 수 없다.

연상은 어떤 현실적·실제적 사실보다도 훨씬 더 리얼한 것이 될 수 있다. 경험된 여러 사건의 의의는 이 사건들이 동적으로 결합하는 연상의 성질에 의해 생기는 것이다. 즉, 인간 경험에서 연속되는 사건들이 가치를 가지느냐 못 가지느냐 하는 것은 바로 이 연상에 의해서이다. 그래서 프루스트의 영향을 받은 토마스 울프는 연상이 자신의 내부에 싹트고 있는 창조적 활동의 근본이며, '인상의 연속 전체를 조화되고 조리있는 통일체로 조직하는 것'[16]이 인생의 목적이자 작품의 목적이라고 주장했다.

김동인은 「광화사」의 內話에서 솔거라는 가상적 인물을 내세움으로써 한 인간의 심리를 해부하고 그 심리적 요소들의 해부와 조화를 꾀했다. 그래서 「광화사」에서는 연상과 기억이 작품의 주된 흐름을 이루고 있다. 세상에 보기 드문 추악한 얼굴을 가진 솔거는 두 번이나 장가를 들었으나, 신부들이 그의 얼굴을 보고는 도망가 버릴 정도이다. 솔거는 이런 수치를 '자기의 안해로서의 미녀상'을 그려서 극복하고자 한다. 그리고 미녀를 가까이서 본 일이 없는 솔거는 어렸을 적 어머니의 모습을 근거로 완벽한 미인도를 그리려 한다. 솔거는 어머니의 모습 가운데서도 동경과 애수에 담긴 모습을 높게 평가한다. 우리가 객관적으로 바라보면 그것은 모성애라는 걸 알 수 있다. 아들이 사랑스러워서 동경에 찬 눈으로 바라봤을 것이요, 아들의 얼굴이 추하므로 장래 일이 걱정스러워서 애수에 찬 시선으로 솔거를 바라봤을 것이다. 그런데 솔거는 그것이 어머니의 최상의 미라고 기억 속에 간직하고 있다. 이것은 어린 아이가 장차 크면 어머니 같은 사람과 결혼하겠다고 고백하는 것처럼 오이니푸스 콤플렉스에 다름 아니다. 김동인이 솔거의 어머니의 모습과 그가 앞으로 그릴 미녀상을 교묘히 연결시키는 것도 이런 오이디푸스 콤플렉스를 형상화한 것이다. 이것은 김동인이 갖고 있던 콤플렉스도 될 수 있고, 독자가 갖고 있는 콤플렉스도 될 수 있는 것으로, 인간이면 누구나 갖고 있는 보편적인 것이다. 그런데 김동인은 여기서 한 걸음 더 나아가 개인이 갖고 있는 기억과 연상의 구조에 깊이 천착해 들어가 있음을 알 수 있다. 이를 구체적으로

---

16) Wolfe, The Story of a Novel, 122-124쪽.
　　한스 마이어호프, 전게서, 68쪽에서 재인용.

알아보면 다음과 같다.

  1) 그의 어머니는 희세의 미녀였다. 대대로 이후의 자손의 미까지 모
   두 미리 빼앗았던지 세상에 보기 드문 미인이었다.
  2) 아비없는 자식을 가슴에 붙안고 눈물 머금은 눈으로 굽어보던 표
   정.
    철이 든 이래로 자기를 보는 얼굴에서는 모두 경악과 공포 밖에
   는 발견하지 못한 이 화공에게는 사십여 년 전의 어머니의 사랑의
   아름다운 얼굴이 때때로 몸서리치도록 그리웠다.
  3) 그것을 그려 보고 싶었다.
    커다란 눈에 그득이 담긴 눈물. 그러면서도 동경과 애무로서 빛나
   던 눈, 입가에 떠오르던 미소. 번개와 같이 순간적으로 心眼에 나
   타났다가는 사라지는 이 환영을 화공은 그려보고 싶었다.17)

  여기서 1) 부분은 일차 이야기의 현재 순간보다 먼저 일어난 사
건을 뒤늦게 이야기하는 後辯法(analepse, 追想)18)으로 처리된 것이
다. 2)부분은 어머니에 대한 회상과 그리움이 표면적 현재로서 나
타난 1차 이야기에 해당한다. 3)부분은 일차 이야기의 현재 순간보
다 나중에 일어나는 사건을 미리 앞당겨 이야기하는 豫辯法으로
처리되었다. 말하자면 어머니의 얼굴에 대한 기억과 회상에서 미녀
를 그려보고 싶은 연상의 과정으로의 이행이 後辯法, 일차 이야기,

---

17) 김동인전집 제 3권. 244쪽.
18) 롤랑 부르뇌프/레알 월레, 현대소설론, 김화영 편역(서울:문학사상사, 1990),
   199-201쪽.
   豫辯法:일차 이야기의 현재 순간보다 나중에 일어나는 사건을 미리 앞당
   겨 이야기하는 것
   後辯法:그 순간보다 먼저 일어난 사건을 뒤늦게 이야기하는 것
   외적 후변법:진폭이 1차 이야기의 시간폭 밖에 위치하는 것
   내적 후변법:진폭이 1차 이야기의 시간폭 안에 위치하는 것
   혼합적 후변법:외적, 내적으로 걸쳐 있는 것

豫辯法의 순서에 의해서 진행되었다. 그리고 솔거의 회상과 연상은 표면적 현재[19])에 의해서 어머니의 얼굴과 그리려는 미녀의 모습이 주인공의 의식 속에서 새로운 질서를 형성했다. 이 작품의 줄거리는 솔거의 기억이 미녀를 그려보고 싶은 기대를 향하여 지속[20])되고, 그것을 실현해 가는 과정으로 나타난다. 그러나 그러한 연상과 그림으로의 형상화 작업은 실패하고 만다. 그것은 솔거가 '경악과 공포' 밖에 발견할 수 없는 자신의 얼굴을 '희세의 미녀'인 어머니의 얼굴과 동일화하려는 데서 온 결과이다. '희세의 미녀'에게서 못 생긴 아들이 나왔다는 것은 솔거에게는 큰 불만이 아닐 수 없다. 그래서 그는 어머니의 얼굴을 닮은 모습을 그려 놓음으로써 자신의 못 생긴 얼굴에 防衛機制로서의 置換, 곧 못 생긴 얼굴을 미녀상을 그림으로써 昇華[21]) 시키기를 욕망한다. 그러나 못 생긴 얼굴이 미녀의 아들임을 강조하거나 미녀를 그린다고 해서 바뀌어질 수는 없다. 다만 솔거의 얼굴이 아닌 그의 재질이 다른 사람에게 인정받음으로 그에 대한 평가가 달라질 수는 있다. 그러나 솔거는 사람들을 만나기를 꺼리고, 기껏해야 소경한테서니 자신의 자존심을 찾을 정도로 다른 사람들과의 교제가 적다. 곧 현실과의 교감으로 객관적인 판단을 할 만한 근거를 확보하지 못함 채 자기 혼자

---

19) Saint Augustine, Confessions, 11장
   한스 마이어호프, 전게서, 20쪽. 오거스틴은 이 세상에서 일어나고 잇는 것은 모두 현재의 시점에서 일어난다고 설명했다. 그런데 한스 마이어호프는 과거에 대한 기억 경험이나 미래에 대한 기대나 예상을 현재에 집중시키는 힘을 지속, 연속성, 연상 등으로 설명했고, 지속의 힘에 의해 인상들의 새로운 질서가 현재에 구축되는 것을 표면적 현재라고 보았다.
20) 한스 마이어호프, 전게서, 29쪽. 지속이란 간단히 말하면 우리가시간을 연속적 흐름으로 경험하는 것이다.
21) 이정식, 프로이트 정신분석입문(서울:다문, 1990), 175쪽.

만의 미적 기준을 마련해 놓은 것이다. 추남은 추남으로서 삶에 적
응해야 하는데, 자신을 미녀와 동일화함으로써 꿈이나 연상은 가능
하나 그것이 현실로의 실현이 불가능하다는 데서 그의 숙명은 이
미 결정되어 있는 것이나 다름없다. 솔거는 이미 어머니와 자신을
동일시할 수 없다는 데서 불만을 갖고 있었는지도 모른다. 그는 재
능 있는 화가가 됨으로써 그런 불만을 해소하려 하나 다른 사람과
의 교제가 없는 이상 객관적인 평가를 받기가 어렵다. 그래서 솔거
는 자꾸만 자신의 주관적인 연상으로만 치중하게 된다. 솔거는 그
런 연상을 실제로 바꾸려 한 데서 비극이 생긴다. 솔거가 소경 처
녀를 만났을 때—보통 사람의 경우라면 현재 속의 일상적인 삶에
만족하고 미녀에 대한 추구는 따로 연상을 통해 마련하지만—솔거
는 그러하지를 못했다. 오히려 그는 꿈과 현실을 동일화함으로써,
꿈의 세계에서 현실의 세계로 빠져 나오는 분별력을 잃어버리고
광인이 되고 만다. 그의 삶은 어쩌면 모든 것이 절대적으로 행해지
는 신의 질서에 대한 항거의 몸짓이요, 절망이라 할 수 있다. 이
작품은 솔거가 기억과 연상이라는 자아 형성의 요소를 갖추고 있
었으면서도 추남에 대한 자기 동일화를 거부하고 비극을 맞게 되
는 과정을 통하여, 개인의 표면적 현재에 이상과 현실의 조화를 꾀
해야 함을 역설했다. 이를 위해 김동인이 희세의 미녀인 솔거의 어
머니와 그녀를 닮은 소경 처녀를 설정하고 후변법, 일차 이야기,
예변법이라는 시간상의 서술을 통해 솔거의 표면적 현재에 드러난
문제점을 지적한 것은 김동인이 개인의 심리에 얼마나 관심을 갖
고 있었는가를 알게 하는 대목이다.
　「광화사」가 추남이라는 사실에 자기 동일화를 거부하고 희세의
미녀였던 어머니와 자신을 동일화시키려는 욕망에서 온 비극이라

면, 「포플라」(1930.1)는 성본능과 자아 본능이 표면적 현재 속에 동일화하지 못한 데서 생긴 절망감의 표현이라고 할 수 있다.

> 최서방은 마흔두 살이었었다.
> 짧다면 짧고 길다면 긴 사십여 년이라는 몹시 단조하고도 곡절 많은 생애였다. 여남은 살에 어버이를 다 여의고 그때부터 그는 독립한 생활을 시작하였다. 촌집 머슴으로서, 도회의 자유 노동, 행랑살이, 그러한 類의 온갖 직업에 손을 안 대어 본 적이 없었다.
> 정직한 이는 하느님이 아신다 하지만, 최서방의 존재는 하느님도 잊어버렸다. 부지런한 자는 성공함을 본다 하지만, 최서방의 부지런은 그의 입조차 넉넉히 치지를 못하였다.[22]

이 부분은 최서방이 김장의네 집 머슴으로 들어가기 전의 생활이 요약적 서술된 것으로서, 최서방의 광기라는 일차 이야기의 현재 순간보다 전에 위치하므로 외적 후변법에 해당한다. 이 대목만 보면 최서방은 정직하고 성실하므로 성격상 전혀 문제될 게 없다. 그러나 최서방이 얻어다 키운 버드나무기 새끼를 쳐서 자라나가자, 그에게도 인간 누구나가 보편적으로 생활하는 양식의 하나인 성본능이 꿈틀거리기 시작한다. 그리하여 '사십 년 동안을 숨어 있던 성욕'이 한꺼번에 터져오른 최서방은 주인에게 버드나무가 새끼를 낳는다며 결혼하고 싶다는 말을 간접적으로 비추나 주인은 알아채지를 못한다. 그 뒤로 그는 낮과 밤이 괴리된 생활을 하게 된다. 낮에는 정직하고 부지런한 생화를 하게 되나, 밤만 되면 성욕이 발동하여 동네 여자들을 겁간하거나 참살한다.

김동인은 이 작품에서 페르조나와 그림자 현상의 양 극단을 보

---

22) 김동인전집 제 2권, 123쪽.

여주려 한 듯하다. 페르조나는 내가 나로서 있는 것이 아니고 남과
다른 사람들에게 보이는 나를 더 크게 생각하는 특징을 가지고 있
다23). 그런데 최서방은 남과 함께 하는 집단 생활에 아주 모범적이
다. 정직하고 부지런하기로 소문난 그가 강간과 살인을 행하리라곤
누구도 생각지 못했다. 그의 페르조나가 강하면 가할수록 그림자
현상 또한 깊이 도사리게 된다. 심리학적인 의미에서 그림자란 바
로 '나'(자아)의 어두운 면, 즉 무의식적인 측면에 있는 나의 분
신24)이다. 자아의식이 강하게 조명되면 될수록 그림자의 어둠은 짙
어지게 마련이다. 선한 나를 주장하면 할수록 악한 것이 그 뒤에서
짙게 도사리게 되며 선한 의지를 뚫고 나올 때 나는 느닷없이 악
한 충동의 제물이 됨으로써 사회적인 물의를 일으키게된다. 그렇다
면 '최서방'은 이 페르조나와 그림자현상 사이의 갈등을 극복하지
못하고 분절되어 있었다는 얘기다. 작가의 말대로 '낮을 지배하는
신경과 밤을 지배하는 신경'이 확실히 다름을 인정치 못하고, 사람
들 역시 '최서방의 가면'25)만 바라보았던 것이다. 이를 치유하는
길은 두가지 양상을 솔직히 시인하고 그것을 조절하여 진정한 自
己26)를 아는 길밖에 없다. '최서방'의 불행은 현실과 꿈, 곧 '낮'과

---

23) 이부영, 분석심리학(서울:일조각, 1986), 65쪽. 페르조나는 집단 정신의 한
    단면이다. 그것은 흔히 개성이라고 착각하기 쉬운 가면이다.
24) 상게서, 55쪽.
25) 김동인전집 제2권, 129쪽.
26) 이부영, 전게서, 98쪽. '자기란 의식과 무의식을 통튼 하나인 그의 전부를
    말한다'. 99쪽. '자기 자신이란 글자 그대로 그 사람 자신을 말한다. 어느
    다른 누구도 아닌 '그 사람의 전체'를 말한다는 뜻에서 진정한 의미의 개
    성과 같은 말이다.'
    103쪽. '자기 원형이 그 사람으로 하여금 그 사람 자신이 되게끔 하는
    인간의 무의식에 존재하는 근원적 가능성이라면, 자기 실현은 이러한 가
    능성을 자아 의식이 받아들여 실천에 옮기는 능동적인 행위를 말한다.'

‘밤’의 세계가 분절되어 있었던 데에 있다. 그 낮과 밤은 지속의 힘을 통하여 조화를 이루어야 한다, 그러나 ‘최서방’은 그 ‘밤’의 세계를 몰랐기 때문에 극도의 흥분으로 인하여 앓아 누울 수 밖에 없었고, 결국은 살인까지 저지르고 만다.

이상을 통해서 「狂炎 소나타」에서는 주인공이 두 개의 단절된 과거와 아버지에 대한 기억이 없었던데서 비극을 맞는 모습을 보았다. 「狂畵師」에서는 주인공 자기 자신에 대해서 동일화하지 못한 채, 기억의 시간과 꿈의 시간을 일치시키려다가 불행을 당하는 모습이 전개되었다. 「포플라」는 주인공이 페르조나의 세계와 그림자 현상의 세계가 단절되어 있다는 것을 인식하지 못한 데서 끝내는 살인을 저지르고 만다. 따라서 이들 작품 속에서는 주인공들이 자신들의 표면적 현재—현재의 시간을 차지하고 있는—를 기억과 연상 등을 가지고 조절하지 못한 데서 비극이 온다는 공통점을 가지고 있다.

소설에서의 시간은 자연적 시간보다도 경험적 시간이 더 중요한 비중을 차지한다. 경험적 시간은 인산으로 하여금 과거·현재·미래를 새롭게 구성하여 의미가 담겨 있는 새로운 질서 아래 연속적 흐름을 갖게 하는 것을 말한다. 그리하여 자아는 그 새로운 질서 아래서 연속성과 동일성을 갖는다. 그리고 그 자아는 참다운 자기를 찾는 데로 인도되어져야 한다. 그런 의미에서 김동인 소설은 자아를 형성하는 요소인 기억과 연상을 어떻게 운용하여야 하는 가를 보여주었다.

3. 豫辭法과 後辭法

제라르 주네트의 豫辭法과 後辭法은 역사적 시간의 현재 순간을 기준으로 앞뒤로 나누었다는 데서 특정을 갖는다. 그는 이야기 내용이 바탕으로 하고 있는 역사적 시간(이것을 주네트는 '일차적 이야기'라고 부른다)의 현재 순간보다 나중에 일어나는 사건을 미리 앞당겨 이야기하는 것을 '豫辭法(prolepse)'라고 지칭하고, 그 순간보다 먼저 일어난 사건을 뒤늦게 이야기하는 것을 '後辭法(analepse)'(追想)이라고 지칭했다[27].

김동인의 「목숨」(1921.1)에서 M이 S의원 원장의 죽을 것이라는 진단을 받기 전, 병원으로 가는 인력거 안에서 하는 생각은 豫辭法에 의해 처리되고 있다.

> '죽어라' 나는 저주한 뒤에 눈을 감았다. 눈을 감아서 밖에 감각이 적어지니, 죽게 불유쾌하던 그 경련과 구역이 아픔으로 변하고 만다. 경련보담은 아픔이 어지 나은지 모르겠다. 숨을 편히 쉴 수가 있다.
> '이것이다! 사람이란, 눈을 감은 위에야 처음으로 낙을 얻는다'[28]

이것은 M이 자신이 죽을 것이라는 예견을 한 후 의사로부터 죽을 것이라는 진단을 받으므로 豫辭法에 해당한다.

---

27) 롤랑 부르뇌프/레알 윌레, 전게서. 199쪽.
28) 김동인, 목숨, 김동인전집 제 1권(서울:조선일보사, 1987), 157쪽.

　김동인의 「배따라기」(1921.6)에서 '그'가 방안에서 성냥을 찾다가 쥐를 발견하고서 아내에 대한 오해를 풀게 되는 것은 後辯法으로 처리된 것이다.

　　　아까 그가 보지 못한 때의 광경이 활동사진과 같이 그의 머리에 지나갔다.
　　　아우가 집에를 왔다. 아우에게 친절한 안해는 떡을 먹으라고 아우에게 떡상을 내어놓는다. 그때에 어디선가 쥐가 한 마리 뛰어나온다. 둘이서는 쥐를 잡느라고 돌아간다. 한참 성화시키던 쥐는 어느 구석에 숨어 버린다. 그들은 쥐를 찾느라고 두룩거린다. 그때에 그가 들어선 것이다.[29]

　이것은 주인공이 기억을 통해 자신이 오해를 했었다는 사실을 추리해 보는 내용이다. 쥐사건에 얽힌 이야기의 시간폭 안에 위치하므로 '내적 후변법'에 해당하며, 쥐의 발견으로 인해 아내에 대한 오해가 풀어지게 됨은 과거에 주인공이 몰랐던 부분을 알게 해주는 것이므로 '보충적 후변법'[30]에 헤당한다.
　필자는 이런 시간이 개입된 서술 구조를 통해 김동인의 여러 소설을 구체적으로 분석함으로써 작품의 가치를 평가해 보고자 한다.

---

29) 김동인, 배따라기, 상게서, 205쪽.
30) 롤랑 부르뇌프/레알 월레, 전게서, 201쪽. 내적 후변법 가운데 일차 이야기의 이야기 내용과 이질적인 내용을 가지게 되는 경우를 '이질적 내적 후변법'이라 정하고 일차 이야기와 동일한 行動線에 관계될 때 '동질적 내적 후변법'이라 한다. 후자의 범주는 '보충적 후변법'과 '반복적 후변법'으로 나누어지는데, '보충적 후변법'은 과거로 소급하는 이야기가 나타나서 전체 이야기 내용 중 과거 사실의 결여된 부분을 보완해 주는 경우로, 이때 전체 이야기는 잠정적으로 한 부분을 빠뜨려 놓았다가 뒤늦게 그 빠진 부분을 매워 가는 형식을 취하게 된다. 이것은 과거의 한 시점에다가 보충하여 넣어야 할 단 한 가지의 사건이나 사실만에 해당하는 것이다.

김동인의 「거치른 터」(1924)는 액자 소설 형태로, 서술자가 주인공 '영애'의 죽음의 동기를 밝혀 나가는 식으로 되어 있다. 이때 外話에서의 서술자의 이야기는 이미 일어난 사건을 가지고 말하고 있으므로, 제라르 주네트가 말한 이야기 내용이 바탕으로 하고 있는 일차 이야기의 현재 순간보다 나중에 일어난 사건을 미리 앞당겨 이야기하는 豫辭法으로 서술된 것임을 알 수 있다. 그러나 內話에 들어가면 豫辭法과 後辭法을 적절히 교차시켜 구성상의 효과를 드러내려 했음을 알 수 있다.

그 하나가 後辭法을 통해 영애의 남편 S의 인품에 대해 결혼 전과 후라는 시간의 차이를 통해 드러내는 경우이다.

> 내가 그를 알기는 여러 해 전부터이었었다. 학교에 다닐 때에 혹은 음악회, 혹은 강연회를 우리가 열 때마다 프로그램이나 입장권을 인쇄하러 K인쇄회사에 가면, 거기 제판실에 팔을 걸어뜨리고 앉아서 칼로 만날 무엇을 긁고 있던 기사 S가 그였었다. 그러므로 K씨가 S는 상당히 재산이 있달 때에 나는 놀랐다.[31]

이것은 영애가 결혼 전의 사건을 결혼한 후에 서술한 것이므로 後辭法에 해당한다. 이를 통해 영애의 S에 대한 인식이 달라져 감을 알 수 있다. 말하자면 영애의 인식의 변화를 보이기 위해 김동인은 시간의 차이를 나타내는 後辭法을 썼음을 알 수 있다. 이런 변화를 구체적으로 알아보면 다음과 같다.

영애는 결혼 후 남편이 자신을 지어미같이 대하는 태도에서는 쾌감을, 신혼이라 하는 것을 염두에 두지 않는 태도에서는 불쾌감을 느끼고, 남편의 좋지 못한 버릇(끝없는 술, 규칙 없는 생활)을

---

31) 김동인, 거치른 터, 김동인전집 제1권, 268쪽.

발견한다. 그리고 불량스럽고 남을 업신여기는 태도가 강한 남편에 대하여 영애는 사랑과 순종으로 살아간다. 그것은 남편이 과학적 지식이 뛰어나고 인쇄 기술에 획기적인 변화를 가져올 실험을 하는 등 굉장한 일을 하고 있다고 생각하기에 자신을 무시해도 좋다고 생각하기 때문이다. 곧 남편의 과학 지식이 뛰어나다는 점이 다른 단점들을 덮어버릴 수 있다고 생각한 것이다. 이런 내용으로 볼 때 영애가 남편이 진정 좋아서라기보다는 아내는 남편에게 무조건 순종해야 한다는 편협한 고정 관념에 사로잡혀 있음을 보여준 것이라고 할 수 있다. 말하자면 김동인은 남편의 불량한 태도와 인간성 앞에서도 순종적으로만 살아가는 영애의 모습을 통해 기존의 도덕률에 대한 객관적인 검증이 없이 구태의연하게 자존심도 팽개친 채 살아가는 신여성들의 한 단면을 보인 것이다. 이런 주제는 결혼 전의 객관적 현실에서는 남편에 대해 대수롭게 여기지 않았던 영애가 결혼 후에는 타당한 근거도 없이 남편에게 순종하는 태도를 보이는 시간의 차이를 통해 나타난다.

영애의 편협한 관념은 남편이 죽자 그에 대한 그리움에서 자살을 하는 데서 더욱 잘 드러난다. 여기서 김동인은 시간에 의한 서술을 중시했으며, 이는 영애의 죽음 사건을 추리해 가는 과정에서 알 수 있다.

A.A 멘딜로우에 의하면 과거의 소설은 애정에서 시작하여 결혼식이 소설의 결말로 취급되는 경우가 많으나 현대 소설에서는 결혼식이나 죽음이 발단에 시작될 수도 있다[32). 김동인은 「거치른 터」에서 이미 죽음과 결혼식을 처음에 드러내 놓고 있는 것이다. 그

---

32) A.A 멘딜로우, 전게서, 17쪽. '이제 결혼식은 소설의 결말로서는 미흡하다. 문제는 이제 시작인 것이다.'

리고 영애의 남편을 인쇄 기술에 획기적인 변화를 가져올 과학자로 설정하고 실험실을 배경으로 함으로써 현대의 과학적 분위기를 연출해 놓았다. 이런 현대라는 시간성 속에서 과거의 인습에만 젖어 있는 영애의 행동은 아이러니의 효과를 나타내기에 충분하다.

20세기의 시간은 변천의 속도가 매우 빨라졌다[33]. 가속화되는 생활 속도와 함께 낡은 형태는 부서져 버리고 비교적 정착되었던 과거를 대신해 들어선 새로운 형태가 급격히 結晶化되었다가 다시 실재물로서의 형태를 잃는다. 김동인이 이런 20세기의 분위기를 작품 속에 살린 것은 과거의 시간에만 얽매여 사는 영애의 편협한 가치관과 같은 데서 탈출하려는 시도라고 할 수 있다. 그러므로 남편 S의 죽음은 영애에게 매우 심각한 위기를 가져오게 된다. 영애는 과거의 시간에서의 탈출구 역할을 하는 남편에게 전적으로 의지하고 살았는데, 남편의 죽음은 그녀에게 대단한 충격이 아닐 수 없는 것이다. 영애에게 당장에 닥쳐온 것이 고독이요 불안이었다. 고독은 현대의 시간을 헤쳐나갈 동반자가 없어진 데서 생긴 것이요, 불안은 자신의 성본능을 해결할 방도를 모른 데서 생긴 것이다. 영애는 이런 심리를 극복하고자 친구인 유진이와 O를 자기 집에서 거하게 하나, O가 시집을 가 버리자 이번엔 소외감마저 느끼고 거의 병적일 만큼 남편을 그리워하게 된다. 그리하여 영애는 남편의 이미지가 될 만한 것이면 뭣이든 찾아나서는 편집증세에 사로잡히게 된다. 남편이 어린 시절 살았던 경주의 집에도 가보고 그 옷가지들도 만져 보며, 심지어 남편의 이복동생을 찾아 나서기까지

---

33) 상게서, 17쪽. Alfred North Whitehead(1861-1947)의 말을 빌린다면,'과거에는 중대한 변천의 기간이 인간의 수명보다 상당히 길었었다. 그래서 인류는 고정된 조건에 자신을 적용시키도록 훈련이 되었다. 오늘날은 이 기간이 인간의 수명보다 짧아졌다.'

한다. 그러나 그 이복 동생이 남편을 대신할 수 없다는 데서 그녀는 좌절을 느끼고 죽을 결심을 한다. 영애가 남편을 그리워하며 죽는 것은 순간순간마다 다른 시간으로 옮겨가는 현대의 시간에 적응하지 못하고, 과거의 한 지점에만 머물러 있는 데서 생긴 결과이다. 결국 이 작품은 현대의 시간에 적응하지 못하는 영애가 과거의 시간으로의 회귀를 통하여 위안을 얻으려 하는 기억 속의 어느 한 이미지가 그녀의 삶을 온통 사로잡은 데서 생긴 비극이라고 할 수 있다.

그리고 이 작품은 영애가 과거에만 집착해 있는 데서 생길 수도 있는 단순함을 없애기 위해 전체적으로는 後辭法적인 서술이지만 석설히 豫辭法을 쓰고 있음도 묵과할 수 없다.

> 할멈의 말 가운데, 하나 그대로 넘기기 힘든 것은 H는 없은 그와 한 사람으로 볼 수가 있도록, 같이 생겼다 하는 점이었다.
> '없은 그와 한 사람으로 볼 수 있는 사람.' 나는 곧 부산으로 가 보기로 하였다.[34]

이는 이야기 내용이 바탕으로 하고 있는 역사적 시간의 현재순간보다 나중에 일어나는 사건을 앞당겨 이야기하는 豫辭法으로 처리된 것이다.

이상에서 김동인의 소설을 중심으로 시간이 작품 구성이나 인물의 심리 표현에 어떻게 작용하는지를 살펴보았다. 이를 통해 인간은 누구나 시간체계를 가지고 있다는 멘딜로우의 주장은 현대 소설의 이해에 있어서 매우 설득력 있게 받아들여지며, 한스 마이어

---

34) 김동인, 거치른 터, 전게서, 290쪽.

호프나 제라르 쥬네트의 이론 역시 작중 인물의 심리나 작품 구성
상의 시간이 독자의 심리나 표면적 현재에까지 지대한 영향을 끼
친다는 것을 알 수 있었다. 작가가 시간 체계를 잘 이용하면 독자
에게 감동과 쾌락을 제공함에 있어서 심리적 지속을 가능하게 하
는 것이다.

순진의 아이러니
— 이재인론

1. 허풍선이의 역할

20세기 후반기에 세계 문화 흐름의 한 특징은 모더니즘의 건조한 추상적 엘리트주의로부터 탈출하여 인간과 역사를 보는 시각에 일상과 감흥을 불어넣는 점이다. 여기에서 욕망, 권력의 문제가 부상하고 그동안 억눌려 온 에로티시즘이 부활한다. 이러한 흐름에 편승하여 이재인의 소설에는 역사와 욕망이 등장한다. 이를 구체적으로 알아보기 위하여 자크 라캉의 욕망 이론을 참고하고자 한다.

생후 6개월에서 18개월 사이의 어린 아이는 거울 속에 비친 자신의 모습을 보고 환호성을 올리며 반가워한다. 아이는 그 속에 비친 자신의 모습을 자신과 동일시하는데 라캉은 이 단계를 '거울 단계mirror-stage'라고 하여 주체의 형성에 원천이 되는 모형으로 제시한다. 이 단계에서 아이는 자신의 몸을 가눌 수는 없지만 거울에 비친 자신의 이미지를 총체적이고 완전한 것으로 가정한다. 이 형태는 타자에 의하여 보여짐을 모르는 객관화되기 전의 '나'에 해당한다. 이 단계에는 보여짐을 모르고 바라봄만이 있다. 거울 단계는 '상상계'라고도 하는데 이 단계는 '상징계'로 진입하면서 사회적 자아로 굴절된다. 언어의 세계요, 질서의 세계인 상징계로 진입하면서 이 거울 단계는 사라지거나 프로이트의 경우처럼 억압되는 것이 아니라 변증법적으로 연결된다. 그리하여 유아는 타자와 자신을 동일시하기에 자신의 욕망을 타자의 욕망에 종속시킨다. '실재계'는 상상계와 상징계가 뫼비우스의 띠처럼 변증법적으로 연결되어 이루어진다. 말하자면 대상을 실재라고 믿고 다가서는 과정이 상상계요, 그 대상을 얻는 순간이 상징계요, 여전히 욕망이 남아 그 다음 대상을 찾아 나서는 게 실재계이다[1].

그럼 문학에서 작중 인물의 유형 가운데 많이 나타나는 허풍의 기질은 어느 단계에 해당하는 것일까. 허풍선이는 대상에 대하여 현실과 결부시켜 바라보기보다는 그것을 바라보는 데에만 익숙해 있다. 곧 대상을 보는 시선만 있고 他者에 의해 보여짐을 모른다. 이것은 라캉의 욕망 이론으로 따지면 상상계에 익숙해 있는 편이다. 이와 같이 타자에 의해 보여짐이 결여되어 있으면서도 소설에서 허풍선이가 아이러니나 해학의 방법으로 많이 나타나는 이유는 무엇일까. 대개 순진의 아이러니는 바보나 순진한 자를 통하여 주위의 비리나 모순을 드러내는 데 주로 이용된다. 그렇다면 허풍선이는 그를 중심으로 한 상황을 통하여 비인간적인 면모를 폭로하는 데에 그 존재 의의가 있다. 허풍선이는 순진의 아이러니와 마찬가지로 세상에 적응하지 못하거나 인간적으로 어딘가 결핍되어 있고, 주변의 비리가 그로 인해 폭로된다는 점에서 일반적 아이러니

---

1) 권택영, 영화와 소설 속의 욕망 이론(서울: 민음사, 1997), 73-74쪽.

로 작용한다. 그리고 사건의 결과가 그가 예기했던 것의 반대로 진행되는 것을 모르고 혼자서 기대에 부풀어 있다는 점에서 사건의 아이러니로 나타나기도 한다. 이와 같이 사건의 전개에서 여러 가지 의미를 불러일으키기 때문에 허풍선이는 소설에서 작중 인물로 곧잘 등장하곤 한다. 이재인의 소설에서 많이 등장하는 인물은 이 허풍선이다. 그리고 이 허풍선이는 자크 라캉의 욕망 이론에서의 상상계에만 자리잡고 있지는 않다. 때로는 보조 인물로 등장하여 주인공의 인간성과 대비되어 나타나기도 한다. 그럼 이를 구체적으로 알아보기로 하자.

　이재인의 [귀걸이와 사슬]은 주인공이 허풍선이다. ‘나’는 김포미곡상회를 운영하면서 국회의원을 꿈꾼다. ‘나’는 이미 낙선의 고배를 마셨으면서도 현 의원이 신병으로 고생하는 것을 알아내곤 차기 선거에 재도전할 준비를 한다. 그리하여 안보 성금도 쾌척하고, 인문계 고등 학교 신축 부지도 희사했으며, 군청 직원과 경찰 회식비로 금일봉을 내놓곤 했다. 그리고 사돈뻘 되는 군청 총무계장과 두뇌 회전이 빠른 군수의 도움에 힘입어 군내 청소년 선도 유공자 표창까지 받는다. ‘나’는 표창 받은 사람 중 자신이 장관상으로 훈격이 제일 컸다며 흐뭇해 한다. 그리하여 ‘나’는 가족들에게 뷔페를 대접하기로 하고 외출 준비를 한다. 주인공의 허풍은 ‘나’의 둘째 아들 인수에 의해 어느 정도 드러나 있다. 인수는 주인공의 허풍을 드러내 주는 他者인 셈이다. 인수는 ‘나’가 쌀가게와 빌딩을 관리하면서 분수에 맞게 살아가기를 권하지만 ‘나’는 정치가가 되려는 꿈에서 벗어나지 못한다. 이는 ‘나’가 타자에 의한 자리매김을 인식하지 못하고 상상계에만 고착되어 있기 때문이다. 그런데 ‘나’가 상상계에서 벗어나 상징계(타자에 의해 보여짐이 이루어지는 단계)에 들어서는 계기가 생긴다. 그것은 한 장의 전보에 의해서이다.

  "반토꽃이 지려는 모양이예요. 부산에서 애이가."

  반토꽃은 타자의 등장을 알리는 기호이다. 이에 대한 몽상을 계기로 '나'는 허풍선이에서 진실된 사람으로 돌아오는 계기를 가지게 된다. 반토꽃은 허구적인 '나'를 정치가가 되려는 욕망에서 빠져나오게 하는 열쇠를 제공하므로 은유2)에 해당한다. 그것은 정치가의 욕망에서 사랑의 대상으로 대체3)가 가능하게 한다. 반토꽃은 은유여서 옛날의 '나'를 회상하는데 어려움을 겪는다. '나'는 레이의 이름을 듣고 나서야 베트남에서 있었던 일을 기억하게 된다. 레이는 '나'가 베트남에 있을 때 '나'의 애인으로서, 뱃속에 아이까지 배고 있었다. 월남전에서 미군들의 철수 때 두 사람은 그곳을 탈출하기 위해 미국 대사관 정원으로 간다. 그러나 레이가 귀걸이를 빼놓고 왔다며 근처에 있는 그녀의 집으로 간 사이에 '나'가 탄 헬리콥터가 그곳을 떠나고 만다. 따라서 귀걸이는 레이를 대신한 환유이다. 그 환유를 통해서 두 사람 중 누가 먼저 이 세상을 떠날 때 "반토꽃이 졌어요!" 라고 전하기로 한 은유를 기억해 낸다. 그리고

---

2) 권택영, 영화와 소설 속의 욕망 이론(서울: 민음사, 1997), 73-78쪽.

3) 상게서, 73-78쪽. 프로이트는 소쉬르 언어관이 나오기 전에 꿈 작용을 은유와 환유로 풀이했다. 사회에서 금기된 욕망은 의식의 고리가 약한 틈새를 밀고 들어와 꿈으로 나타나는데 이때 꿈내용은 대략 두 단계를 거쳐 변형된다. 첫 단계는 내용이 압축된 어떤 것으로 바뀌고 그것으로도 마음이 안 놓여 다시 인접된 어떤 것으로 바뀌는데 이것이 압축과 전치, 혹은 은유와 환유이다.
  주체의 욕망을 충족시킬 것처럼 보이는 대상, 즉 대체가 가능하리라 믿는 단계, 이것이 압축이요 은유이다. 그러나 충족시키지 못하고 다시 또 그 다음 대상으로 자리를 바꾸는 전치, 이것이 환유이다. 그러므로 욕망 역시 언어처럼, 무의식처럼, 은유와 환유로 구조되어 있다.

이 사실을 그녀의 아들로부터 전해 듣고 '나'는 그녀의 시신이 있는 부산으로 향한다. 환유인 '귀걸이'는 또 다른 대상을 기억해 낸다. 이 글의 제목 '귀걸이와 사슬'이 암시하듯, 그것은 레이를 대신한 그녀의 아들 '인한'을 몽상하게 한다. 이렇게 볼 때 이 작품은 자신의 분수를 모르고 정치가의 욕망에 사로잡혀 있었던 허풍선이 '나'가 '반토꽃'과 '귀걸이'라는 은유와 환유를 통해 사랑의 진실로 회귀하는 내용으로 되어 있다. 여기서 레이는 정치적인 욕망에만 고착되어 있던 '나'를 상상계에서 타자의 바라봄이 있는 상징계로 들어서게 하는 타자의 역할을 한다. 또한 시간적으로는 '표면적 현재'(현재의 위치에서 시간의 흐름을 인식)의 위치에서 '기억 구조'(과거에 대한 기억·경험)로 되돌아감으로써, 허풍선이에서 '나'의 진실된 모습을 찾아가는 과정을 보여주고 있다. 타자의 응시를 통해 '나'의 본질을 찾아가는 과정은 라캉의 욕망 이론으로 따지면 '실재계'4)에 해당한다. 그러나 실재계에서 '나'의 대상인 레이는 '나'가 찾았을 때 죽어 있었기 때문에 텅 빈 것이다. 그래서 레이와 함께 있었넌 상징계에서의 추억을 회상하며 그리움의 욕망을 지속시킨다. 이때 그리움의 욕망으로 남겨진 잔여물이 레이의 아들 '인한'이다. 그는 '나'가 귀걸이를 통해 레이를 기억하듯이, 레이에 대한 그리움을 지속시키는 잉여 쾌락5) 이며, 레이를 마음 속에 오

---

4) 상게서, 78쪽. 대상을 실재라고 믿고 다가서는 과정이 상상계요, 그 대상을 얻는 순간이 상징계요, 여전히 욕망이 남아 그 다음 대상을 찾아나서는 게 실재계이다.

5) 상게서, 65쪽. 실재계의 산물인 숭고한 대상은 분명히 보이는 것이고 충만함이지만 그 자체는 텅 빈 것이다. 그래서 상징계로 들어서면서 그 빛은 잃지만 여전히 여분을 남겨 욕망을 지속시킨다. 이 남겨진 잔여물이 우리를 계속 살게 만드는 욕망의 미끼, 혹은 잉여 쾌락이다. 그 자체로는 아무 것도 아닌데 이야기를 지속시키고 삶을 지속시키는 여분이다.

래도록 지속시키는 '사슬'이다.

[귀걸이와 사슬]은 라캉의 욕망 이론으로 따지면 '나'가 상상계에서 타자의 응시를 모른 채 정치적 욕망을 불태우던 허풍선이였다가, 상징계에서 '레이'라는 타자의 응시를 알게 되고, 실재계에서 그리움의 대상인 레이에 대한 그리움을 지속하면서 그녀의 아들 인한에게 가는 구조로 되어 있다. 이를 통해 '나'는 허풍선이에서 사랑을 통한 진실된 모습으로 나아가게 된다. 이러한 변화의 과정은 과거 베트남에서 있었던 시간체계인 '기억 구조'를 회상함으로써 본격적으로 이루어지며, '반토꽃'이라는 은유와 '귀걸이'라는 환유를 통해서 암시를 받는다. 여기서 '반토꽃'은 욕망을 충족시키는 죽음을 암시하기도 한다. 프로이트에 의하면 욕망을 충족시키는 유일한 대상은 죽음뿐이다. 곧 끝없이 추구되는 인간의 욕망은 죽음에 이르러서야 그 끝을 보게 된다. 결말에서 '나'가 죽은 레이를 향해서 長途에 오르는 것은 그리움의 욕망이 끝이 없음을 형상화한 것이며, 레이의 아들 인한의 남겨짐은 그리움의 대상이 지속될 수밖에 없음을 나타낸다.

이재인의 [천사의 발톱]은 허풍선이 상징계에 놓여 있다. 영어 교사인 김부장은 순진의 아이러니(순진성을 통해 주변의 비리를 폭로함)를 가진 인물이었다. 그래서 그는 부잣집 딸을 진솔하게 사랑하여 결혼도 하고 소박하게 살아간다. 그러나 기업체 사장인 장인은 그를 그냥 놔 두지 않는다. 김부장이 학교에 남아 있으려 하자, 장인은 사람들을 시켜 학교 캐비넷에 넣어 둔 김부장의 시험 답안지를 훔쳐 유출시키게 하여 그를 퇴직하게 한 후 자신의 회사에서 일하게 한다. 육사 출신인 장인은 회사 운영이 군대식이다.

장인의 사고방식으로 보면 교사는 남자가 할 일이 아니었다. 그의 관점으로는 세계는 경제 전쟁을 벌이고 있으며 기업은 그 전쟁에 나선 야전부대와 같다는 것이었다. 따라서 남자라면 이 전쟁터에 뛰어들어야 한다는 것이다. 그걸 망설이는 놈들은 모조리 시궁창에 던질 놈이었다.[6]

김부장은 상상계에서는 아내와 인간답게 살려는 순진한 사람이었다. 그러나 상징계에서의 타자인 장인을 만나면서부터 그는 회사 내에서의 모순을 직감하게 된다. 장인은 그의 순진성에 비하면 허풍선인 셈이다. 이로 인해 그는 장인의 권력에서 벗어날 수 없는 데서 오는 현기증을 느낀다. 매사가 복권에 나오는 숫자처럼 기계적으로 보인다. 장인의 권력은 그로 하여금 노동 운동을 하는 제자를 닥달하라는 명령을 부여하지만, 그의 순진성은 거기에 적응하지 못한다. 그러던 어느 날 장인이 김부장에게 학교로 돌아가라는 유언을 남기고 쓰러지자 그는 장인이 가지고 있던 권력의 게임을 즐긴다. 그리하여 다른 부장들에게 민주 노조 결성, 하루 8시간 3교대 근무라는 김인수의 주장을 들어주라고 지시한다. 이러한 줄거리에서 상상계에서 순진성을 가졌던 김부장이 상징계에서 타자의 위치에 있던 장인의 군대식 경영을 인식한 후 실재계에서 자신의 본래적인 욕망을 되찾는 과정을 볼 수 있다. 여기서 두드러진 것은 순진성을 가진 주인공과 허풍선을 가진 장인을 대비시켰다는 점이다. 곧 주인공을 바라보는 타자의 응시가 부정적인 데 비하여, 주체인 주인공은 매우 인간적이다. 그리고 약하게만 보였던 김부장이 결말에 가서 권력의 헤게모니를 쥐는 데서 사건의 아이러니가 작용한다. 말하자면 [천사의 발톱]은 순진의 아이러니를 가진 주인공

---

6) 이재인, <아우의 누드집>(인천: 효진, 1998), 32쪽.

이 허풍선이의 비리를 공격하는 데에 특징이 있다.

[입대 전날]은 허풍선의 영향을 받아 순진의 아이러니를 지닌 인물이 허풍선이가 된다는 데서 해학적인 면이 있다. 택시 스페어 운전사였던 박남철은 어느 날 택시에 두고 내린 강순덕의 팔천만원 자기앞 수표를 돌려준 것을 계기로 해서 그녀와 결혼하게 된다. 그런데 강순덕은 박남철의 아버지 사진에서 손가락이 절단되어 있다는 사실에 의문을 품게 된다. 이에 다급해진 박남철은 아버지가 만주에서 독립 운동을 하다가 붙잡혀 고문을 받다가 절단된 것이라고 둘러댄다. 이에 감동한 강순덕은 유명 조각가로 하여금 그의 아버지 동상을 만들게 하여 집안에서 정성들여 보관하면서 주위 사람들에게 자랑하곤 한다. 그러나 어느 날 박남철 아들의 입대 소식을 들은 박남철의 동생이 방문하면서 아버지가 일제 시대에 소매치기를 하다가 잡혀서 손가락이 잘려진 사실이 밝혀지고, 이 때문에 박남철은 낭패를 보게 된다.

이는 욕망의 대상이 허풍선이임으로 인해 주인공도 허풍이 들게 된다는 데서 허풍의 전염성을 엿보게 한다. 이러한 허풍을 보면서 작품 밖의 독자는 허풍을 경계하게 되고 진실된 삶의 가치를 인식하게 된다. 이는 일반적 아이러니에 해당한다.

[그늘 속의 버섯]은 허풍의 위선성을 잘 보여 주는 작품이다. 김영근의 아내는 前 남편에게 복어알을 먹이고 월남한 여자이다. 김영근 역시 아버지가 열성 좌익 분자임에도 불구하고 독립 운동을 한 것처럼 위장하여, 아버지의 조각상까지 만들어 놓는다. 그리고 동장으로 지내면서 어느 날 수재 의연금을 거두어 방송국을 찾아갔다가 우연히 출연을 하게 되어 그를 아는 사람들로부터 연락을 받게 되고, 결국 그의 집안 내력을 잘 아는 고향 친구 칠성이의 방

문을 받게 된다. 그리고 칠성이는 김영근의 약점을 알고 돈을 요구하게 되고, 김영근은 자신의 과거가 드러날까봐 전전긍긍하게 된다. 여기서 허풍은 언젠가는 들통나게 마련이라는 진실이 주인공의 희화화한 모습을 통해서 드러나는 게 재미있다.

이와 같이 이재인의 소설에서 주된 작중 인물은 허풍선이거나 아니면 진솔한 삶을 사는 인간이다. 그리고 진솔한 삶을 살던 인물이 허풍을 드러내는 경우도 있다. [금이빨과 금지구역]은 진솔한 사람이 허풍을 좇다가 파국을 맞는 모습을 그린 작품이다.

군인인 '나'는 어느 날 GOP 안을 수색 정찰 도중 지뢰를 밟고 죽은 박중사의 시신을 수습하게 된다. 거기서 그는 금이빨 네 개를 남몰래 주머니에 넣게 된다. 그는 고아원 동기인 아내에게 결혼 선물로 금반지도 제대로 못해 주었던 때를 생각해 내고는 전당포를 돌아다니며 값을 흥정해 보지만, 전당포 주인들은 시신의 금이빨이라며 헐값을 부른다. 그런데 간암 3기인 아내는 박중사를 갖다 주라며 자신이 짜둔 스웨터를 내민다. 그는 금이빨을 박중사의 무덤에 묻어 주리라고 마음먹고는 금지구역에 들어선다. 그리고 금이빨을 무덤 앞에 묻는다. 그러나 그 순간 암호를 대라는 사병의 외침을 듣는다. 암호를 잊었다고 하자 총탄이 불을 뿜고 결국 그는 죽음을 맞게 된다.

이 작품에서는 순진한 주인공이 경제적 職業群인 전당포 주인들의 응시를 받는 것이 특이하다. '나'는 상상계에서 간암에 걸린 아내에 대한 사랑에만 몰입해 있던 탓인지 자신이 존경하던 선임하사의 죽음을 보고도 그의 시신에서 금이빨을 훔쳐내게 된다. 그러나 상징계에서 전당포 주인들이 시신에서 금이빨을 훔치는 것은 드문 사례임을 알게 되고, 아내의 선임하사에 대한 극진한 정성을 보고는 뉘우치게 된다. '나'가 금이빨을 무덤에 다시 묻는 것은 존경하는 이에 대한 극진한 존경의 표현이다. 그로 인해 '나'는 군대에서 생명처럼 중시하는 암호를 잊게 되고 결국 죽음을 맞이하게 된다. 죽음은 사랑하는 이에게 다가서는 가장 완벽한 욕망의 충족이다. '나'가 암호를 잊은 것은 어느 의미에서 무의식에 자리잡고 있던 욕망을 충족시키기 위한 수단이라고 할 수 있다. 간암 3기의 아내는 이미 죽음의 문턱에 다가서 있다. 그것은 어쩔 수 없는 이별을 의미한다. '나'는 무의식적으로 사랑하는 대상에 대한 온전한 다가섬을 욕망한다. 그리고 거기에 가장 완벽하게 가 닿을 수 있는 것은 죽음이다. 그래서 그는 죽은 자에 대한 흔적을 좇아가며, 금이빨은 사랑하는 자와의 영원한 결합을 위한 은유가 된다. 그 은유를 구체화한 환유가 금반지다. 금반지는 죽어 가는 아내와의 결합을 위한 욕망을 반영하고, 금반지를 묻음은 광물질의 지속성을 통해 사랑의 지속성을 추구하는 것이다. 그리고 '나'의 죽음은 사랑하는 대상에게 온전히 가 닿는 욕망을 충족시키는 수단이 된다.

　이재인이 궁극적으로 그리려 하는 것은 진솔한 인간미이며 사랑이다. 그는 모더니즘의 무미건조성 속에 한때 가려진 에로티시즘으로 회귀하기 위하여 허풍선이를 등장시킨다. 말하자면 허풍선은 그의 에로티시즘 미학을 실현하기 위한 아이러니다. 그리고 그는 순진의 아이러니와 허풍선을 통해 극단적인 슬픔과 웃음을 대비시켜 놓는다. 이것은 허풍선을 통해 획득하려는 정서와 진실의 미학이기도 하다.

2. 순진의 아이러니와 해학

　김유정의 [봄봄]은 어리숙한 사내를 독자가 웃으면서 내려다보게 한다는 점에서 해학적이다. 여기서 해학은 토속적 분위기에서 전개되며, 역사의 질곡을 여유를 가지고 극복하게 하는 데에 의의가 있다. 그러나 '90년대의 해학은 도시적 메카니즘의 영역이 넓혀진 가운데서 이루어진다는 점에서 매우 어려운 표현 방식이 아닐 수 없다. 현대 사회에서 바보나 순진한 자는 그리 많지 않다. 그것은 현대인이 정보의 홍수 속에서 바보나 순진한 자를 도태시키는 권력에 충실해 있기 때문이다. 그래서 현대 사회에서 바보나 순진한 자를 표현하기란 매우 어려운 일이다. 그럼에도 불구하고 이재인의 소설에서 순진한 자를 찾기란 그리 어렵지 않다. 이재인의 소설에서 순진한 자는 대개 허풍선이와 대비되어 등장한다. [입대 전날]에시는 주인공이 허풍선이를 흉내내다가 망신을 당하며, [천사의 발톱]에서의 주인공은 허풍신이의 권력 앞에서 바보처럼 행동하다가 장인의 죽음을 계기로 의로운 편에서의 권력을 휘두르는 등으로, 주변의 부정을 파괴시키는 순진의 아이러니가 주를 이룬다. 순진의 아이러니는 순진한 자나 바보를 통해서 주변 인물의 모순과 비리를 파헤치거나, 독자가 주인공의 어리숙함을 들여다봄으로써 보다 성숙한 위치로 나아가게 하는 역할을 한다. 이재인의 소설은 대체로 이 양자를 다 구비하고 있다.

　우선 순진의 아이러니는 [입대 전날]·[사랑 연습]·[사이곤 외신]·[카인과 아벨]·[아니 이럴 수가] 등의 애정을 제재로 한 소설에서 나타난다.

[사랑 연습]은 도시의 인텔리 처녀인 동희가 문학 청년인 이민수를 좋아하여 농촌으로 가서 동거까지 하지만 애숙이라는 민수의 여자 친구가 집에 오자 질투심에서 집을 뛰쳐나온다는 내용으로 되어 있다. 민수나 동희는 문학을 좋아하는 호프만 콤플렉스(아름다운 불꽃처럼 아름다움을 몽상하는 콤플렉스)에 빠져 있다. 그래서 민수는 동희에 대한 사랑보다도 문학에 대한 자부심에 그의 내면세계에서 더 상위를 차지하고 있으며, 동희도 차관 딸이라는 집안 배경에도 불구하고 문학 청년인 민수를 좋아하여 농촌에까지 내려가 열심히 일한다. 그러나 동희는 애숙이라는 민수의 친구가 나타나자 카인 콤플렉스(형제나 비슷한 처지의 사람끼리 느끼는 질투심)가 발동하여 결국 집을 뛰쳐나가고 만다. 이렇게 되기까지에는 민수의 내면에도 문제가 있다. 민수는 동희에 대한 사랑보다도 문학에의 관심이 더 우위에 있다. 그러기에 동희가 카인 콤플렉스로 고민해도 적극적으로 대처하지 못한다.

롤랑 바르트에 의하면 사랑이 지속되는 데에는 대체로 세 단계가 있다. 첫 단계는 만남이며, 두 번째 단계는 호기심이고, 세 번째 단계는 사랑을 고백하고 상대를 소유하고 싶어지는 단계이다. 여기서 두 번째 단계는 상대를 그리워하며 수많은 몽상을 하게 되므로 매우 행복한 단계이다. 그런데 민수는 이 두 번째 단계가 생략된 대신에 문학에 대한 관심으로 대체되어 있다. 이 단계가 생략되어 있으므로 동희는 막상 애숙이라는 경쟁 상대가 나타났을 때 집을 뛰쳐나가고 만다.

민수는 이와 같이 어리숙한 면이 있는 반면에 나름대로의 권력을 가지고 있다. 그 힘이란 역사적 시간을 일상의 시간으로 매몰시키는 데서 나타난다.

니콜라스 베르자예프(Nicholas Berdyaev)에 의하면, 시간−역사를 기술할 수 있는 세 개의 기본적인 범주와 상징이 있다. 첫째로, 우주적 시간이 있다. 이것은 원으로 상징될 수 있으며 사물의 무궁한 반복을 가리킨다. 즉 밤과 낮의 교체, 계절의 바뀜, 출생과 사망의 순환 등 한 마디로 인간과 자연의 순환적 특성을 가리킨다. 둘째로는 역사적 시간이 있다. 이것은 수평선으로 상징되며 시간을 통한 국가와 문명과 종족들의 경과를 가리킨다. 수직선으로 상징되는 세 번째 것은 실존적 시간인데, 종교적이고 신비적 성질을 가진 시간을 가리킨다[7].

이와 같은 시간 체계에 의하면 민수는 6.25 전쟁이라는 역사적 시간에 얽매였던 존재이다. 민수 아버지는 공산당에 미쳐 총살형을 당했고, 경찰관이었지만 민수 아버지를 숨겨준 애숙이 아버지는 전쟁의 와중에서 보초를 서다가 공산당의 습격에 의해 순직을 했다. 이로 인해 오갈 데가 없어 읍내 고아원에 있던 애숙이를 민수는 가족들의 반대에도 불구하고 자기 집으로 데려와 한 식구처럼 지내고 그녀가 대학에 입학할 때까지 도와준다. 민수의 가족들이 과거의 아픔이 되살아난다며 보기 싫어하는 애숙을 그가 끝까지 가족처럼 돌보아 줌은, 역사적 시간을 초탈하여 실존적 시간에서 살아가는 민수의 휴머니티를 엿보게 한다. 이와 같은 행동은 개인이 실존의 시간을 통해서 역사적 시간을 초탈할 뿐만 아니라, 개인이 가진 휴머니즘의 권력을 엿보게 한다.

민수는 순진한 자이다. 그의 순진성은 문학에 대한 자부심과 주변 인물들의 이기적인 사고 방식과는 다른 휴머니티에서 나타난다.

---

7) 존 헨리 롤리, 英소설과 시간의 세 종류, 현대 소설의 이론, 갬병욱 편, 최상규 역(서울: 대방출판사, 1986), 477쪽.

여기서 [사랑 연습]에 나타난 순진의 아이러니는 주변 인물들의 모순과 비리를 폭로하는 역할을 할뿐만 아니라 역사적 시간이 가진 권력보다 더 우세한 개인의 실존적 시간과 그 권력을 엿보게 한다.

[사이곤 외신]은 역사적 시간과 실존적 시간의 대비를 잘 보여 주는 작품이다. 해외 근로 사원인 '나'는 베트남 여성인 렌다와 연인 사이이다. 렌다가 임신 8개월째이지만 '나'는 월남 철수 때 그녀와 함께 어떻게 귀국해야 할지에 대해 고민한다. 족보와 가문을 보물처럼 여기는 가족들, 친구와 이웃들의 따가운 눈초리를 생각하며 '나'는 불안에 휩싸인다. 또한 렌다가 임신한 사실을 그녀의 어머니에게 떳떳이 밝히지 못하고 있는 것도 미안해 한다. 하지만 렌다는 매사에 낙천적이다. 그녀는 비록 둘러댄 말이긴 하지만 자신의 어머니도 안심시키고 병원으로 가는 도중에 전투가 벌어진 상황에서도 침착성을 잃지 않는다. 그리하여 전쟁의 막바지 상황에서도 '나'를 그녀의 별장으로 안내한다. 말하자면 '나'는 월남전이라는 역사적 시간에 얽매여 있는 데 비하여, 렌다는 '나'와의 사랑이라는 실존적 시간에 얽매여 있다. 이와 같은 시간의 대비는 한 인간의 내면세계에 여러 시간 체계가 자리잡고 있음을 보여 주며, 전쟁의 긴박한 상황 속에서 애정의 소중함이 더욱 극적인 분위기에서 자리잡게 한다.

이재인의 소설에서 사랑을 제재로 한 작품들은 대개 남자 주인공이 문학 청년이거나 순진의 아이러니를 가지고 있는 데 비하여, 여성은 집안이 좋은 인텔리 여성인 경우가 많다. 이와 같이 상대적인 조건을 가지고 있으면서도 두 사람이 가까워지는 것은 순전히 문학적인 취향 때문이다. [카인과 아벨]도 이 점에서 예외가 아니다. 극화된 화자인 석현은 문둥병을 앓고 난 음성 나환자이다. 그의 아내가 된 사람은 장로의 맏딸로서 자신의 가족들과 인연을 끊고 지내면서 석현을 돌본다. 석현은 눈썹이 간데 없고 한 쪽 손이 우그러진 불편한 모습을 하고 있는 데도, 그의 아내는 세 살 먹은 그의 딸까지 낳고 산다. 말하자면 이들의 결합은 순진성의 결합이다.

[아니 이럴 수가] 역시 도시 여성과 농촌 총각과의 만남이 문학적 취향에서 이루어지고 있다. 전직 차관의 딸인 수진이는 대학 시절 문단에 데뷔한 '나'에게 명문대학을 중퇴하면서까지 접근해 온다. '나'와 동거 생활을 하면서부터 그녀는 '나'의 어머니를 만나겠다고 벼른다. 농촌의 전형적인 어머니상이라 '나'가 주저하자, 수진은 가출을 하면서까지 어머니를 만날 것을 고집하여 '나'는 결국 승낙하고 만다. 수진을 본 어머니는 처음엔 무덤덤하게 대했지만 수진의 수다와 어리광으로 점차 그녀를 가까이 대하게 된다. 그녀는 미술 도구도 사들이고 논밭에 나가 어머니의 일손도 도우면서 시골 생활을 익혀 간다. 그리하여 '나'는 수진이를 어머니한테 맡기고 소설을 쓰기 위해 상경한다. 그러던 어느 날 어머니에게서 급한 연락이 온다. 수진이가 마을에서는 수호신처럼 여기는 느티나무를 미신이라며 불태워 버렸다는 것이다. '나'는 수진에게 배신감과 적개심을 느끼면서 수진에게 화를 내자, 수진이는 그곳을 떠나 버린다. 세월이 흐른 뒤 '나'는 서해안 장산도에 사는 독자로부터 초청의 편지를 받는다. '나'는 그곳으로 가는 배 위에서 자신의 직업을 잘 아는 아가씨를 만난다. 그리고 그 아가씨로부터 자신을 초청한 독자가 수진임을 알게 된다. 이 작품은 우연이라고 알고 있었던 것이 사실은 필연이었음을 형상화한 작품이다. 그리고 우연이라고 알면서 필연에 빨려 들어가는 '나'를 통해서 순진의 아이러니를 엿

볼 수 있다. '나'는 오로지 문학적인 취향에만 관심이 있을 뿐 다른 방면에는 어리숙하다. 이 때문에 '나'는 수진의 유희 대상이 되고 있다. 원래 소설가는 허구를 통해서 독자를 자신이 원하는 세계로 끌어들인다. 그런데 이 작품은 오히려 소설가가 독자의 허구에 빨려드는 모습을 통해서 아이러니 양식을 취한다. 곧 수진은 사랑보다 문학을 더 상위의 위치에 두고 살아가는 '나'를 소설적인 특성을 통해서 좀더 객관적인 자리에서 '나'의 본질을 들여다보게 하는 것이다.

이재인의 사랑 제재 소설에서 남자 주인공은 그저 순진하기만 한 것은 아니다. 그냥 순진하기만 하다면 그것은 단순한 성격 창조에 불과하지만, 그것이 주변 인물이나 독자에게 변화나 새로운 관점을 제시한다는 데에 아이러니가 있다. 이재인 소설에서 남자 주인공은 따지고 보면 앙페도클 콤플렉스(죽음과 재생의 의미를 지니는 콤플렉스)에 사로잡혀 있다. 허구는 현실에서 이루지 못한 새로운 세계를 창조하는 데에 의의가 있다. 그리고 그 허구는 독자에게 실감있는 리얼리티를 제공하여야 한다. 그런데 이재인의 소설에서 주인공의 순진성은 독자를 작품 줄거리로 끌어들이는 데 리얼리티를 제공한다. 그러나 결말에 가서 사건의 아이러니(사건이 주인공의 예상과는 다른 결과로 진행되고 있는데도 주인공은 그것을 모른 채 행동하는 것)나 일반적 아이러니를 통해서 주인공의 내부에 깃든 모순이나 현실 세계의 모순을 파악할 수 있게 된다. 곧 주인공의 순진성은 인간 존재나 주변 현실을 변화시키는 거듭남의 역할을 하고 있다. 그러므로 주인공의 문학에 대한 몽상―허구에 대한 몽상―은 앙페도클 콤플렉스를 목표로 하고 있다고 볼 수 있다. 주인공이 애정을 가지고 있으면서도 성욕의 승화보다는 문학을 향

한 호프만 콤플렉스(아름다움을 향한 몽상)에 빠져 있는 것도 문학
을 통해 자신과 주변 세계를 변화시켜 보려는 앙페도클 콤플렉스
에 치중되어 있기 때문이다. 곧 주인공의 허구 표현 욕망은 주변
세계에 대한 변화 욕망과 통하는 것이다.

3. 극화되지 않은 화자의 끼어들기

웨인 C. 부우드에 의하면 화자는 함축된 작자(제2의 작자), 극화
된 화자, 극화되지 않은 화자로 나누어진다. 함축된 작자는 작가의
세계관이 대리적으로 표현되어 있는 화자를 가리키며, 극화된 화자
는 극중에 있는 배우의 역할을 하여 서술자가 그의 세계에 끼어들
지 못하지만, 극화되지 않은 화자는 극 바깥에서 관객처럼 관찰하
는 역할을 한다.

이재인 소설의 희극성은 이 극화되지 않은 화자가 극중에 있는
사건에 끼어듦으로써 이루어신다.

[형님과 고향]에서 '나'는 극화되지 않은 화자요, 외사촌형인 배
우리는 극화된 화자이다. 스토리는 배우리의 죽음으로 시작된다.
배우리는 마을 4H 클럽의 대표자로서 농지 구획 정리, 토지 개량,
소득 증대에 앞장서서 일하고, 농협의 부정을 시정하고자 농민 운
동을 주도적으로 펼쳐 나가는 등 농민 후계자로 손색이 없었다. 특
히 농협에서 농민들의 고구마를 전량 산다고 마을 입구에 출하하
도록 해 놓고 그냥 방치해서 눈비를 맞아 폭삭 썩는 일이 일어나
자, 배우리는 중앙 요로에 진정하고 보상 운동을 펴 나간다. 단위
농협에서는 정부의 수매 중지 지시라고 발뺌을 하고 책임을 전가

하는 바람에 배우리는 수사관의 조사와 고문을 받게 되고, 이로 인해 사건이 전국에 확산되어 농민들의 보상금 지급도 현실화하기에 이른다. 그런데 잎담배 수납기에 마을 사람들이 총대를 앞세워 후한 등급을 받기 위해 뇌물을 건네는 등의 부정을 저지르는 것을 보고 배우리는 부조리를 고발하는 등으로 동분서주하나, 인정에 약한 마을 사람들은 그를 원망하고 질책하는 등으로 따돌린다. '나'는 형의 간경화로 인한 죽음이 고문의 후유증으로 인해 비롯되었다고 보고 애석해 하며, 장례 절차를 적극 돕기로 한다. 그래서 때가 겨울인지라 고향에 내려가 인부들을 사서 땅을 파게 하는데, 인부들이 대접이 시원찮다며 시비를 걸자 '나'는 한데 엉겨 몸싸움을 벌이다가 실컷 두들겨 맞는다.

　여기서 극화되지 않은 화자인 '나'는 형의 죽음에 대해 객관적 위치에서 일을 처리할 수 있는데도, 마치 극화된 화자인 형의 위치에 있는 것처럼 끼어든다. 물론 이렇게 된 데에는 차를 타고 내려가면서 마신 술기운이 어느 정도 작용하기도 했지만, 독자의 위치에서 보면 갑작스레 극화된 화자의 위치로 끼어든 것이 분명하다. 이와 같은 돌발적 사건이 이재인 소설의 아이러니 구조를 짐작하게 한다. 만일 극화된 화자의 위치와 극화되지 않은 화자의 위치가 평행선을 달리며 고정되어 있다면, 이 작품은 배우리의 의로운 행동만 드러날 것이다. 그러나 극화되지 않은 화자인 '나'가 인부들의 잘못된 행동에 끼어들었다는 것은 배우리의 세계관이 '나'의 세계관에 전이되었음을 입증해 준다. 곧 '나'의 생각이나 행동은 불의에 대해 불감증을 느끼는 사람들에게 전이될 수 있는 가능성을 보여주는 것이다. 이와 같은 극화되지 않은 화자의 끼어들기는 [카인과 아벨] 등 다른 작품에서도 나타난다.

[카인과 아벨]에서 ‘나’가 음성 나환자인 노석현에게 관심을 가지게 된 것도 극화되지 않은 화자의 끼어들기에 해당한다. ‘나’는 독자인 석현의 편지를 받고 그가 사는 곳을 찾아가 그의 팔리다 남은 장편 소설을 가져다가 자신의 학교에서 팔아 주는 등으로 극화된 화자를 적극적으로 도와준다. 그리고 석현이 불법 의료 행위를 했다면서 청주의 깡패 두목 마준의 협박을 받은 데다가, 어느 개인이 자기 땅이라고 하면서 폭력배까지 동원하여 나환자촌을 철거시키려 하는 것을 항의하다가 죽었다는 사실도 알게 된다. 석현의 장례 후 ‘나’는 글을 쓰느라 바쁜 가운데서 까맣게 잊고 있다가, 서울서 출판업자가 찾아오자 석현의 미발표 작품이 있을 것이라는 추측에서 나환자촌을 찾아간다. 하지만 그곳에는 불도저들이 단지를 깡그리 뭉개고 있었고, ‘나’가 경비원인 듯한 사내에게 석현 가족의 안부를 물어 보자, 사내는 자신들의 일에 끼어들지 말라며 위협한다. 그러자 ‘나’는 사내의 위협적인 행동을 나무라고 이 때문에 시비가 붙어 우락부락한 사내들한테 ‘나’는 실컷 얻어맞는다. [카인과 아벨]은 지성인을 자처하는 ‘나’가 한 개인의 죽음을 계기로 완력을 쓰는 폭력배늘에게 따지고 드는 데서 극화되지 않은 화자의 끼어들기에 해당한다. ‘나’의 행동은 지극히 정당한 행동이다. 그러나 불의에 무관심한 현대인들의 눈에는 돌출적인 행위로 보여지고 웃음까지 유발한다. 그리고 그 웃음의 밑바닥에는 불의에 무관심한 사람들에 대한 풍자가 들어 있다. 이것이 이재인 소설의 해학이고, 희극미이다.

4. 순진의 영역 지키기

[황색 판화]에서 장동순 선생은 '자활 학급' 운영의 일환으로 자기 반 학생들에게 닭 기르기 운동을 전개해서 6개월이 채 되기도 전에 5백 마리로 불어나게 되고, 교육청과 교육위원회에서도 '새마을 자활 우수사례'로 칭찬을 받는다. 그러나 닭장에서 나오는 닭똥이 金肥보다도 더 좋다는 데서 지역 주민들이 닭똥을 구하기 위해 다투게 되고, 이로 인해 마을 사람들의 다툼이 그치지 않아 사람이 다치는 일까지 벌어진다. 이로 인해 교장으로부터 따가운 질책까지 받게 되자, 장선생은 고학생인 영철이가 기를 병아리만 남기고 나머지는 모두 팔아 버린다. 변선생은 장선생의 마음을 위로하기 위해 낚시를 가자고 권하고, 두 사람은 낚시터에서 잡은 고기를 학교 숙직실에 가지고 와 매운탕을 끓여 술을 마신다. 그리고 술이 얼큰해진 장선생은 저녁에 닭장으로 가서 불을 질러 버린다. 그러나 다음 날 장선생은 닭장에 딸린 간이방에서 잠자다가 변을 당한 영철이의 시신을 발견하고는 혼절해서 쓰러진다.

닭똥 때문에 지역 주민이 다툰다면 닭장 관리와 같은 궂은 일 안하겠다고 버틸 수도 있다. 실제로 그는 돌발 사고가 생기고 이로 인한 교장의 질책에 못 이겨 닭을 모두 팔아 버렸다. 그것으로 그의 책임은 얼마든지 회피될 수도 있다. 그러나 그의 휴머니즘은 이 일을 방관하지 못한다. 양계 사업으로 고학생 영철이의 생계비를 많이 보태지 못하고, 의로운 사업을 더 하지 못한 것을 안타까와 한다. 그래서 그는 홧김에 술을 마시고 닭장에 불을 질러 버린다. 그런데 그곳에 그가 가장 아끼던 제자가 죽어 있다. 이는 순진한 사람이 순진의 영역을 지키지 못한 데서 오는 비극이다. 말하자면 장선생이 영철이를 위해 보다 끈질기게 양계 사업을 해 나가지 못한 데서 오는 순진의 아이러니이다.

이재인 소설에서는 순진의 아이러니가 가장 돋보인다. 순진한 주인공들은 자기 분수에 걸맞지 않게 허풍을 떨기도 하고, 허풍선이의 위세에 눌리기도 하면서 돌출된 행동을 많이 한다. 그리고 약삭빠른 사람들에 의하여 자신의 거짓이 폭로되기도 한다. 그러면서 그는 독자들이 지각있는 위치에서 웃음을 가지고 개인과 세상을 들여다 보게 한다. 개인을 보다 깨끗하고 양심적인 위치로 승화시키는가 하면, 악의에 찬 주변 인물들을 정화시키는 데 기여하기도 한다. 또한 주인공들은 대개 문학적 취향에 사로잡혀 있다. 이 문학적 취향은 어떨 땐 사랑보다도 우위에 서 있기도 한다. 그는 소설이 허구인 것과 마찬가지로 허구를 꿈꾼다. 주인공의 순진성에 빨려들던 독자는 결말에 가서 돌발적 행동을 보게 되고, 그 웃음 밑에 도사린 휴머니티를 발견하게 된다. 이렇게 볼 때 이재인은 '90년대의 도시적 메카니즘 속에서 오히려 순진의 아이러니를 가진 인물을 창조한 듯하다. 순진의 아이러니는 희극미로 발전하고, 불의의 세계를 개혁하고 부조리한 인간성을 개조하는 데 사용된다. 순진한 인물의 창조는 그들의 권력 형성에도 크게 이바지한다. 역사적 시간을 초탈하여 일상의 시간에서의 행복을 만끽하게 하는 것도 순진의 아이러니가 가진 매력이다.

제 2 부 김동인 소설 연구

김동인 소설 연구
— 창작 태도와 작품의 상관성을 중심으로

1. 서 론

김동인은 1900년에 20세기의 출발과 함께 태어났다. 말하자면 그의 생애는 한국 사회가 동양적 윤리 질서와 서구 자본주의적 가치관이 충돌하던 시기에 놓여져 있다. 그는 교회 장로였던 부친 김대윤의 영향을 받아 어느 정도 유교적 윤리 질서와 서구적인 자유분방함를 따랐다. 그래서 그의 생애는 유교적 윤리 질서로부터 자본주의적 세계관으로 넘어가는 과도기적 상황이 반영되어 있다. 이에 따라 그의 작품 세계는 도덕 규범과 광포성이라는 이율배반적 성질이 혼합되어 있다.

김동인의 문학관은 크게 세 가지로 요약된다. 첫째는 '인생 문제 제시'1)다. 김동인의 의도는 춘원의 계몽주의적 태도에 대한 반대 입장으로 인생을 여실히 보여 주는 데 있다. '종래의 습관이며 풍

---

1) 김동인, 조선근대소설고, 김동인전집 16권, 23쪽.

속의 불비된 점을 독자에게 보여 주는 것은 옳은 일이되 개선 방
책을 지시하는 것은 소설의 타락'이라고 역설한 김동인은 소설이
'사회 교화 기관'[2]이 되어서는 안 된다고 강조하였다. 그는 '신구
도덕이나 연애 자유를 주장하는 소국부의 것'보다는 '인생의 문제
와 번민'[3]을 보여 주려 하였다. 그리하여 김동인은 근대 소설사의
마지막 단계를 '인생 문제 제시'로 본다.

> 권선징악에서 조선 사회 문제 제시로—다시 일전하여 조선 사회
> 교화로—이러한 도정을 밟은 조선 소설은 마침내 인생 문제 제시
> 라는 소설의 본 무대에 올라섰다.[4]

이러한 인생 문제 제시는 '성격 창조'나 '약자, 악인을 그대로 제
시'[5]하는 등으로 소설 기법상의 특징을 이룬다.

둘째는 악마적 행동에서도 미를 찾아낼 수 있다는 것이다. 김동
인은 춘원이 美와 善, 두 가지를 다 갖추려 한 데서 모순과 자가당
착을 빚었다고 비판[6]하였다. 그래서 그는 온갖 것을 미 아래 두려
는 '악마적 사상'[7]의 태도를 취하였다. 이는 작가가 반드시 선을
강조할 필요는 없음을 뜻한다. 융에 의하면 인간의 마음에는 집단
규범에 의한 도덕적 규준이 있고, 이와는 다른 개체의 원초적 양심
이 무의식에 있다[8]. 따라서 독자는 작품 속에서 아무리 악마적 행

---

2) 상게서, 20쪽.
3) 상게서, 22쪽.
4) 상게서, 23쪽.
5) 상게서, 26-27쪽.
6) 상게서, 21쪽.
7) 상게서, 32쪽.
8) C. G. Jung, Das Gewissen in psychologischer Sicht, Studien aus dem C. G.
   Jung Institut Zürich; Das Gewissen, Rascher, Zürich, 1958, 185-207쪽.

동이 나오더라도 그를 선과 구분할 정도의 분별력이 누구에게나 있기 때문에 작가가 거기에까지 신경 쓸 필요는 없는 것이다.

셋째 김동인은 광포적 기질을 중시하였다.

> 나의 행동은 미다. 왜 그러냐 하면 나의 욕구에서 나왔으니깐…
> 이리하여 나의 광포한 방탕은 시작되었다. 아직껏 동경을 하였지만 체면 때문에 혹은 도덕 관념 때문에 더럽다 하던 무수한 광포적 행동이 시작되었다.9)

사실 [광염 소나타]에서 성수의 방화, 屍姦, 살인, 사체 모욕 등은 극단적으로 광포한 행동이다. 이러한 광포한 행농이 성수의 미에 대한 열정을 더욱 돋보이게 한다. [광염 소나타]에서는 미적 대상에 대한 구체적 표현보다도 거기로 나아가는 과정 곧 미에 대한 열정에 더 중점이 두어져 있다. 그리고 이것이 독자에게 극적 긴장감을 가져다 주는 힘이 된다.

김동인은 식민지 현실을 산 작가이다. 식민지 현실이라는 답답한 분위기는 도덕적 규범과 자유분빙한 기질의 양면성을 가지고 있었던 김동인에게 어울릴 리가 없다. 그런 현실 아래서 김동인은 이장희 등 다른 작가와 마찬가지로 시대의 국외자가 될 수 밖에 없었다. 그러므로 그때 김동인은 끝까지 의를 견지함으로써 죽음을 택하든가 광포한 기질을 발휘하든가 하는 선택의 기로에 설 때도 있었다. 생애가 시대적 현실과 동궤를 걸었던 김동인은 식민지 현실로부터의 탈출구로 그의 광포적 기질을 작품 속에서 한없이 풀어냈고, 실제로 이런 현상은 김동인 소설의 한 특징을 이룬다. 식민

---

9) 김동인, 전게서, 33쪽.

지 현실 아래서는 누구나 미쳐버릴 것 같은 충동을 느끼지 않을 수 없었는데, 이를 김동인은 창작을 통해 극복한다. 그래서 「감자」, 「광염소나타」, 「광화사」 등에 나오는 살인 등의 극적인 결말이 오히려 감동을 주고, 비참한 삶의 모습에서 아름다움을 느끼게 된다. 김동인 소설 가운데 장편은 주로 강한 국민성 형성을 위한 영웅 이미지 제시나 역사적 소재로 하여 강자지향의식을 드러낸다. 이는 식민지 현실 극복을 위한 역사의식을 반영한다. 이에 비해 단편소설은 인간 본성이나 심리에 초점을 맞춘 경우가 많다. 김동인 단편소설 80여 편 중 인간 본성이나 심리가 두드러지게 나타난 작품은 절반 이상을 상회한다. 이 가운데 무의식과 관련된 심리가 두드러지고 문학적 가치가 크다고 알려진 작품만도 20여 편에 망라된다. 이에 본문에서는 이들 작품을 중심으로 분석하고자 한다. 그 작품들을 열거해 보면 다음과 같다. 「약한 자의 슬픔」, 「마음이 옅은 자여」, 「목숨」, 「폭군」, 「배따라기」, 「태형」, 「거츠른 터」, 「피고」, 「감자」, 「정희」, 「광염소나타」, 「포플라」, 「수정 비둘기」, 「붉은 산」, 「광화사」, 「김연실전」 등이 그것이다.

이들 작품은 미나 이상을 추구하거나 본능적 욕구의 분출 등의 인간 본성, 꿈, 광기, 죽음 등으로 인간 심리가 두드러지게 나타난다. 그래서 본문에서는 작가의 무의식이 작품에 어떻게 반영됐는가를 알아보고, 인간 본성이나 무의식이 작중인물의 심리나 줄거리에 어떻게 반영되었는가를 살펴보기로 하자.

2. 무의식에의 접근

(1) 무의식에의 관심 —「약한자의 슬픔」·「포플라」

> 예술이란 무어시냐 여긔 대한 해답은 헤일 수 없이 만치만 그 가
> 운데 그 중 정당한 대답은,
> '사람이, 자기 기름자에게 생명을 부어 넣어서 활동케 하는 세계--
> 다시 말하자면, 사람 자기가 지어 놓은, 사랑의 세계, 그것을 이름
> 이라' 하는 것이다.[10]

'그림자'란 어휘는 이 외에도 「약한 자의 슬픔」(1919)에서 8번 나온다. 김동인이 '자기 기름자에게 생명을 부어 넣어서 활동케 하는 세계'를 다루겠다는 것은 인간의 무의식세계를 드러내겠다는 의미로 해석된다. 실제로 「약한 자의 슬픔」에서 엘리자베트가 '표본 생활 이십 년'이라 고백하는 것은 자신에게 있던 그림자현상[11]을 모르고 페르조나[12]에만 익숙해 있던 자신을 반성하는 고백이며, 깅자가 되기를 소원하는 것은 페르조나와 그림자현상을 통튼 自己를

---

10) 金東仁, 자기가 창조한 세계, 상게서, 150쪽.

11) C.G.융 外, 융 심리학 해설, 설영환 역(서울·선영사, 1989), 100, 101쪽. 그림자는 다른 어떤 태고유형보다도 인간의 기본적인 동물적 본성을 많이 포함하고 있다. 그림자는 진화의 역사 속에 퍽 깊은 뿌리를 가지고 있으므로, 모든 태고유형 중에서도 아마 가장 강하며, 잠재적으로 가장 위험한 것이다.

12) 상게서, 95쪽. 원래 '페르조나'는 연극에서 특정한 구실을 하기 위해 배우가 쓰는 탈을 가리킨다. 개인은 페르조나에 의해 반드시 자기 자신의 것이 아닌 성격을 연출할 수가 있다. 페르조나는 개인이 공적으로 보이는 탈 내지는 겉보기이며, 사회에 받아들여지기 위해 좋은 인상을 주기를 목적으로 삼고 있다. 그것은 대세에 순응하는 태고유형이라 부를 수도 있다.

발견했다는 의미가 들어 있다. 엘리자베트가 남작에게 정조를 상실하는 과정에서도 겉으로는 거부를 하지만 다른 한편으로 자신도 모르게 돌아누워 묘한 웃음을 흘리는 것이 바로 페르조나와 그림자현상의 단적인 예가 된다. 엘리자베트는 남작집의 가정교사로서 모범생으로 자부하며 살았지만 어느 날 갑자기 외롭고 적막함을 느끼고 갑갑하다는 생각이 들 때부터 이미 그림자현상이 발동하고 있었던 것이며, 친구 혜숙의 집에 가서 자신이 좋아하는 남학생 이환의 사촌 동생인 S를 만나자 마음속으로는 이환을 소개해 주기를 바라면서도 겉으로는 관심 없는 척하는 것도 다름 아닌 페르조나인 것이다. 그리고 집에 돌아와서는 이환에 대해 S에게 물어보지 않은 것을 후회하고 끝없는 공상을 두 시간이나 한 후에 전나체가 되어 드러누운 것은 그녀의 그림자현상에서 기인한 것이다. 그러므로 엘리자베트가 후에 남작과의 재판에 패소하고나서 강자가 되기를 소원하면서도 남작에 대한 언급이 없는 것은 바로 자신에게 있던 그림자현상을 다스리지 못해 정조를 상실했다고 보기 때문이다. 따라서 그녀의 강자 소원은 그림자현상을 다스리고 自己를 실현하겠다는 뜻이 내포되어 있는 것이다. 김동인이 처녀작에서부터 이처럼 무의식에의 관심을 드러낸 것은 김동인의 작품 성격을 규정짓는 중요한 단서가 된다. 말하자면 김동인은 애초에 인간 심리나 본성, 그 중에서도 무의식에 깊은 관심을 가지고 있었던 것이다.

그럼 김동인은 이런 인간의 심리에 대한 상식을 어떻게 가지게 되었을까. 필자는 그 근거를 그가 1918년 미학에 대한 상식을 구하기 위해 낭만주의자 후지지마다케지에게서 미학을 배웠다는 데에 두고 싶다. 후지지마에 대해서는 김윤식 교수가 <金東仁研究>에서 자세히 밝혀 놓은 바가 있다. 후지지마는 1905년에서 1910년 사이에 파리에서 2년, 이탈리아에서 3년간을 유학했다. 이때 그린 「검은 부채」(1908-1909)가 하얀 베일과 의복, 검은 머리와 펼쳐진 부채의 흑백대조에서 오는 아름다움[13]이었다. 한국 유학생 김관호 등이 이 후지지마에게 미술을 배웠는데, 김관호의 대동강 능라도를 배경으로 한 두 여인이 목욕하는 그림인 「해질녘」(1916)은 당시로는 외설시비가 날 만큼 전위적인 것[14]이었다. 후지지마에게 배우고 김관호에게 깊은 존경심을 가졌던 김동인이 자연히 이들의 작품 경향에서 영향을 받았을 것이다. 이는 그가 '미학에 대한 상식을 구하'[15]기 위해 후지지마에게 미학을 배웠다고 여러 군데서 고백한 데서도 알 수 있다.

김동인의 「배따라기」(<創造> 9호, 1921.6) 역시 심리적인 면을 여실히 드러낸 작품 가운데 하나이다.

「배따라기」에서 '그'의 카인 콤플렉스(형제간에 느끼는 질투심)는 아내와 아우가 근친상간적 부정을 했다고 의심하는 데서 나타난다. 그는 아내가 아무에게나 애교를 잘 부린다든지, 그가 아껴두었던 음식을 아내가 아우한테 줘버리는 등의 행위 때문에 아우에게 카인 콤플렉스를 느끼고 있던 그는 아내를 사랑하면서도 질투심으로 인해 아내를 구박한다. 한번은 이런 구박 때문에 아내가 아우의 집에 가 밤새도록 웃는 소리가 들리자, 그는 아내를 죽이러 나갔다가 문밖에서 근심스런운 얼굴로 들여다보고 있는 아내를 보고는 '뺨을 물어 뜯으면서 함께 이리저리 자빠져서' 딩굴기까지 한다. 이는 유아의 어머니에 대한 본능적 독점욕과 그에 따르는 시기

---

13) 김윤식, 김동인연구(서울:민음사, 1987), 83쪽.
14) 상게서, 84쪽.
15) 김동인전집 제17권(서울:조선일보사, 1988), 357쪽.

심이라는 카인 콤플렉스에 해당된다. 유아기에 동생이 생겨 부모의
사랑이 어린 동생에게 향하면 대부분의 아동은 부모의 관심을 끌
려고 말이다운 행동을 한다거나 동생을 남이 안 볼 때 때리거나[16]
한다. 이는 한편으로는 아내를 지극히 사랑하면서 자기 혼자만 사
랑을 차지하려는 독점욕 때문에 질투를 하는 양가감정과 카인 콤
플렉스 때문이다.

> 그들 형제가 그 마을에서 제일 부자이고 또 제일 고기잡이를
> 잘하였고, 그 중 글이 있었고 배따라기도 그 마을에서 빼어나게
> 그 형제가 잘하였다.[17]

이렇게 닮은 데가 많고 준수한 점이 있는 반면에 아내의 아우에
대한 태도 때문에 '그'는 질투의 감정을 불사르게 된다. 그는 아우
에게 향했던 부정적인 감정이 다시 아내에게 투사되어 급기야는
폭행으로 치닫고 만다. 그리하여 그의 내면세계에 깃들어 있던 사
랑과 질투의 극단적인 감정은 위의 예문에 제시한 페르조나와 그
림자[18]와의 괴리를 심화시켜 운명의 쥐사건에 이르러서는 자신의
그림자를 현실에서의 파괴적인 행동으로 폭발시켜 버린다. 그래서
빚어진 결과가 아내의 익사 사건이다.
　金東仁은 여기서 결말을 맺지 않는다. '그'는 쥐사건의 진실이
밝혀진 후 바다의 시련과 방황을 통해 생을 관조하며 정화해 간다.

---

16) 민병준, 김동인 소설의 원형 연구, (충북대 교육대학원, 1986), 22쪽.
17) 김동인전집, 제 1권, 200쪽.
18) 李符永, 分析心理學 (서울:일조각, 1986), 64쪽. 그림자는 일반적으로 자아
　　의 어두운 면에 해당한다. 무의식 속에는 나도 모르는 또 하나의 '나'
　　가 있다. 그 '나'가 나도 모르게 실수하게 하며, 내가 지향하는 바의 세계
　　와는 전혀 다른 세계, 즉 모순된 행동을 저지르게도 한다. 그것이 바로 그
　　림자의 소행이다.

이는 인간은 신이 만들어 놓은 인간 심리에서 승화해 나아가는 존재이며, 완벽한 초월이란 있을 수 없다는 인간의 조건을 제시한 것이다.

「배따라기」가 단순한 심리 묘사만으로 끝나지 않는다는 것은 '바다'가 지니는 상징성과 서정성에서 밝혀진다. '아내'가 바다에 투신자살한 것은 '그'에게 치명적인 충격을 가한 계기가 된다. 그리고 '그'가 '아내'의 죽음이라는 엄청난 결과에 죄의식을 느끼고 바다로 아우를 찾아 나섬은 지금까지의 잘못을 회개하고 순수한 데로 나아가는 정화작용으로 재생을 상징한다. 말하자면 이 작품은 아내의 투신자살을 통해 '그'의 의처증과 카인 콤플렉스라는 부정적인 면을 정화시켜 가는 과정을 보여 준다. 그리고 물의 상징적 의미(파괴, 재생 등)를 통한 서정성은 인간 심리가 '자기(의식과 무의식을 통튼 온전한 인격체)를 향해 가는 과정을 상징적으로 제시한 것이다.

「광염 소나타」(<중외일보>, 1929)는 주인공의 심리변화를 극렬하게 함으로써 작품 안에서는 감정의 진폭을 크게 하고 밖에서는 정서적 안정을 갖게 하는 작품이다. 전반부가 기존의 윤리규범에서 중심을 이루는 효사상을 바탕으로 하였다면, 후반부는 선악간의 도덕률보다는 작중인물의 인간 본성에 초점이 맞춰진다. 그리하여 인간의 내면세계에 있는 무의식의 진폭이 무한함을 보여준다. 여기에 심리기제로 두드러진 것이 본능과 리비도[19]이다.

---

19) S.프로이트, 정신분석학입문, 서석연 역(서울:범우사, 1992), 322쪽. 리비도란 '굶주림과 유사한 것으로 본능을 드러내는 힘에 대해 명명한 것입니다. 354쪽. 인간은 그 리비도를 만족하게 하는 가능성을 빼앗기게 되면, 즉 나의 표현에 의하면 '거부'(욕구 불만)당하게 되면 그 때문에 노이로제가 된다는 것입니다. 그리고 그 증상은 말할 것도 없이 거부당한 만족의 대리

　백성수에게도 다른 사람들과 마찬가지로 크게 두 가지 본능이 자리잡고 있다. 하나는 자아본능이요, 다른 하나는 성본능이다. 백성수의 자아본능은 성실하게 어머니에게 효도하는 데서 나타난다. 이 자아본능으로 인해 성본능은 무의식 속에 억압되어 있게 된다. 그런데 K씨를 만나고 나서 음악 창작이 순조롭게 잘 안 되자 성본능이 그만 리비도의 본색을 드러내 버린다. 백성수의 屍姦이 이를 입증한다. 이러한 성본능은 극단적이고 광폭적인 행위인 데도 다음과 같은 몇 가지 점에서 읽기에 거부감을 느끼지 않게 한다.

　첫째, 밤의 분위기 속에서 이루어졌다는 점에서 그만큼 자유로운 상상의 공간이 마련된다. 둘째, 꿈과 같은 분위기가 연출되어 백성수의 방화, 屍姦, 살인 등이 극적 긴박감을 불러일으킨다. 셋째, 백성수를 정신분열자로 인식게 함으로써 사회 통념상의 도덕적 기준에 얽매이지 않게 한다. 넷째, K씨가 백성수의 예술적인 뛰어남을 강조함으로써 그의 성본능을 사소한 일로 취급해 버렸다는 점에서 액자 구조의 바깥을 생각할 여유 공간을 마련해 놓았다.

　이와 같이 백성수의 성본능과 예술적 욕망은 어떠한 장애도 받지 아니한다. 그러나 그러한 성본능과 예술 욕망이 자유로와진 대신 그는 정신병자로 취급되어 정신병원에 가게 된다. 이는 성본능이 자아본능에 패배한 형태로 있어야 하는데,[20] 리비도를 통해 힘

　라는 것입니다.
　422쪽. '대상으로의 리비도 배비가 행해지지 않는 것'이 (정신병의 하나인) 조발성 치매의 주요 징후라는 명제를 발표했습니다.

20) 이정식 편, 프로이트 정신분석입문(서울:다문, 1990), 129쪽. 정신 분석의 과제로서 성본능과 자아본능을 구분해서 생각해야 한다는 것이 프로이트가 주장하는 근거이다. 요컨대 여기에서, 억압에 대한 연구를 통하여 경험하고 이해한, 1)성본능과 자아본능은 대립된 형태로 나타난다는 점, 2)이 경우에 성본능은 형식적으로는 자아본능에 패배한 형태로 되어 있다는 점,

을 얻은 예술적 욕망이 폭발적으로 솟구친 데서 나타난 결과이다. 곧 결과적으로 어머니에 대한 그리움이라는 정상적인 자아(대상으로의 정상적인 리비도 배비)가 어머니의 죽음이라는 외상적 체험으로 말미암아 그 조절 기능을 상실하게 되고, 그 상실을 성적 욕구의 대상에 대한 에너지 분출을 통해 보상받으려는 노이로제 증상에 해당한다. 그러므로 성수의 음악적 재능 발휘는 비정상적으로 형성된 것으로 봐야 한다.

프로이트는 리비도를 자아 리비도와 대상 리비도로 구성하고, 둘의 관계를 아메바에 비유하여 설명한다. 아메바는 돌기를 내거나 끌어당기거나 하는 일을 되풀이한다. 이러한 아메바의 활동처럼 리비도의 주요량은 자아 내부에 잔류하여 정상적인 상태에서 자아 리비도는 어떠한 장애에도 부딪치지 않고 대상 리비도로 전환되고 대상 리비도는 다시 자아 내부로 들어온다.[21]

백성수의 광기는 자아 리비도와 대상 리비도간의 아메바와 같은 조절 능력을 상실했기 때문에 나타난 현상이다. 백성수에게 자아 리비도는 음악 이론을 체계적으로 배워 자신의 음악적 재능을 살리려는 데서 나타나며, 대상 리비도는 음악에 대한 열정으로 나타난다. 대상 리비도에 영향을 주는 '모친과 같은 의존 대상'[22]은 어

---

3)그러나 성본능은 완전히 패배하여 자아본능에 정복되어 있는 것이 아니라 무의식 속에 억압되고 그 후에도 에너지를 계속 保持하고 있다는 점, 4)그리고 성본능은 패배의 보상, 즉 전이신경증군을 형성하는 큰 열쇠를 쥐고 있다는 점……등의 사실을 열거하고 있다

21) 이정식 편, 전게서, 129-130쪽.
22) 상게서, 131쪽. 대상애로 향해 가는 리비도의 대상 선택에는 두 가지 형태가 있다. 그것은 자신인 자아 대신에 자신과 가능한 한 유사한 것을 선택하는 자기애 형태와 자기의 생존상 필요한 도움을 주거나 욕구를 만족시켜 주는 모친과 같은 의존 대상을 선택하는 의존 형태이다.

머니와 K씨다. 이들은 둘 다 백성수가 훌륭한 음악가가 되기를 바라는 외향투사를 하고 있다는 점에서 유사성이 있다. 그리고 백성수는 그들이 소망하고 있는 것이 자신의 자질 속에 있다고 보고 그것을 계발하려 한다는 점에서 내향투사[23]를 한다.

백성수가 어머니의 교육을 받고 자랄 때는 백성수의 음악에 대한 어머니의 외향투사와 그의 내향투사가 일치하기는 했지만, 그들의 소망대로는 될 수 없었다. 그는 음악에 대한 체계적인 교육을 받지 못했다. 그러나 음악에 쏟는 집착은 조금도 줄지 않았다. 음악에 대한 그러한 집착이나 감정만으로는 훌륭한 음악이 나올 수 없었다. 그리하여 그만치 뛰놀던 열정과 터질 듯한 감격도 음보로 그려놓으면 아무 긴장도 없는 싱거운 음계가 되어 버리곤 했다. 그는 중학을 졸업한 뒤에 어머니를 위하여 학업을 중지했고, 어떤 공장의 직공이 될 때까지는 아주 온량한 사람이었다. 이는 이때까지만 해도 효를 중심으로 자신의 인격에 충실하려는 자아 리비도와 음악에 대한 대상 리비도의 조절을 잘한 결과이다.

그러나 어머니로부터 과잉 보호를 받았던 백성수는 외부적 요인으로 인해 어머니의 임종을 지켜보지 못했다는 자책감으로 인해 변화를 맞게 된다. 더구나 K씨는 백성수가 어머니의 어진 교육 때문에 '타오르는 야성적 열정과 힘이 음보로 그려 놓으면 아주 힘없는 말하자면 김 빠진 술과 같이 되고' 말았다고 진단하고, 백성

---

23) 엘리자베드라이트, 전게서, 110쪽. '대상 관계를 수립하는 것은 자아와 대상의 상호 작용이다. 그것은 자아가 타인을 포함한 세상과 대적하는 양식을 형성짓는 외향 투사와 내향 투사를 적절히 구사하는 작업이다. 외향 투사란 감정과 무의식적 소망이 자아로부터 축출되어 다른 사람이나 사물에 전가되는 과정이다. 내향투사란 외적 대상에 속한 자질들이 흡수되어 무의식중에 자아에게 속하는 것으로 여겨지는 과정이다.'

수가 계통적 훈련을 원할 때도 그것이 들어가면 음악이 기계화해 버리고 만다며 가르쳐 주지 않는다. 이 때문에 백성수는 대상 리비도에만 집착하게 되고 대상 리비도가 다시 자아 내부에 들어오는 길을 잃어버리고 만다. 나아가 K씨는 끝까지 백성수의 예술을 옹호하고 屍姦, 살인 등의 비도덕적 행위를 무시해 버린다.

이로 인해 백성수는 위대한 예술 창작을 위해 광기적 행위를 서슴치 않는다. 이 과정을 구체적으로 살펴보면 다음과 같다.

K씨는 어머니의 죽음으로 인해 피해의식과 분노에 차 있던 백성수가 음악에 대한 관심으로 치환하도록 도와준다. 그는 백성수가 방화한 후 무의식에서 흘러나온 리비도의 힘을 발견하고 진정한 음악가가 되도록 승화[24]시켜 주는 역할을 한다. 이로 인해 백성수가 처음에는 어머니에 대한 고착에서 벗어나 불안을 덜고 음악에만 집착하게 할 수 있었다. 그러나 K씨가 백성수를 음악에만 집착시키게 함으로써 백성수는 자아 리비도에로의 회귀를 상실하고 만다. 그리하여 그는 어머니에 대한 그리움(대상 리비도)을 음악에 대한 열정으로 치환시키고, 이를 위해 屍姦과 살인을 하는 지경에까지 이른다.

무의식 속에는 무한한 힘을 지닌 리비도가 들어 있다. 그것은 그림자 속에 들어 있을 때는 파괴적인 속성을 띠지만, 그림자를 인지하고 그것을 창조적인 데로 돌려놓을 때는 위대한 힘을 발휘할 수 있다. 백성수는 리비도의 파괴적 속성과 창조적 속성을 다 가지고 있었으나, 그것이 하나로 통일되지 못했다는 데 불행이 있다. 그의 파괴적 속성은 방화, 屍姦, 살인 등으로 나타나고, 창조적 속성은

---

24) 상게서, 175쪽. '히스테리는 승화를 '본능적 욕구가 성적(현실적) 만족 이외의 목적으로 향해지는' 과정으로 정의하였다.'

예술 창작으로의 탐미의식으로 나타난다. 이러한 속성은 현실 속에서 하나로 통일되고 조화를 이루어야만 全人的인 인격을 이룰 수 있다. 그러나 백성수의 심리에는 그것이 분열된 형태로 나타난다. 그에게는 파괴적인 것을 창조적인 것으로 바꾸는 힘은 있었으되 파괴적 요소를 무의식 속에 묶어 두는 힘이 부족했다.

따라서 「광염 소나타」는 인간이 가지고 있는 리비도 등의 심리 상태 조절의 중요성을 실감케 하고, 자아 리비도와 대상 리비도간의 조화를 모색하게 한다.

이러한 심리는 비단 예술가에게만 나타나는 것은 아니다. 김동인은 이런 심리적 갈등이 보통 사람에게서도 충분히 나타날 수 있음을 「포플라」(원제: 「아라삿버들」, 1930)를 통해 제시한다. 머슴 최서방의 이율배반성이 그것이다.

최서방이 김장의네 집 머슴으로 들어가기 전에는 정직하고 근면하여 외관상 전혀 문제될 인물이 아니었다. 그러나 최서방이 머슴으로 일하면서 버드나무가 새끼를 쳐서 자라나가자 그에게도 성본능이 꿈틀거리기 시작했다. 그러나 주인이 결혼을 주선해 줄까 하는 의견을 타진했을 때 그는 속마음과는 다르게 '뭐……'하며 얼버무리고 만다. 그러나 그날 밤 '사십 년 동안을 숨어 있던 성욕'이 한꺼번에 터져올랐고, 그 뒤로 주인에게 버드나무가 새끼를 낳는다며 결혼하고 싶다는 말을 간접적으로 비추나 주인은 이를 알아채지 못한다. 그 뒤로 그는 낮과 밤이 괴리된 생활을 하게 된다. 낮에는 정직하고 부지런한 생활을 하지만, 밤만 되면 성욕으로 흥분되어 정신을 못 차린다. 그리하여 동네 여자들이 겁간을 당하고 밝은 때 생긴일에는 피해자가 모두 참살을 당하는 끔찍한 사건이 일어난다. 그로 인해 그는 경찰에 붙잡혀 '사형대 위의 이슬'로 사라진다.

　이는 최서방의 페르조나와 그림자현상의 양 극단을 보여준 것이다. 최서방은 남과 함께 하는 집단 생활에서는 아주 모범적이다. 정직하고 부지런하기로 소문난 그가 강간과 살인을 행하리라곤 누구도 의심하지 못했다. '자아의식이 강하게 조명되면 될수록 그림자의 어둠은 짙어지게 마련이다. 선한 나를 주장하면 할수록 악한 것이 그 뒤에서 짙게 도사리게 되며 선한 의지를 뚫고 사회적인 물의를 일으키기도 한다.'25) 최서방은 작중 화자의 말대로 '낮을 지배하는 신경과 밤을 지배하는 신경'이 확실히 다름을 인정하지 못하고, 사람들 역시 '최서방의 가면'26)만 바라보았던 데서 결국 불행을 맞게 된다.

　이러한 불행은 의식과 무의식, 곧 '낮'(페르조나)과 '밤'(그림자)의 세계가 전체적으로 조화를 이루지 못했다는 데 있다. 그 '낮'과 '밤'이 괴리된 세계는 그림자 현상을 파괴적인 데서 창조적인 데로 돌려 놓아야만이 하나의 질서로 통합되어 인간으로 하여금 건전한 삶을 영위하게 힐 수 있다. 그러나 최서방은 그 '밤'이 상징하는 세계를 몰랐기 때문에 극도의 흥분으로 인해 앓아누울 수밖에 없었고 결국은 살인을 저지르고 만다. 이와 같이 「포플라」는 인간의 무의식 속에 도사리고 있는 성욕과 그림자현상을 미묘함을 제시하였다. 이를 통해 김동인은 페르조나와 그림자현상간의 이율배반성을 어떻게 극복할 수 있는가라는 과제를 제시한다.

---

25) 李符永, 分析心理學, (서울:일조각, 1986), 55쪽. 심리학적인 의미에서의 그림자란 바로 '나'(자아, Ich)의 어두운 면, 즉 무의식적인 측면에 있는 나의 분신이다.
26) 김동인, 포플라, 金東仁全集 제 2권, 129쪽.

(2) 인생 문제 제시 ―「김연실전」

김동인의 「김연실전」[27)은 誤導된 자유 연애관의 문제점을 제시한 작품이다.

연실의 행동은 당시의 도덕관념으로 보아서는 획기적인 사건이다. 하나는 조선조 유교 중심 사회의 정조를 중시하던 관념에 대한 거부 반응을 보인다는 점이다. 열다섯 살의 연실이 개인 일어교사에게 정조를 잃었어도, 그녀는 전혀 수치심도 비애도 느끼지 못한다. 오히려 대소변과 성관계를 동일시함으로써 전통윤리관념을 비웃는다.

> 연실이에게 말하자면, 사람이 대소변을 보는 것은 저마다 하는 일이지만, 남에게 보이기는 부끄러워 하는 것과 마찬가지로 이 일은 좀 더 대소변보다 비밀히 해야 하는 일이지만, 저마다 하는 일쯤으로 여기었다. 여기었다. 남에게 보이고 더우기 언젠가 제 아버지와 소실이 하던 꼴대로 추잡히 노는 것은 더러운 일이지만 비밀히 하는 것은 대소변 쯤으로 밖에는 보이지 않았다.[28)

나아가 연실을 free sex의 선봉자처럼 행동하기까지 한다.

다른 하나는 부모에 의해 결정되는 결혼이란 형식보다는 두 사람간의 애정이 더 중요하다면서 남성에게 능동적으로 접근해 간다는 점이다.

일본에 간 연실은 명애의 인도로 '조선 여자 유학생 친목회'에 가게 되고, 거기서 조선 여성의 선각자가 되겠다는 다짐을 한다.

---

27) 김동인은 「김연실전」, 「선구녀」, 「집주름」을 따로따로 발표했으나, '연실' 이라는 주인공을 중심으로 전개되었으므로 결국 한 작품으로 보아야 한다.
28) 김동인, 김연실전, 金東仁全集 제4권, 27쪽.

그녀는 학교 기숙사에서 같은 방을 쓰는 도가와로부터 책을 빌려 보고서 '문학은 연애요' '남녀간의 교섭은 연애요, 연애의 현실적 표현은 성교'라는 생각을 갖게 된다.

김동인은 이러한 연실의 무지하고 잘못된 연애 관념을 그대로 제시하였다. 곧 '확실한 좌표 설정이 없이 감각적으로 수용하는 신문명의 유행성에 도취한 모습'29)을 보여 준다.

연실은 '남녀간의 교섭은 연애요, 연애의 현실적 표현은 성교'라는 그릇된 관념에서 벗어날 줄을 모른다. 이는 그녀가 일어를 배우기 위해 서구 소설을 섭렵하다가 이해한 것이었으나, 일어 선생과의 관계 때부터 가지고 있었던 선입견 때문에 연애의 본질을 파악하지 못하고 그 분위기에만 휩쓸린 모습이다.

연실의 고정된 선입견은 그녀의 선배가 건전한 연애를 하라고 깨우쳐 주는 데도 편견에서 벗어날 줄을 모른다. 나아가 不貞한 여인으로서의 본색을 드러내고 만다. 복잡한 성관계에서 생겨난 아이조차도 제대로 사랑할 줄을 모르고 남한테 맡겨버린다. 그녀에게는 모성애도 생명에 대한 존중도 없다. 오로지 誤導된 감각적 기분에만 사로잡혀 일정한 주견도 없이 조선 여성의 선각자가 되려는 데에만 집착해 있다. 이러한 그녀가 결국 가 닿은 곳은 일어 선생과의 재회이다. 일어 선생에게 정확한 일어 지식이 없었던 것처럼 그녀 역시 자유연애에 대한 본질을 꿰뚫어 보지 못했다. 김동인은 여기서 새로운 가치관의 본질을 모른 채 겉물만 들었던 일부 근대 사회의 인텔리들을 조소하고 있는 것이다.

연실은 당시 뚜렷한 근대적 자각이 없이 서구 문명의 유행성에만 도취된 신여성의 허구성을 풍자하기 위해 등장시킨 인물이다.

───────────────

29) 구경란, 김동인 단편 소설의 연구(계명대 교육대학원, 1981), 42쪽.

당시의 신여성에 대한 평가는 서술자의 입장에서도 잘 피력되고
있다.

> 서양 문명의 겉물을 핥은 또 그 겉물을 연실이는 핥았다.
> 아무 속살도 모르고 단지 겉만 흉내내면서 어제보다는 오늘, 오
> 늘보다는 내일, 이렇게 사는 나날이 향상되고 있었다. 그러나 그의
> 속 알맹이는 그 몇 해 전 '베개를 내려오라'면 내려오던 그 시절
> 에서 한 걸음도 진전 된 바이 없다.
> 조선 신문화는 대개 동경 유학생의 힘으로 건설되었고 문화의 제
> 일 과정은 자유연애였다.30)

김동인은 이 작품이 '朝鮮新女性史'이며, 연실은 '오직 구사회에
서 신사회로-한 끝에서 한 끝으로-지도자도 없이 정견도 없이
목표도 없이 다만 새로운 것으로의 돌진'31)만을 거듭하는 여인으
로 평가했다.

연실이 사랑을 강조하며 창수에게 아내가 있으면 어떠냐고 반문
한 것은 오히려 사랑을 빙대어 도덕성을 상실한 모습을 보여주려
함이다. '연애=성교'라는 그릇된 자아와 연애 분위기에만 들떠 있
고 그 본질을 파악하지 못하는 것은 시대 변화의 한 단면을 나타
낸다. 연실이 한편으로 가졌던 free sex나 사랑없는 부부보다 애정
있는 남녀관계가 더 중요하다는 주장은 기존윤리 규범으로는 가정
파괴에 해당된다.

춘원은 기존윤리의 벽을 플라토닉 러브로 극복하려 했다. 김동인
은 그건 정신만이 장조되고 誤導된 자유연애 관념에 문제점이 있

---

30) 김동인, 김연실전, 김동인전집 제4권, 52쪽.
31) 김동인, 「김연실전」에 대하여, 동인전집2(서울:홍자출판사, 1964), 325-326
쪽.

는 것으로 보았다. 그래서 신념대로 행동하는 연실을 내세웠으나, 그녀 역시 연애의 본질을 모르는 무식쟁이로 노출시켰다. 이런 면에서 「김연실전」은 춘원이 제창한 자유 연애 관념의 문제점을 드러내 놓은 작품이다. 그리고 춘원의 계몽주의적 성격의 문학에 대해, 「김연실전」은 '인생 문제 제시'라는 자신의 문학관이 충실하게 반영된 작품이다.

(3) 아이러니적 표현 ―「감자」·「송동이」

문학이 지향하는 진정한 악은 악의 반역성을 통해 선의 본질을 깨닫게 하는 데 있다. 이러한 악의 반역성이 없이는 진정한 창조나 성숙으로의 승화나 본질로 나아가는 정신의 혁명을 기대할 수는 없다.

金東仁은 비교적 본능이나 악의 속성을 많이 드러낸 작가이다. 그러나 그 목적은 어디까지나 인간이 가진 부정적 속성의 껍질을 벗겨내고 극복하려는 데 있었다. 악의 속성에서 선의 속성으로의 번혁을 꾀하는 아이러니직 표현은 ㄴ 한 방법이다. 그는 악을 악 그대로 묘사해서 악에 대해 독자가 알 권리를 가지게 했다. 그는 기존의 선악 규범을 인정하면서도 인간 존재의 본질이나 속성에 대한 근원적인 질문을 창작을 통해 시도하려 한 듯하다. 그러기에 그의 소설은 인간성의 요소 가운데 선·악·미·추 등을 해체하고 분리하여 보다 상위규범으로 나아가고 인간의 본질을 파악게 하는 역할을 한다.

「감자」(<朝鮮文壇> 4호, 1925)는 기존의 도덕규범에서 위선성을 드러내어 자연성에 가까운 심성을 들춰내고, 황금만능주의에 뒤섞인 악의 극치를 보여주고 독자로 하여금 인간성을 회복게 하는 작품이다.

복녀가 기성세대에 의해 알게 된 도덕 관념(정조 관념 등)보다도 더 새로운 것이 있음을 알게 된 것은 송충이 잡이 감독과 관계를 맺은 후였다. 이로 인해 복녀는 이전에 가졌던 유교적 윤리관에서 벗어나 육체적 쾌락과 돈의 위력을 알게 된다. 나아가 복녀는 생계를 핑게로 남편의 양해 아래 매음을 하게 되고, 이로 인해 생긴 물질을 자랑하기까지 한다.[32] 심지어 돈의 위력은 가장 신성시해야 할 부부관계의 윤리마저도 져버리게 한다.

> 한참 왕서방이 눈만 멀찐멀찐 앉아 있으면, 복녀의 남편은 눈치를 채고 밖으로 나간다. 왕서방이 돌아간 뒤에는 그들 부처는 일원 혹은 이원을 가운데 놓고 기뻐하고 하였다.[33]

그런데 왕서방이 '돈 백원으로 어떤 처녀를 하나 마누라로' 사오자, 복녀는 왕서방을 단순한 돈벌이의 대상에서 애욕의 대상으로까지 생각하게 된다. 이는 인간관계가 물질에 의해 수수되는 것을 복녀가 깨달았다기보다는 순전히 복녀의 질투심과 애욕 때문이었다. 그리하여 복녀는 그 애욕을 확인하고 싶은 충동을 느끼게 된다.

복녀는 질투심에서 왕서방의 신방에 들어가 낫을 휘두르다가 그만 왕서방에게 희생되고 만다. 그리고 왕서방은 돈으로 복녀의 남편과 한의사를 매수한다. 감자밭에서 돈으로 복녀를 농락하였던 경

---

32) 김동인전집 제1권, 352쪽. "난 왕서방네! 형님 얼마 받았소?" "육서방네 그 깍쟁이 놈, 배츠 세 페기……" "난 삼원 받았디." 복녀는 자랑스러운 듯이 대답하였다.
33) 전게서, 352쪽.

험이 있던 왕서방은 돈의 위력을 철저히 이용하는 사람이었다. 마침내 왕서방은 살인까지도 돈의 위력으로 위장한다. 그리하여 왕서방은 아내의 죽음 앞에서 양심적이어야 할 남편과 인간의 생명 앞에서 가장 진실해야 할 한의사를 돈으로 매수하여 승리자로 남게 된다. 결국 복녀는 숙명적인 잘못의 댓가로 위장되어 희생당하고 만다.

한편 김동인은 여기서 돈(맘몬의 신)의 노예가 되어 있는 악인이 승리하게 함으로써 악을 거부하게 하는 아이러니의 표현효과를 사용하였다. 그리고 복녀의 죽음은 독자의 가슴속에 물질의 예속에서 벗어나 순수한 인간성의 회복을 꿈꾸게 한다는 점에서 희생적 죽음이라고까지 여겨지게 한다.

「송동이」(<東亞日報>, 1930)는 義와 母性愛 등 여러 가치관들이 개인에 따라 비중이 다르게 나타남을 통해 가치관의 정립을 도모케 하는 작품이다.

송서방은 몰락해 가는 황진사네를 4代째 섬겨온 忠僕이다. 어느 날 황진사댁에 침입한 강도 두 사람을 송서방은 목숨을 걸고 싸워서 그 중 한 사람을 경찰서로 보낸다. 그런데 달아났던 공범이 그 보복으로 황진사댁 외동 황도령을 죽여 버린다.

그러자 아씨의 황서방에 대한 대우가 나날이 나빠졌다. 부엌에서 밥을 먹게 하고, 겨울에는 불도 안 때어 주었다. 심지어 송서방이 춘심(송서방의 아내)이와 死別한 후 정붙이었던 고양이마저, 송서방에 대한 분풀이로 죽인다. 그러자 송서방은 자기 아내 춘심의 무덤 곁에 고양이의 시체를 묻고는, 자신의 의로운 행위에 회의를 느끼며 어디론지 사라져 버리고 만다. 아무런 죄도 없는 고양이가 모성애에 집착한 주인 아씨의 개인적인 이해 타산에 의해 죽은 데 대해 인간관계의 허망함을 느끼며, 순수한 세계를 찾아나선 것이다. 마지막에 송서방이 고양이 소리를 환청으로 들으며 떠나는 것은 그 때문이다.

이 작품 역시 인간의 의가 참으로 소중함을 4대째 섬겨온 집을 떠나는 송서방의 모습(의의 실패)을 통해 아이러니적으로 보여준 작품이다. 말하자면 각자의 인생관에 따라 영위하는 삶 속에서 인간이 진정 가져야 할 가치관을 모색하게 한다.

(4) 순수함과 자유분방함 -「마음이 열은 자연」·「거치른 터」

분석심리학에서 自己란 의식과 무의식을 통틀어 하나인 그의 전부34)를 말한다. 자아가 의식 가운데 일부에서 이루어지는 것이라면, 自己는 무의식에 있는 그림자현상까지도 통제할 수 있는 능력을 가지고 있는 것이다. 그런데 김동인의 대표작이라 할 수 있는 「배따라기」(1921), 「감자」(1925), 「광염소나타」(1929), 「광화사」(1935),「김연실전」(1939) 등을 보면 기존의 윤리를 통한 자기 발견과는 다른 것을 볼 수 있다. 이들 작품은 무의식을 꿰뚫는 자기 발견을 하게 한다. 이것이 김동인 소설 전체를 일관하는 특색이라 해도 지나친 말이 아니다. 앞에서 '그림자'에 관해 김동인이 생각하고 있던 개념을 인용했듯이, 분석심리학에서 말하는 무의식과 유사한 개념을 김동인이 이해하고 있기는 했어도 그의 글에서 '무의식'이나 '자기'의 개념에 대한 언급은 구체적으로 없었다. 그런데도 그의 소설에서 인간의 심리를 잘 드러내 보인 것은 그의 기질과 어떤 상관 관계가 있는 것 같다.

---

34) 이부영, 분석심리학(서울:일조각, 1986), 98쪽.

김동인의 여성 편력을 보면 메리로부터 김백옥에 이르기까지 다양하다. 그러나 실제로 그가 관심을 많이 가진 여성은 아내 김혜인을 비롯하여 메리, 쎄미마루, 김옥엽 등 몇몇에 불과하다. 그 중에서도 메리와 쎄미마루에 대해서는 단지 이상적으로만 좋아했고, 기생 김옥엽에 대해서는 유희 삼아 관계를 맺었을 뿐이다. 김동인은 김혜인의 쾌활한 성격을 좋아했지만 그녀가 딸 옥환을 데리고 가출해 버리자 일본에 뒤쫓아가서 그녀에게 침묵으로 일관하면서 옥환만 데리고 돌아올 정도로 냉랭하게 대하였다. 이로 미루어 김동인은 애정보다 자존심이나 순수성을 더 우위에 두었던 것 같다. 그리면서도 그가 기생과 가까이 해서 재산을 탕진한 것은 어떤 이유에서였을까. 그의 고백대로 그는 두 가지 성격을 갖고 있었기 때문인 듯하다. 그는 기생과의 유희에 집착하게 된 연유를 다음과 같이 서술해 놓았다.

> 예수교식의 교육과, 도학적 교훈 아래서 길러난 나는, 아직껏 받은 교양의 결과로서, 기생이라 히는 인생을 디럽게 익이고, 기생과 노는 젊은이를 경멸하는 제이 천성은 가졌을 망정, 아버지에게서 물려받은 호탕한 천성과 내가 의식적으로 지은 방분스런 성격과는, 그 제이 천성을 누르기에 넉넉하였다.[35]

이는 김동인이 기성세대로부터 물려받은 윤리적 가풍과 그의 호방한 성격간에 갈등을 많이 일으켰음을 알게 해 주는 대목이다. 그는 자유분방하면서도 순수성을 중시하는 이중성을 갖고 있었다. 그는 여러 기생을 사귀었으면서도 김옥엽 외에는 육체적 관계를 맺고 싶어 하지 않아 평양 화류계에 "김동인이는 병신" "김동인이는

---

35) 김동인, 여인, 김동인전집 제7권, 35쪽.

고자"라는 소문이 떠돌 정도였다. 그리고 그 김옥엽이 다른 손님이 보낸 편지를 갖고 있는 걸 보자 절교36)한다. 이런 사실은 김동인이 표면적으로는 자유분방한 척했지만, 마음속으로는 순수성을 매우 중시했음을 잘 나타내 준다. 개인에게 있는 이런 겉과 속이 다른 이중성은 김동인이 페르조나와 그림자현상을 표현하는 좋은 체험이 되었을 것이다. 그리고 김동인이 무의식을 꿰뚫는 자기 실현을 중시한 자품을 많이 썼으면서도 다른 한편으로 기존 윤리에로의 회귀를 보인 작품을 쓴 것도 그의 순수성에의 애착과 상관이 있는 듯싶다.

金東仁이 기존의 윤리 규범을 중시한 작품은 「마음이 옅은 자여」, 「거치른 터」 등이다.

「마음이 옅은 자여」(<創造>3-6호, 1919-1920)는 K가 신여성 Y와 연애를 하다가 실연당한 후 가정으로 되돌아와 자신의 잘못을 뉘우치는 줄거리로 되어 있으며, 「거치른 터」(<開闢>44호, 1924)는 '영애'가 죽은 남편이 그리워 자살하는 내용으로 되어 있다.

부끄럼, 긴장, 환희 등의 애정이 무르익는 과정을 거치지 않은 채 일어 선생과의 성관계를 가지고 만 '연실'(「金姸實傳」)처럼, 어린 나이에 바로 중매결혼에 들어간 金東仁은 플라토닉 러브의 경험이 없었다. 그가 겪은 러브란 학생시절에 공상으로 끝난 메리와의 연정뿐이었다. 그래서인지 김동인은 남녀간의 애정을 다룬 작품이 그리 많지 않다. 기껏해야 플라토닉 러브를 꿈꾸어 보는 경우가 고작이다. 「마음이 옅은 자여」가 그것이다. 여기서 K는 가부장제의 특권을 가지고 인텔리 신여성과의 사랑을 꿈꾼다. 그 대상은 J학교

---

36) 상게서, 57-59쪽.

여교사인 Y이다. 그러나 Y와의 연애관계는 실패로 끝나고 만다. 그리고 金東仁은 K를 다시 가정으로 돌아가게 해 놓았다. 말하자면 K가 Y와 연애감정에 빠졌다가 다시 처자가 있는 함종으로 돌아가면서 자기를 발견해 가는 과정은 기존 윤리로의 회귀라는 의미가 들어 있다.

계절의 변화에 따른 줄거리 전개에서도 가장 두드러진 갈등은 K가 자유연애를 선망하면서도 기존 윤리의 틀을 벗어나지 못하고 있다는 점이다. K는 Y가 집에서 정해준 남자와 결혼해야 하는데 어떻게 할까 하고 물어왔을 때, 자기 의사가 반영되지 않은 결혼을 할 필요가 없다는 말을 전혀 꺼내지 못한다. 그리고 결정도 내리지 못한 채 갈팡질팡하다가 Y가 결혼해 버리자 할 수 없이 가정으로 돌아오고 만다. 그리하여 K가 처자의 무덤 앞에서 Y와의 연애경험을 반성하는 것은 플라토닉 러브의 실패요, 기존 윤리규범의 한계를 벗어나지 못했다는 점에서 생각과 행동이 일치하지 못하는 플라토닉 러브의 일면을 보여준다.

그러나 「거지른 터」는 '영애'의 심리를 통해서 기존 윤리규범보다도 인간 본성이 중요함을 아이러니적 표현으로 역설하고 있다는 점에서 앞의 작품과는 상대적인 성격의 작품이다.

영애의 심리를 사로잡는 큰 감정은 내적 공허감과 고독이다. 내적 공허감이란 인간이 스스로 주동적으로 살지 못한다든가 적극적인 대인 관계를 할 수 없다든가, 또는 그가 사는 세계에 효과적으로 영향을 줄 수 없다는 데서 나타난다. 공허감에 빠진 사람은 자신이 해결할 수 없는 문제를 제3자가 방향을 제시해 주길 바라고 그렇지 못할 경우에는 적어도 자기가 홀로 있지 않다는 일종의 위안이라도 얻었으면 하고 은근히 바라게 된다.

영애는 현대 과학문명에 적응을 잘 하는 남편 S를 의지하고 그에게 의지함으로써 이를 극복할 수 있었다. 그리고 남편이 죽자 영애는 S의 죽음으로 해서 생긴 공허감을 자신의 내면을 다스림으로써 극복하려 하기보다는 학교 다닐 때의 친구 두 사람을 자기 집에 불러들임으로써 해결하려 한다. 영애가 이러한 노력에도 불구하고 삶의 적극적 해결에 실패하고 만 것은, 그녀가 초청한 친구들이 깨우침의 계기를 만들어 주거나 어떤 가치를 추구할 만한 의존 대상이 되지 못하다는 데 있다. 또한 영애에게 본질적인 문제는 그녀의 심리 밑바닥에 도사리고 있던 본능적 요소였는데, 이를 남편에 대한 지조관념으로 가식하려 했다는 데서 그 비극성을 엿보게 한다.

그럼 영애가 죽음을 택한 이유는 무엇인가. 그것은 같이 있던 친구의 결혼, 남편의 이복동생 H가 딴 사람의 남편으로 있다는 데서 오는 고독에 그 원인이 있다.

고독은 현대인에게 모든 면에서 견디기 어려운 위협이 된다고 믿어지기 때문에 때로는 이 고독이 가지고 있는 긍정적인 가치마저 도외시되기가 일쑤이고, 흔히 사람들은 혼자 있다는 생각만 해도 몸서리치도록 두려움을 느끼게 된다.

영애는 자신의 고독을 친구관계에 의해서 해결하려 하나, 그녀의 친구가 결혼해 버리자 또다시 고독에 빠지고 만다. 그리하여 경주에 있는 남편의 어린 시절 살던 집까지 내려가, 어릴 적 S가 입던 옷을 뺨에 비비며 그리워할 정도로 죽은 남편에 고착되어 있다. 영애는 이복동생 H를 찾아가나 오히려 금실 좋은 H부부에게서 소외감만 느낀다. 그리고 친구에게 편지를 쓰기 위해 H의 서재에 올라갔다가 거기서 H의 半身像 사진을 발견하고는 남편에 대한 그리움에서 그 사진을 와락 껴안는다. 그리고 그 광경을 H에게 들키게 되자 남편에게 죄를 지었다고 생각하고는 죽음으로써 용서를 빌겠다며 자살하고 만다.

 여기서 우리는 영애가 너무 기존의 윤리 규범에 얽매여 있는 것을 볼 수 있다. 여기서 영애가 생각하는 기존의 윤리 규범이란 여성은 지아비만 섬겨야 하고 지아비만 그리워해야 한다는 전통적 관념을 의미한다. 그러나 이것은 새로운 현대의 도덕률에 도전을 받지 않을 수 없다. 젊은 여성이 젊은 나이에 남편을 잃었는 데도 자신의 무의식에서 꿈틀거리는 성적 욕망을 참고 견뎌내야만 하는가에 회의를 갖지 않을 수 없다. 그러므로 영애가 죽은 남편에게만 고착된 채 여성은 지조를 지켜야 한다는 가치관에서 벗어나지 못함은 독자에게 구태의연하다는 인상을 가져다 준다. 이 작품에서 김동인의 의도는 기존의 윤리 규범에만 얽매여 있는 것이 얼마나 모순된 것인가를 밝히는 데 있는 것 같다. 새로운 현대의 도덕률이라면 영애가 개가를 함으로써 자신의 성적 욕망을 해결하고 남편에게만 고착돼 있는데서 벗어날 것을 요구할 것이다 이것이 그녀가 남편을 잃은 데서 오는 고독과 생활이 안정되지 못한 데서 오는 불안과 H부부에게서 느끼는 소외라는 병적 심리를 해결할 방도이다. 곧 윤리 규범이라는 것은 인간 생활의 질적 향상을 위해서 있는 것인데 그 윤리가 인간 본성을 무시한 채 인간을 편협한 가치관으로만 얽어맨다면 문제가 있을 것이다. 김동인은 인간이 기존의 윤리를 현대의 상황에 비추어 재음미해 보지 않은 채 편협한 사고로 획일화되어 가는 것을 막기 위해, 영애라는 자기 본성을 숨기고 기존의 도덕률에만 얽매여 있는 여성을 내세우는 아이러니 방식을 사용하였다.

　이와 같이 「마음이 옅은 자여」와 「거치른 터」는 기존 윤리 규범에서 벗어나지 못하고 회귀하고 마는 주인공의 심리를 보여 준다는 점에서 공통점이 있다. 그러나 전자는 가정의 소중함을 일깨워 준다는 점에서 기존 윤리의 장점을 주제로 택한 것이고, 후자는 기존의 윤리보다도 인간 본성을 제대로 파악함이 중요함을 역설했다는 데서 대조적이다. 이는 한편으로는 순수성에 집착하면서 다른 한편으로는 무의식에 관심을 가지는 김동인의 이율배반성과 맥락을 같이 한다.

　3.1운동 이후는 한국 민족에게 근대적 자아의 각성을 가져온 시기이다. 그리고 기존 윤리규범과 서구에서 유입된 자본주의의 논리(물질에 의한 인간관계의 종속)간에 상충된 갈등이 일어나는 시기였다. 이는 기존 윤리규범이 와해될 위기와 새로운 보다 상위의 윤리규범을 모색게 할 계기가 된다. 金東仁의 문단 출현은 바로 이와 때를 같이 한다. 김동인도 자신의 성격 가운데 하나인 순수성이나 윤리 규범에 관계된 작품을 썼다. 그러나 그는 윤리 규범에 얽매이는 작품보다도 인간 본성이나 심리를 드러내 놓고 독자가 그것을 보고 어떻게 자기 실현에　이르게 하느냐에 관심을 많이 두었다.

3. 작가 심리학적 측면

(1) 아름다움에의 몽상 — 「수정 비둘기」

　김동인이 그의 생애에서 아름답다고 여기고 있었던 것은 학생 시절 메리와의 인연이요, 평양의 대동강 정경 등이었다. 이러한 체험은 그의 작품으로 형상화되기도 했다. 이를 구체적으로 알아보면 다음과 같다.

메리는 김동인이 명치학원 중학부 이학년이었을 적에, 그의 하숙집 옆에 살던 혼혈아였다. 김동인은 메리에게 말 한 마디 제대로 건네보지 못한 채, 그저 마음 속으로만 좋아했다. 그리고 이 아름다운 금발의 처녀와 함께 배를 타고 대서양을 건너는 꿈을 꾸기도 했다. 그러나 메리의 가족은 어느 날 이사를 가고 말았다. 김동인이 이로 인해 당한 마음의 상처는 매우 컸던 것으로 보인다.

소년의 꿈은 무참히도 깨어져 버렸다. 그리고 그 받은 상처는 컸다. 이래 십수 년, 많은 여인을 보고, 많은 연애할 기회를 가졌지만, (다만 한 번의 예외를 제하고는) 유희 기분이 안 섞인 눈으로 그들을 바라보지 않는 일이 없는 것은 모두가 그때의 그 영향의 지속이었다.[37]

이와 같이 김동인은 그 내성적 성격으로 인해 적극적인 연애 사건을 경험해 보지 못했을 뿐만 아니라, 이상적인 사랑을 꿈꾸기만 했음을 알 수 있다. 그리고 메리와의 이별은 정신적으로는 미를 꿈꾸되, 현실적으로는 물질적 수수관계에 의해 유희 기분이 섞인 눈으로 여성을 바라보게 되는 계기가 되고 만다. 이로 인해 김동인은 작품에서도 이상적인 미를 추구하는 과정이 나오거나(「광염 소나타」, 「광화사」, 「수정 비둘기」), 비록 이상적인 여성을 만났더라도 헤어지고마는 결과(「마음이 옅은 자여」)를 낳고 만다.

「수정 비둘기」는 폐결핵에 걸려 죽음을 눈 앞에 둔 젊은이가 어떤 소녀의 매우 맑고 부드러운 눈을 평생 잊지 못하는 내용으로

---

37) 김동인전집 7권, 20쪽.

되어 있다. 이것은 미의 실체가 관념적으로 한 인간의 마음을 오래 도록 사로잡고 있다는 데서, 메리라는 소녀를 평생 잊지 못했던 김동인의 모습과 상통하는 바가 있다.

소녀의 눈은 수정과 같이 맑았다. 진주와 같이 부드러웠다. 병 때문에 나약함에 빠져 있던 젊은이는 그 소녀의 맑고 아름다운 눈에 감격되었다. 젊은이는 시계줄에서 수정으로 새긴 비둘기를 떼어서 소녀에게 주었다. 병이 점점 심해지자, 젊은이는 이 해안에서 저 해안으로 고치지 못할 병을 행여나 고쳐 볼까 하고 돌아다닌다. 고요히 죽을 날만 기다리고 있던 젊은이는 몇 년 전 가을 어떤 작은 도회에서 본 소녀의 눈을 환각으로 보고서, 아름다운 추억을 간직하게 된다. 어떤 날 황혼에 소녀의 눈에서와 같은 아름다움을 간호부에게서 발견하려고 하나 실패하고 만다. 그리고 소녀의 눈을 마음속으로 생각하면서 젊은이는 세상을 떠난다. 그의 유서에는 열두 살이었던 소녀가 자신이 준 수정으로 만든 비둘기를 갖고 있거든 자신의 유산 전부를 주고 그걸 사서 자기와 같이 묻어달라는 말이 담겨 있었다. 이는 인간의 아름다운 면이 한 인간의 의식 속에 얼마나 오랫동안 남아 있을 수 있는가를 잘 보여 준다. 또한 김동인은 그의 무의식 속에 늘 그리던 메리라는 소녀를 현실에서 찾지 못하고 작품 속에서 그 미를 찾으려고 했음을 알 수 있다.

(2) 카인 콤플렉스 ― 「배따라기」

김동인 소설의 배경에는 평양이나 대동강이 주로 등장한다. 「마음이 옅은 자여」, 「눈을 겨우 뜰 때」, 「배따라기」, 「감자」, 「대동강은 속삭인다」, 「무능자의 안해」 등에서는 대동강 얘기가 빠지지 않고 나온다. 특히 「눈을 겨우 뜰 때」, 「배따라기」, 「대동강은 속삭인다」 등에서는 아예 대동강을 중심으로 한 분위기가 배경으로 나올 정도이다.

> 평양 성내에는 겨우 툭툭 터진 땅을 헤치면 파릇파릇 돋아나는 나무색과 돋아나려는 버들의 어음으로 봄이 온 줄 알 뿐 아직 완전히 봄이 안 이르렀지만 이 모란봉 일대와 대동강을 넘어 보이는 가나안 옥토를 연상시키는 장림에는 마음껏 봄의 정다움이 이르렀다.[38]

이런 배경 표현과 아울러, 김동인이 신혼 시절 보았던 대동강의 불놀이를 주요한에게 말하여 주요한의 「불놀이」라는 시가 나왔다고 주장[39]하는 것을 보면, 그가 얼마나 대동강 표현에 대한 자부심을 가지고 있었나를 알 수 있다. 말하자면 대동강은 김동인의 삶의 터전이요, 문학 풍토였다.

김동인이 대동강을 배경으로 해서 문학에만 정진하게 된 동기는 그의 형 김동원에 대한 카인 콤플렉스 때문이었다고 할 수 있다.

김동인의 이복형 김동원은 조만식, 오윤선 등과 함께 평양 사정현 교회 장로였다. 김동원은 항일 민족 지도자로 착실한 기독교 장로였고, 고무 공장을 운영하며 2층 벽돌집을 짓고 살 정도로 이재에도 밝았다. 그는 신앙인, 실업가로서 유망하였을 뿐만 아니라, 평양 상공회의소 중요 멤버였으며, 광복 후 국회 부의장까지 지낸 정치가였다. 김동원은 김동인이 글줄이나 쓴다고 재산을 탕진하고 방탕하는 것을 못마땅하게 여겼고, 김동인은 김동원을 부를 때도 김 장로로 호칭할 정도로 비꼬고 돈푼이나 벌지만 인간미가 없다고

---

38) 김동인, 배따라기, 김동인전집 1권, 196쪽.
39) 김동인전집 6권 (서울:삼중당, 1976), 12쪽.

못마땅하게 여겼다.[40]

이런 김동인의 무의식에 흐르던 형에 대한 카인 콤플렉스는 「배따라기」에서 '그'와 '아우'의 관계를 통해서 어느 정도 형상화되었다고 할 수 있다.

「배따라기」(<창조>, 1921.5)에는 크게 세 인물, '그'와 '아내'와 '아우'가 등장한다. 김동인은 이 가운데 '그'와 '아우'가 유사한 점을 다음과 같이 언급하였다.

> 그들 형제가 그 마을에서 제일 부자이고 또 제일 고기잡이를 잘 하였고, 그 중 글이 있었고, 배따라기도 그 마을에서 빼나게 그 형제가 잘하였다. 말하자면 그 형제가 그 동리의 대표적 사람이었었다...[41]

이런 상황이라면 그들 형제는 카인 콤플렉스가 일어날 소지가 충분히 있었다. 마치 어린아이가 자기 동생이 태어났을 때 본능적으로 질투를 일으키는 것과 같은 이치다.

그의 카인 콤플렉스는 아내에 대한 사랑과 질투의 양가감정에서 그 속성을 드러내고 만다. 그의 아내는 촌에서 드물게 보는 미인이었다. 아내는 대단히 쾌활한 성질로서 아무에게나 말 잘하고 애교를 잘 부렸다. 이 때문에 시기심 많은 그가 아내에게 폭력을 휘둘렀고, 이를 말리러 오던 아우 부처까지 때렸다. 그가 아우에게 그렇게 구는 데는 이유가 있었다. 그의 아우는 촌사람에게는 다시 없도록 늠름한 위엄이 있었고, 늘 바닷바람을 쏘였지만 얼굴이 희었다. 거기다가 아내는 아우에게 특별히 친절히 대해 주었다. 그가

---

40) 윤홍로, 현대 한국 작가연구 (서울:민음사, 1976), 83쪽.
41) 김동인, 배따라기, 김동인전집 1권, 200쪽.

아껴두었던 음식마저 아우에게 줄 때는 발을 밟는다는 핑게로 아내를 심하게 때렸다. 그리고 밖에 나가서는 아내에게 줄 떡을 사 가지고 올 만큼 시기와 사랑의 심한 양가 감정을 가졌다.

칠월 초승께 아우는 고을에 가서 열흘쯤 묵어 온 일이 있었다. 이를 두고 아내는 남편의 무관심을 탓했고, 또 부부싸움이 벌어진다. 그러자 아내는 아우의 집에 가 밤새도록 크게 웃어댔다. 그는 움직이지도 않은 채 그 자리에 앉아서 밤을 새운 뒤에 새벽 동터 올 때 아내와 아우를 죽이려고 식칼을 가지고 문을 벌컥 열었다. 그런데 그의 아내가 근심스러운 얼굴을 하고 문을 들여다보고 있다. 그는 이내의 뺨을 물어뜯으면서 함께 이리서리 자빠져서 뒹굴었다. 그가 아내를 죽게 만든 것도 그녀를 너무 사랑한 나머지 질투심에서 나온 것이었다. 그 날도 그는 '거울을 안해에게 주면 그 기뻐할 모양을 생각하면서' 늘 들러오던 탁주집에도 안 들러서 돌아왔다. 그런데 방 가운데는 떡상이 있고 아내와 아우는 흐트러진 모습을 하고 있었다. 그는 물에라도 빠져 죽으라면서 아내를 내어쫓았다. 이로 인헤 아내는 물에 빠져 죽게 되고, 아우는 십을 나가 죽게 되며, 그는 아우에게 용서를 빌기 위해 끝없이 아우를 찾아 나선다.

이와 같이 「배따라기」에서는 그가 카인 콤플렉스에서 의처증세로까지 발전되어 나타나는 비극을 잘 보여주고 있다. 이는 김동인이 카인 콤플레스를 의식하고 있지 않았다면 결코 형상화될 수 없는 것이다.

다음으로 생각해 볼 수 있는 것은 「배따라기」에 나오는 아내의 이미지와 김동인의 아내 김혜인의 이미지가 비슷하다는 점이다.

「배따라기」에서의 아내는 '촌에는 드물도록 연연하고도 예쁘게'

생겼으며, '대단히 쾌활한 성질로서 아무에게나 말 잘하고 애교를 잘 부렸'고, 아우에게 잘 대해 주었다.

김동인의 아내 김혜인 역시 이와 비슷한 점이 있다. 첫째로 그녀는 '평양 제일의 멋장이'[42]였다. 둘째로 성격이 활달했다. 김동인의 자전적 소설인 「무능자의 안해」(<조선일보>, 1930.7.30-8.8)를 보면 그녀는 '여자로서의 온순함을 가지지 못한 대신 사내로서의 활발함과 능함을 가졌다'[43]. 김혜인의 성격이 남성적이고 활달하며 대담했다는 것은 김동인이 수리사업의 실패로 파산했을 때(1926) 그 뒷수습에 나선 사실을 보아도 알 수 있다. 셋째로 김동인의 결혼은 형 김동원의 중매에 의해 이루어졌다[44]. 이러한 사실은 김동인으로 하여금 카인 콤플렉스를 가지기에 충분하다. 김동인은 부끄럼, 사랑, 긴장, 환희 등 애정의 과정을 거치지 못한 채 결혼한 데다가 카인 콤플렉스를 느끼고 있던 형에 의해 소개받았다는 것이 못마땅했던지 6개월의 신혼생활 후 일본으로 건너가 버렸다. '당시 평양 제일의 멋장이'였던 처를 두고도 미학 이론의 상식을 구하기 위해 일본으로 갔다가 아키코와 사귄 점, 1921년 기생들과 놀아난 점 등으로 보아, 김동인이 김혜인에게 소홀했던 것은 남자로서의 자존심 때문이었다고 생각된다.[45]

김동인의 대동강 체험, '평양 제일의 멋장이' 김혜인, 김동인이 카인 콤플렉스를 느끼고 있던 형의 중매로 이뤄진 결혼, 신혼 6개월 후의 도일 등은 「배따라기」에 나타난 카인 콤플렉스나, '아내'

---

42) 윤명구, 김동인소설연구, (인천:인하대 출판부, 1990), 154쪽. 김순환씨(김동원의 장녀, 1918년생)의 증언.
43) 김동인, 무능자의 안해, 김동인전집 2권, 210쪽.
44) 윤명구, 전게서, 154쪽.
45) 이는 그의 자전적 소설인 「무능자의 안해」에 잘 나타나 있다.

의 이미지와 유사한 면이 많다.

(3) 아니무스의 영향 — 「가두」·「곰네」

김동인에게 큰 영향을 끼친 사람은 그의 모친 옥씨였다. 옥씨는 재취로 들어와 김동인을 낳았기 때문에 그에 대한 자애가 남달랐다. 그녀는 남편이 세상을 떠나자 당시 18세였던 김동인이 막대한 유산(3천 석, 당시 돈으로 10여 만원)을 물려받게 하였으며, 김동인이 기생 김옥엽과 첩살림을 차리고자 하였을 때에도 몇 가지 조건과 함께 허락46)하였다. 그래서 김동인은 재혼할 때에도 옥씨의 성품을 닮은 김경애를 선택하고 옥씨의 만족47)이 있자 결혼하였다. 김동인의 아니무스에 대한 관심은 [街頭](1938), [어머니](1941) 등에서 여성의 모성애 등 강인한 면을 높이 사는 데서 나타난다.

김동인은 파산 이후 유복했던 시절을 그리워하게 되고 그 물질적인 풍요를 제공했던 자가 모친 옥씨였다는 데서 어머니에의 고착이 나타나기도 한다. 그는 어머니의 임종을 제재로 해서 사소설적인 성격의 [공상록](1934)과 [가신 어머님](1938)을 발표할 정도로 모친 옥씨에 대한 효심이 깊었다. 그리고 [광염 소나타]나 [광화사] 등에 나타난 작중 인물의 광기는 엄밀히 따져 보면 어머니에의 고착으로 생긴 것이다. [광염 소나타]에서 성수가 어머니에 대한 임종을 하지 못했다는 분풀이에서 방화를 하고 [광화사]에서 솔거가 희세의 미녀였던 어머니와 같은 표정을 짓지 못했다 해서 답답한 나머지 처녀를 죽이는 것은 어머니에의 고착에서 빚어진 결과이다.

어머니의 강한 모습이 제시된 작품은 [가두]와 [곰네]이다. [가

---

46) 김동인, 김옥엽과 황경옥, 김동인전집 제7권 (서울:조선일보사, 1988), 47쪽.
47) 김동인, 약혼자에게, 김동인전집 제2권, 229쪽.

두](<삼천리 문학>, 1938)는 정자의 아니무스적인 면이 강조된 작품이다.

> 정자는 성격이 비교적 견실하였다. 그 위에 그의 생장이 생장이니만치, '자기보호'의 비술을 체득한 사람이었다. 남의 말은 절대로 그대로 믿어서는 안 된다는 점을 체득한 사람이었다.[48]

정자는 마산의 어떤 카페에서 여급으로 일하던 여인이었다. 거기서 어느 부잣집 소실의 아들을 알게 되고 그 청년은 정자에게 육적 교섭을 하자고 요구한다. 그 사내는 그 근처에서는 비교적 이름난 방탕아였다. 사내는 결혼하자며 정자에게 서울에 올라가 있으라고 한다. 겨울이 되어 청년은 정자에게 찾아와 완력으로 정자의 순결을 빼앗고 만다. 그러나 정자는 그런 사내의 횡포에 끝내 좌절하지 않고 꿋꿋하게 새로운 삶을 설계한다. 이를 두고 김동인은 작중 화자인 '나'를 통하여 다음과 같이 서술해 놓았다.

> '여인'이라는 점과 '미모'라는 점이 생활의 커다란 무기가 된다는 점을 아직 이해하지 못할이만치 단순하면서도 또한 사람의 살림살이라는 것이 얼마나 어렵고 고달픈 지는 넉넉히 아는 그가, 자기의 생활을 재출발함에 있어서 아무 복안도 가지지 못하고도 또한 아무 공포도 없이 감연히 나서려 하는 것은 내게는 적지 않은 경이였다. 사람이란 생장한 환경에 따라서는 '생활'이라는 데 대하여 이렇듯 대담—혹은 무관심하게 되는 것인가.[49]

이것은 김동인이 '나'의 생각을 통하여 정자의 긍정적인 아니무

---

48) 김동인전집 제3권, 301쪽.
49) 상게서, 308쪽.

스를 높이 평가한 것이다. 주로 인간의 악마성이나 방탕 등의 측면을 다루었던 김동인이 [가두]에서 카페 여급이었던 정자의 꿋꿋한 태도를 다룬 것은 옥씨의 아니무스적인 측면을 닮고 있다.

[어머니](<춘추>, 1941. 4)는 곰네의 꿋꿋한 의지와 모성애가 두드러지게 강조된 작품이다. 열여섯 살에 곰네는 동리 노파의 주선에 의해 결혼을 한다. 남편은 투전꾼이요, 게으른 사람이었다. 그리하여 곰네가 땅을 조금 마련하려고 그 해 소득을 팔아 달라고 하면, 남편은 나락을 팔아 투전으로 다 잃고 만다. 그리고 여전히 술집을 들락날락한다. 그리하여 그들의 살림은 나날이 영락되어 갔다. 그러나 곰네는 아이를 위해 어떤 곤경이 있어도 살아야겠다고 다짐한다. 이와 같이 [곰네]는 게으르고 방탕한 남편과 살면서도 어떻게든 열심히 살아가려는 곰네의 의지와 모성애를 보여 준다.

이는 김동인이 그의 어머니로부터 느끼고 있던 아니무스적인 측면이기도 하다. 그리고 이러한 긍정적 아니무스를 통하여 김동인은 自己原形像을 보색한다.

4. 작품심리학적 측면

(1) 어머니에의 고착 — 「광염 소나타」

사람은 태어나는 순간부터 두 경향 곧 빛 속으로 진보하려는 경향과 자궁속으로 퇴행하려는 경향, 독립의 모험을 감행하려는 경향과 보호와 의존을 구하는 경향 사이에서 갈팡질팡하고 있다. 이를 에리히 프롬은 성장의 증세군과 쇠퇴의 증세군으로 大別했다. 전자는 삶을 사랑하고 독립성과 자유가 있다. 후자는 자궁과 과거로 돌아가려는 갈망이고, 죽음과 파괴에 대한 갈망이며, 극단적인 근친상간 죽음에 대한 사랑 자기 도취 등의 극단적 형태[50]가 섞여 있다. 쇠퇴의 증세군의 특징의 하나인 극단적 근친상간으로부터 벗어나는 길은 어머니 고착으로부터의 탈피다. 성경에서는 남자가 여자와 결합할 때 전제 조건은 부모와 맺은 줄을 끊어버리고 스스로 독립적인 존재가 되는 데 있다. ‘이러므로 남자가 부모를 떠나 그 아내와 결합하여 둘이 한 몸을 이룰지로다.’(창세기 2:24). 남자와 여자 사이의 진정한 사랑은 근친상간적 유대를 끊어버릴 때만 가능[51]하다.

그런데 「狂炎 소나타」에서 ‘백성수’는 너무 근친상간적 소망에 얽매여 있다.

근친상간적 소망은 원래 성적 욕망의 결과가 아니라 사람의 가장 근본적인 경향의 하나, 곧 자기가 온 곳과의 유대를 잃고 싶지 않다는 소망, 자유에 대한 두려움, 그 사람을 위해서는 스스로 어떠한 독립성이라도 포기하고 무력해지는, 바로 그 인물에 의해 파멸당하지 않을까 하는 두려움 등을 구성하는 것이다. 그리하여 개인이 어머니의 자궁이나 가슴에서 완전히 벗어나지 못했을 때에는 그는 자유롭게 다른 사람들과 관계하지도 못하고 다른 사람들을 사랑하지도 못한다[52].

---

50) 에리히 프롬, 인간의 마음, 황문수 역(서울:문예출판사, 1990), 122-143쪽. 이런 증세군을 갖고 있는 사람으로 잘 입증된 예는 히틀러다. 그는 죽음과 파괴에 깊이 집착하고 있었다. 그는 극단적으로 자기 도취적인 사람이어서 그에게 유일한 현실은 자기 자신의 소망과 사상 뿐이었다. 끝으로 그는 극단적 근친상간적인 사람이다.

51) 에리히 프롬, 너희도 신처럼 되리라, 최혁순 역(서울:범우사, 1984), 85-88쪽.

　　정상적인 사람의 경우에도 어머니 고착의 경우가 있을 수 있다. 이런 사람들은 자기를 위해 주고 사랑해 주고 칭찬해 줄 여자가 필요하다. 그들은 어머니처럼 돌보아주고 먹여주고 보호해 주는 여자를 바란다. 그들은 이런 사랑을 얻지 못하면 불안해지고 의기소침해진다. 이러한 어머니에 대한 고착이 그다지 강렬하지 않을 때에는 그 남자의 성 또는 애정의 잠재력이나 그의 독립성과 성실성은 손상되지 않는다[53].

　　그러나 '성수'의 경우는 이보다 훨씬 심각하고 신경증적인 것이다. 이 단계의 고착으로 인해 그는 늘 돌보아주면서 요구는 거의 또는 전혀 하지 않는 어머니 같은 인물, 다시 말하면 무조건적으로 의지할 수 있는 사람인 '어머니'나 'K씨'가 늘 옆에 있어야 한다.

　　'백성수'는 외부적 요인에 의하여 어머니의 임종을 보지 못했다는 데서 음악에 대한 광기행위(어머니에 대한 그리움이 예술 행위로 치환됨)가 나타난다. 그의 어머니에 대한 고착은 퇴행의 차원에 의존하고 있고, 예술이라는 인간적 욕구에서는 진보의 차원에서 머물고 있다. 그리하여 퇴행의 차원에서 어머니에 대한 고착을 벗어나지 못하는 데서 결국은 파탄에 이르게 된다.

　　근친상간적 고착의 병리학적 특색을 보면, 인간관계에서 많은 사람을 경험하지 못한다는 것이다. '백성수'는 '어머니'나 'K씨'의 테두리에서 벗어나지 못하고 밤이나 그와 같은 분위기에서 주로 창작하며, 오직 자신의 혈연, 지연과 관련된 사람('어머니', 'K씨')만을 받아들인다.

　　근친상간적 고착은 대체로 그 자체로서는 알아 볼 수 없거나 또

---

52) 에리히 프롬, 너희도 神처럼 되리라, 최혁순 역(서울:범우사, 1984), 119쪽.
53) 상게서, 126쪽.

는 합리적인 것으로 보이도록 합리화된다. 어머니에게 강하게 결합되어 있는 사람은 여러 가지 방법으로 자신의 근친상간적 유대를 합리화할 수 있다. 다시 말하면 어머니에게 이바지하는 것은 그의 의무이거나 어머니가 그를 위해 수고를 아끼지 않고 그의 생명은 어머니가 준 것이라거나, 어머니가 너무 고생을 했다거나, 어머니가 참으로 훌륭하다거나 해서 합리화[54]한다. 그래서 「狂炎 소나타」에서 '백성수'는 어머니에 대한 그리움을 예술로 형상화함으로써 근친상간적 고착을 합리화한다.

근친상간적 고착은 개인적 자기 도취와 상관성을 가지고 있다. 절대적인 자기도취의 상태에 살고 있던 자궁 속의 태아는 태어남으로써 변화하는 외부세계를 인식하고 대상을 발견하기 시작한다. 그러나 사람은 어느 정도는 자기도취의 상태에 남아 있다. 말하자면 정상적이고 성숙한 사람은 자기도취가 완전히 없어진 것이 아니라, 사회적으로 용인될 수 있는 최소한으로 줄어든 것이다. 그러나 정신이상의 경계에 놓여 있는 사람은 위험성을 내포하고 있다. 그들은 인간 존재의 한계를 초월하려는 필사적인 노력에 의해 문제를 해결하려고 한다. 그들은 그들의 욕망에 한계가 없는 것처럼 보이려고 한다. 이것은 괴로움을 겪는 사람의 일생에서 생기기 쉬운 광기다. 그가 신이 되려고 애쓰면 애쓸수록 그는 인류로부터 고립된다. 나아가 정신병은 절대적 자기도취의 상태로서 외부 현실과의 모든 관련을 끊어버리고 자기 자신을 현실로 대체시키는 상태다. 그는 자기 자신만으로 가득차고 자기 자신에 대해서 스스로 신[55]이 된다.

---

54) 상게서, 135쪽.
55) 상게서, 75-80쪽.

'성수'는 가난으로 인해 어머니의 임종을 지켜보지 못했다는 현실과 그것을 이해해 주지 못한 사람들에 대한 분노의 표시로 광기를 발한다. 그는 점차 외부 현실과의 관련을 끊고 음악에 대한 욕구만을 관철시키려고 한다. 그의 욕구는 도덕성의 한계를 벗어나려는 필사적인 노력에 의해 전개된다. 방화, 屍姦, 살인 등이 그것이다. 그러면 그럴수록 그의 삶은 인간의 보편적 규범으로부터 고립되고 절대적 자기도취의 상태까지 나아간다.

자기도취적 애착의 가장 위험한 결과는 합리적 판단의 왜곡이다. 심지어 이성을 제한하기까지 한다. 이를 극복하기 위해서는 이웃에 대한 관심과 사랑을 가지고 자기도취의 대상을 인류로 확대함이 수반되어야 한다.

'백성수'와 'K씨'의 차이점이 바로 여기에 있다. '백성수'는 자기 자신에게만 관심을 가지고 자신의 처지를 이해해 주지 못한 담배 가게 주인과 세상을 원망했지만, K씨는 친구 아들인 '백성수'에게 관심을 가지고 다른 사람들에게 소개했으며 인류를 위한 음악을 주창하고 나섰다. 그리고 K씨는 어디까지나 현실에 기반을 두고 있었고, 그와는 상대적인 견해를 가진 사회 교화자의 의견도 청취할 정도로 객관적 안목을 위해 노력했다. '백성수'는 음악과 어머니에게만 고착되어 있었고 'K씨'는 '백성수'의 인간적 조건 중 장점(예술성)을 높이 샀다.

여기서 金東仁은 人間 存在의 극단적인 면을 보여 주고 파괴를 통해 새로운 창조에로의 승화를 맛보게 하며, 인생의 궁극적 대상을 향한 과정과 그 의지의 힘에 의의를 두었다.

인간이 자기를 초월하고자 하는 한, 인간이 택해야 할 바는 창조하든가, 파괴하든가, 사랑하든가, 미워하든가의 그 어느 편이다. 파괴성은 인간의 생존 그 자체에 뿌리박고 있는 2차적인 잠재력이며, 모든 정열이 가지고 있는 정도의 강함과 힘을 지니고 있다. 창조한 다는 행위에 의해 인간은 피창조물로서의 자기를 극복하고 그의 생존의 피동성과 우연성을 초월하여 목적성과 자유의 영역[56]에 도 달한다. 그래서 김동인은 「狂炎 소나타」에서 '백성수'를 통해 창조 와 파괴의 욕구를 극단적으로 드러내 놓고 정열과 의지를 빌어 파 괴에서 창조에 이르는 힘을 갖는 아이러니 구조를 설정해 놓은 것 이다.

(2) 광기의 아이러니 ― 「광염 소나타」

金東仁의 「狂炎 소나타」(1929)는 아이러니의 구조를 철저히 이행 하고 있는 작품이다. 우선 작품 안에서 백성수, K씨와 어머니, 사 회교화자 모씨 사이에 상반된 감정을 지닌 태도가 나타난다. 이는 광기, 예술성 옹호 대 도덕성, 정서적 안정이라는 이분법으로 요약 된다. 작품 안팎에서도 마찬가지다. 말하자면 작품 안에는 광기에 예술적 생명력을 부여하는 과정이 극도의 긴장감을 가지고 전개되 지만 작품 밖에서는 객관성과 광기로부터 벗어나 있다는 데서 오 는 정서적 안정을 기할 수 있다.

D. C. Muecke에 의하면 아이러니는 극적 아이러니, 사건의 아이 러니, 일반적 아이러니, 낭만파의 아이러니 등으로 구분된다. 극적 아이러니에서는 어떤 사람이 그가 보는 상황은 참된 상황과 정반 대라는 것을 천연스럽게 모르고 있음을 보게 한다. 사건의 아이러 니는 대개 사건의 어떤 예기치 못한 變轉이 주인공의 계획, 기대,

---

56) 에리히 프롬, 건전한 사회, 이용호 역(서울:백조출판사, 1975), 55-56쪽.

희망, 욕망 등을 뒤집어 좌절시키는 데도 주인공이 그걸 모르고 밟아가게 한다. 일반적 아이러니란 서로 걸맞지 않는 두 가지의 체계로서 성립되어 있는 구조이고, 낭만파의 아이러니란 작품 안팎에서 서로 상반되는 태도가 자리잡고 있는 구조[57]이다.

이런 아이러니 이론으로 볼 때 사건의 아이러니는 백성수가 음악에 대한 열정을 가지고 살아가지만 실제로는 정신병자가 되어가는 데서 나타나며, 사건의 예기치 못한 變轉은 어머니의 죽음에서 비롯된다.

어머니는 그가 아침에 일어나서 잠잘 때까지 모든 걸 음악에 맞추어 생활하게 한다. '그가 잠자럴 때에는 슈베르트의 '자장가'로써 그의 잠을 도왔으며, 아침에 깰 때는 하루 종일 유쾌히 지내게 하기 위하여 도 랜드의 '세컨드 왈츠'로써 그의 원기를' 돋굴 정도로 세심한 배려를 했다. 이는 어머니가 그에게 음악에만 관심을 갖도록 지나친 비호(over-protective)를 했다는 얘기가 된다.

이로 인해 그에게 어머니의 죽음은 상당히 큰 충격을 가져다준다. 그는 자신을 도둑으로 몰아 어머니의 임종을 못 하게 했던 담배가게 주인 집 앞의 볏더미에 방화를 한다. 이를 계기로 그의 생활은 이제껏 지내오던 낮의 세계에서 밤의 세계로, 의식세계에서 무의식세계로 變轉한다. 그리고 평소에 몽상해 온 음악에 대한 열정이 분출된다. 야성과 광포성이 폭발하여 '광염 소나타'를 짓게 된 것은 바로 그때이다. 그러나 그러한 계기가 백성수에게 음악적인 생명력은 부여했지만 도덕성의 상실을 가져오고 만다. 그리고 그의 생활은 어머니의 영향에서 K씨의 영향을 받는 쪽으로 바뀌어

---

57) D. C. Muecke, 아이러니, 문상득 역 (서울:서울대학교 출판부, 1980), 101-127쪽.

진다. 어머니의 영향 아래서는 예의바르고 성실로 대표되는 생활이
었으나 K씨를 만나고 나서부터는 순전히 위대한 음악 창작을 위하
여 존속하는 광인으로 변해 버린다. 어머니와 함께 있을 때는 자아
본능이 성본능을 억누르고 있었으나, K씨를 만나고부터는 성본능
이 자아본능을 뚫고 분출하여 정신적 에너지를 발산한다. 그는 낮
의 세계에 적응을 못하고 밤의 세계에서 屍姦 등을 해야만이 하나
의 음악이 나오는 등 꿈의 세계에서나 있을 법한 일을 현실에서
행하는 광인이 되어 버린다. 그가 하는 일이란 선악 개념이 무시된
미에로의 집착만 있을 뿐이다.

성수는 순진의 아이러니[58]를 가지고 있었던 사람이다. 그의 순진
성은 어머니를 위해 상급학교 진학을 포기하고 공장 직공으로 들
어가 생활비를 마련한 것이라든지, K씨의 가르침에 무조건 순종하
는 데서 나타난다. 그러나 그 순진성이 아이러니가 되는 것은 그것
을 통하여 어머니의 지나친 비호라든지 K씨의 무의식 강조 교육으
로 인한 백성수의 자아 리비도 상실[59] 등의 모순을 지적해 냈다는
데 있다.

이에 비해 K씨는 자기 폭로의 아이러니[60] ─ 자신에 찬 무지의 요

---

58) 상게서, 94쪽. '순진의 아이러니란 바보나 순진한 자를 제시하여 간단한
    상식이나 심지어는 단순한 순진성 또는 무지를 통하여 위선의 복잡한 것
    을 밝혀내고 편견의 비합리성을 폭로하는 것을 말한다.' 그런데 성수는
    어머니나 K씨의 말에 전적으로 따르는 생활을 함으로써 의식적인 측면에
    만 치우친 어머니와 무의식적인 면에 치우친 K씨의 편견을 폭로했다고 볼
    수도 있다.
59) 프로이트, 정신분석입문, 이정식 편(서울:다문, 1990), 129쪽.
60) D. C. Muecke, 전게서, 96쪽. '자기 폭로의 아이러니란 현명한 체하거나
    덕이 있는 체하는 인물로 하여금 자기 모순적인 논쟁을 하게 함으로써 아
    주 유효하게 어떤 특정한 악덕이나 어리석은 행동을 비난하는 것을 말한
    다.' 그런데 「광염소나타」에서 K씨는 성수가 어머니의 죽음으로 인한 아
    니마의 상실로 위기에 처해 있다고 보고 그의 무의식적인 측면을 강조하

소를 지니고 있다. 곧 K씨는 음악에 대한 전문 지식을 가진 비평가로 등장하지만 실제로는 성수를 정신병원에 가게 한 장본인이 되었다는 점에서 그가 지닌 모순을 스스로 폭로하는 자기 폭로의 아이러니가 작용한 것이다. 그리하여 성수는 낮(현실)의 세계에는 적응을 못하고 밤의 세계 속에서 무의식적 본능을 발산하는 꿈과 같은 생활을 한다. 그리고 어둠의 분위기 속에서 광기가 흘러야만 음악이 나오고, 학대 음란증(algolaginia, 시체의 옷을 찢어서 나체를 만든 뒤 학대를 한다든지 사람을 죽여서 성적 흥분을 맛봄), 시체 성욕(necrophilia, 시체에 성적 매력을 느끼고 거기에 성행위를 수행함) 등의 새디스트 증세를 보인다.

김동인은 「명과 암」이란 글에서 <돈키호테>의 내용을 예로 들면서 이러한 아이러니적인 유희를 나무라면서도 문학의 쾌락적 기능을 위해서는 필요하다고 인정하고 있다.

> 광인의 광태를 즐기며 그것을 더욱 소상케 하여서 그 조장된 유쾌를 취하려 하는 것은 잔학한 행동으로서 묵과할 수 없는 일이외다. 단지 자기네의 쾌락을 취코저 정신에 착란이 있는 사람을 더 놀려댄다 하는 것은 신사의 취하지 않을 가장 비열한 행동이겠습니다……(중략)…… 더할 나위 없이 재미있는 광인을 본상에 회복케 하고자 하는 것은 세계에서 한 귀중한 오락물을 없이하는 것과 마찬가지로서 용서치 못할 죄과외다.[61]

나 결국은 성수가 정신분열증 환자로 전락했다는 데서 자기 폭로의 아이러니가 나타난다. 곧 K씨가 현명하게 처신했다고 자부하나 사실은 성수가 정신분열증 환자가 되게 한 어리석음을 저지르고 만 것이다. 이런 면에서 K씨의 행위는 자기 폭로의 아이러니를 빚어냈다고 할 수 있다.

61) 김동인, 명과 암, 김동인전집 제16권, 179-180쪽.

　김동인은 강한 인간성을 위하여 리비도를 이용하고 있다. 리비도
는 인간이 대상에 대하여 가지는 에너지의 비급을 의미[62]한다. 백
성수의 음악에 대한 창작은 죽은 어머니에 대한 몽상과 성적 대상
에 대한 리비도를 이용함으로써 실현되었으며, 방화, 屍姦, 살인 등
으로 선악 개념을 무시해 버린다는 데 특색이 있다. 이는 강한 인
간성을 갖추기 위한 초인에의 의지이며, 인간에게 이성과 본능이라
는 상대적 속성을 마련해 놓고 선해지기를 바라는 신의 이율배반
적인 행위와 유희에 대한 거부반응이다. 그러나 백성수는 자신의
행위가 신이 만들어 놓은 선의 관념에 대한 거부 반응임을 모른
채 행동해 나간다. 여기에 극적 아이러니의 특색이 있다.

　일반적 아이러니[63]는 인물들의 대비를 통해 나타난다. 백성수는
어머니의 교육 아래서는 자아본능이 성본능을 억압하고 있었으나,
어머니가 죽고 K씨를 만나고 나서는 성본능이 분출하여 자아본능
을 상실하고 만다. 屍姦이 그 단적인 증거이다. 백성수가 순진의
아이러니 속성을 지녔고, K씨는 자기 폭로 아이러니를 가졌다는
것도 앞에서 지적했다. 이와 아울러 K씨는 예술성을 대표하고 사
회 교화자는 도덕성을 강조한다. 이는 인간이 이러한 속성들을 어
떻게 극복하고 다스려 나가야 할 것인가를 전체적인 안목에서 발
견하게 한다.

　백성수의 행위는 한편으로는 흥미를 가지고 몰입하면서도 다른

---

62) 이정식 편, 전게서, 129쪽. 프로이트가 말하는 리비도란 자아가 그 성충동
　　의 대상에 주는 에너지의 비급, 즉 성생활의 원동력이라는 의미이다.
63) D. C. Meucke, 전게서, 114, 121쪽. 일반적 아이러니를 다루는 제일 간편한
　　방법은 가장 빈번히 근본적 모순을 드러내는 것같이 보이는 인생의 여러
　　양상들을 제시하는 것이다. 근본적이고 불가해한 대립적인 다른 많은 것
　　에는 일반적 아이러니가 있다. 모든 덕에는 그 자체에 악이 있으며 또한
　　모든 악에는 그 자체에 덕이 있다.

한편으로는 그 행위에 대한 객관적 관찰을 하게 한다. 말하자면 백성수의 광기는 미적 인생이지 실인생이 아니라는 것을 의식하게 해 주는 미학적 거리[64]가 자리잡고 있다. 이로써 「광염 소나타」는 작품 안에서는 독자의 흥미와 몰입을 유도하고, 작품 밖에서는 객관적 안목과 정서적 안정을 취하게 하는 낭만적 아이러니가 자리잡고 있음을 확인할 수 있다.

이것은 작품 안에서는 정신적인 갈등을 폭발시키고 작품 밖에서는 안정을 얻는 카타르시스 효과를 위한 것이라고도 할 수 있다. 그리고 작품 안에 내재한 정신적인 모순을 작품 밖에서 관조해 보고 그 해결 가능성과 삶의 방향을 모색하게 하기도 한다는 데 그 자치가 있다.

이상에서 「광염 소나타」를 아이러니를 중심으로 살펴보았다. 이와 같이 광기가 등장하여 아이러니적 표현효과를 거두고 있는 작품은 이 밖에도 여러 작품이 있어 김동인 소설의 한 특성을 이루고 있다. 장편에서는 <해는 지평선에>(1933), <왕부의 낙조>(1935), <잔촉>(1939), <백마강>(1942) 등을 들 수 있다. 이들 작품에서는 왕의 가학성 심리와 패륜, 주인공의 의기와 더불어 울분에서 비롯된 무차별한 살인 등으로 광기가 나타난다. 단편에서는 「감자」(1925), 「명문」(1925), 「광염소나타」(1929), 「아라사버들」(1930), 「죄와 벌」(1930), 「붉은 산」(1932), 「논개의 환생」(1932), 「광화사」(1935) 등이 다. 광기를 통해 아이러니 효과를 보이는 작품들이다. 이들은 작품 안에 나타난 인간의 모순과 갈등을 작품 밖에서 관조하게 하는 경우가 많다는 데 공통점이 있다.

---

64) 웨인 C. 부우드, 전게서, 342쪽. 미학적 거리는 독자와 작품에 나타난 여러 가지 기준 사이의 동일화가 이루어지지 않을 경우를 가리키는 용어이다.

(3) 콤플렉스를 통한 분석 — 「광화사」

불은 일반적으로 그것에 손을 대어서는 안 된다는 금지로 인식된다. 그러나 난로 속에서 타는 장작불 앞에서는 달콤하고 빛나는 몽상에 잠기게 한다. 그리고 신속한 생성과 함께 끓어오르는 욕망을 상징하며 사물을 태워서 새로운 모습으로 나타나는 것은 還生과 연결된다. 그래서 바슐라르는 불의 상징적 의미들을 프로메테우스 콤플렉스, 노발리스 콤플렉스, 엠페도클레스 콤플렉스, 호프만 콤플렉스 등[65]으로 구분해 놓았다. 그래서 필자는 김동인의 소설에서 「광화사」를 중심으로 불의 상징적 의미와 관련시켜 주인공의 심리를 분석해 보고 그것이 플롯에 어떤 기여를 하고 있는지 알아보고자 한다.

「광화사」에서 솔거가 가진 핵요소는 미녀상에 대한 지나친 열정이다. 바슐라르가 불의 상징적 의미와 관련시켜 말한 콤플렉스들은 엄밀한 의미에서 인간의 무의식에 나타날 수 있는 심리적 내용들이다. 「광화사」에는 인간의 동경과 갈망, 마찰하고 싶은 성적 욕구, 재생의 욕구, 상상의 세계 등 다양한 심리적 내용들이 인물과 결합

---

65) 바슐라르, 불의 정신분석, 민희식 역(서울:삼성출판사, 1982), 36-110쪽.
프로메테우스 콤플렉스(Complexe de Promethee, 금기 파괴의 불): 사회적 금지와 인간의 동경과 갈망을 의미한다.
노발리스 콤플렉스(Complexe de Novalis, 性化된 불): 원초적인 사랑의 요소를 가리키며 두개의 사물의 마찰을 통해서 성적인 불이 강렬해지며 열기를 얻게 된다는 상상의 세계를 의미한다.
엠페도클레스 콤플렉스(Comeplexe de Empedocle, 재생의 불): 삶의 본능과 죽음에 대한 본능을 서로 연결하는 것을 말하며, 이 사이에서의 파멸이란 하나의 변화 이상의 것 즉 재생, 환생을 뜻한다.
호프만 콤플렉스(Complexe de Hoffman, 보편성의 불): 불과 다른 요소와의 결합을 말하는 것으로 상상의 세계에서 강하게 나타나는 현상이다.

되어 있다. 주인공 솔거가 미녀상의 얼굴을 그리지 못하는 이유는 명백하다. 자신의 어머니를 희세의 미녀로 생각하고 있던 그가 아내로서의 미녀상에 어머니의 얼굴을 그려 넣자니 근친상간이 될지도 모른다는 오이디푸스 콤플렉스와 프로메테우스 콤플렉스[66]간의 갈등에 사로잡혀 있다.[67]

그는 심리적 내용간의 갈등을 겪게 된다. 그림을 통해서만 미인을 차지함으로써 자신을 미인이었던 어머니와 동일시하려는 호프만 콤플렉스와 아내가 그려져야 할 미녀상에 어머니가 그려질 지도 모른다는 두려움에서 오는 프로메테우스 콤플렉스(도덕적 금지)가 그것이다.

어머니가 어린 아이를 바라본다는 것은 단지 모성애에 불과하다. '커다란 눈에 그득이 담긴 눈물'의 표정은 '세상에 보기 드문 추악한 얼굴의 주인'인 자식이 자라면서 세상 사람들의 따가운 눈총을 받을 것을 염려해서 나온 표정임이 틀림없다. 그런데 솔거는 이를 '동경과 애무로서 빛나던 눈, 입가에 떠오르 던 미소'라고 인식함으로써 '어머니의 사랑의 아름다운 얼굴'로 묘사해 놓았고, 그것을 그리고 싶어한다. 곧 그의 오이디푸스 콤플렉스를 미녀상을 그려보고 싶은 상상력을 통한 회구의 콤플렉스(호프만 콤플렉스)[68]로 치환시키고 있는 것이다. 그리고 '자기의 아내로서의 미녀상[69]'

---

66) 프로메테우스 콤플렉스란 사회적 금지를 의미함.
67) 김경희, 「광화사의 심리적 연구, 김동인 연구(서울:새문사, 1982), 1-47쪽. 김경희는 '화공의 미녀의 얼굴을 그리고 있지 못함은 어머니가 아닌 다른 미녀를 그림으로써, 이는 어머니에 대한 근친상간적 애정을 배반하는 것이기 때문에 어머니의 얼굴을 직면할 수 없는 두려움, 불안 죄악감의 표현으로 보았으나, 필자는 이와는 견해를 달리하였다.
68) 바슐라르는 이러한 콤플렉스를 호프만 콤플렉스라 규정지었다. 이는 알콜이 불이 되는 것처럼 상상력을 통한 기상천외한 믿음을 말한다.

에 그려질 지도 모른다는 근친상간에 대한 두려움에서 얼굴을 그리지 못한 것도 도덕적 양심이 프로메테우스 콤플렉스로 작용하기도 한다.

이러한 콤플렉스(미녀를 그리려는 호프만 콤플렉스와 프로메테우스 콤플렉스)는 소경 처녀를 만남으로써 해결의 실마리를 찾게 된다.

> "황금빛은 어떤 것이고 새빨간 빛과 붉은 빛이며 남빛은 모두 어떤 빛이니오니까? 밝은 세상이라지만 밝은 빛과 붉은 빛이 어떻게 다릇습니까?……(중략)……차차 다시 나타나는 미묘한 표정. 커다랗게 뜨인 눈이 비치는 동경의 물결. 일단 사라졌던 아름다움 표정은 다시 생기기 비롯하였다.[70]

이러한 표정은 솔거가 희구하는 미에 대한 동경을 만족시켜 주기에 충분한 조건이었다. 더구나 어머니가 아닌 소경이라는 점은 프로메테우스 콤플렉스를 해소시켜 줄 수도 있었다.

그래서 솔거는 처녀를 데리고 오막살이로 돌아와 십 년간을 벼르기만 하면서 착수를 못했던 그림을 그리기 시작했다. 그러나 밤

---

69) 1) 민병준, 김동인 소설의 원형 연구(충북대 교육대학원, 1986), 49, 51쪽.
민병준은 솔거의 미에 대한 동경을 아니마와 연결시켜 놓았다.
「광화사」는 부성 상실의 이미지가 가장 강한 작품이다. 이것은 이 작품이 모성, 즉 아니마에의 회귀의식이 강한 모티프를 이루고 있다는 뜻이 된다. 「광화사」에서 솔거의 자기 실현은 무의식에 깊이 잠재해 있는 아니마에 도달하려는 노력으로 나타난다. 자아의 열등의식과 소외감은 아니마의 높은 자긍과 풍요로움과 서로 반동적인 대응관계를 이룬다.
2) 김경희, 「광화사」의 심리적 연구, 김동인연구(서울:새문사, 1982), I-48쪽. 김경희는 이 작품의 의도가 '미의 무의식적인 자궁으로의 도피를 나타낸다'고 보았다.
70) 김동인, 광화사, 김동인 전집 제3권, 249쪽.

이 되자 '그림을 좌우할 눈동자'를 그리기에는 날은 너무도 어두
웠다. 그래서 그는 '눈동자 하나쯤이야 밝은 날로 남겨'두리라 마
음먹었다.그리고 십 년 숙망을 겨우 달한 그의 심사는 무엇에 비기
지 못하도록 기뻤다. 그의 마음에는 안심과 함께 '또 다른 긴장과
정열'이 솟아올랐다. 이것이 그의 소망을 깨뜨리는 근본적인 계기
가 된다.

> 꽤 어두운 가운데서 처녀의 얼굴을 유심히 보기 위하여 화공이
> 잡은 자리는 처녀의 무릎과 서로 닿을 만치 가까웠다. 그림에 대
> 한 일단의 안심과 함께 화공의 코로 몰려들어오는 강렬한 처녀의
> 체취와 전신으로 느끼는 처녀의 접근 때문에 화공의 신경은 거의
> 마비될 듯싶었다. 차차 각일각 몸까지 떨리기 시작하였다. 어두움
> 가운데서 황홀스러이 빛나는 처녀의 커다란 눈과 정열로 들먹거리
> 는 입술은 화공의 정신까지 혼미하게 하였다.[71]

이는 솔거가 성본능의 표출을 나타낸 것으로, 노발리스 콤플렉스
에 해당한다. 노발리스 콤플렉스(Complexe de Novalis, 性化된 불)란
원시시대로 돌아간다는, 말하자면 원초적인 사랑의 요소를 가리키
는 것이며, 두 개의 사물의 마찰을 통해서 성적인 불이 강렬해지며
열기를 얻게 된다는 상상의 세계를 의미한다.[72]

---

71) 김동인, 광화사, 김동인전집 제3권, 252쪽.
72) 김현, 바슐라르 연구 (서울:민음사, 1981), 213쪽. '노발리스는 독일 낭만파
　　의 대표 시인(1772-1801)이다. 그의 대표작은 <밤의 찬가 Hymnes de la
　　nuit>이다. 노발리스 콤플렉스는 그때 비벼서 만든 불을 향한 충동, 나눠
　　가진 열기에의 필요를 종합하게 될 것이고, 그 충동은 그 정확한 원시성
　　속에서 불을 선사시대에 어떻게 정복했나 재구성하게 될 것이다. 노발리
　　스 콤플렉스는 빛에 대한 아주 가시적인 과학을 뛰어넘는 내적 열기에 대
　　한 의식으로 특징지워진다. 그것은 열감각의 만족과 열이 주는 행복에 대
　　한 의식 위에 세워져 있다.'

솔거의 행위는 인간 본능의 보편적 양상 가운데 하나에 들어간다. 그러나 이 본능은 대개 형식적으로는 자아본능에 패배한 형태로 되어 있으나 완전히 패배하여 자아본능에 정복되어 있는 것이 아니라 무의식 속에 억압되고 그 후에도 에너지를 계속 보지[73]하고 있다.

그런데 이러한 본능의 분출로 인해 처녀의 눈은 '한 개의 그 지어미의 눈', '애욕의 눈'으로 바뀌어졌다. 그리하여 미인을 그려 보려는 솔거의 탐미적인 노력은 본능의 위력 앞에서 그 힘을 잃어버린다. 말하자면 미와 생명의 究竟을 찾으려는 소망은 동물적인 본능으로 전락된 형이하학으로 전환되어 그 실현 가능성의 힘을 잃어버리고 만다. 처녀가 사내의 사랑을 구하는 애욕의 눈으로 변한 것은 솔거의 성적 마찰 본능의 분출 때문이었다. 그러나 솔거는 자신에게 문제가 있었던 것을 알지 못하고 처녀에게 탓을 돌렸다. 그 결과로 그는 처녀를 살인하게 된다.

결국 솔거는 미인을 그리려는 호프만 콤플렉스(상상력을 통한 변화의 확신)에서 실패하고 만다. 이는 성본능을 다스려야 하는 프로메테우스 콤플렉스(사회적 금지)의 실패에서 비롯된 것이다.

솔거가 광인이 되어서도 원망의 눈동자가 그려진 족자를 죽을 때까지 품고 다닌 것은 프로메테우스 콤플렉스로 인한 자책이라 할 수 있다. 솔거의 가장 큰 갈등은 자기 아내로서의 미인을 그리되 자기 어머니의 모습이 그려지지 않을까 하는 두려움이었다. 솔거가 눈동자를 끝까지 그리지 못한 것은 여기에도 원인이 있었다. 그래서 눈동자를 그려서 어머니의 모습이 나와 근친상간의 죄의식에 빠지기보다는 차라리 모성애를 지닌 어머니(사회적 금지를 나타

---

73) 이정식 편, 프로이트 정식분석입문(서울:다문, 1990), 128쪽.

내는 프로메테우스 콤플렉스)로부터 자신의 성본능 분출로 인한 탐미의식의 실패를 나무람 받는 길을 택했다. 이는 솔거가 어머니를 연인으로서의 대상에서 모성애를 지닌 대상으로의 인식의 변화가 있음을 의미한다.

줄거리 상에 나타난 콤플렉스들을 분석해 보면 솔거의 마음에 두드러지게 자리잡고 있었던 심리적 내용들은 다음과 같다. 미녀를 그리고 싶어하는 호프만 콤플렉스, 어머니가 아내로서의 미녀상에 그려질까봐 끝까지 눈을 그리지 못하는 오이디푸스 콤플렉스와 프로메테우스 콤플렉스간의 갈등, 소경과의 관계(본능적 욕구 충족)로 인해 결코 그림을 완성하지 못했다고 자책하는 프로메테우스 콤플렉스가 그것이다. 그리고 마지막에 가서 솔거가 원망의 눈동자가 그려진 족자를 품에서 떼지 못하는 것은 어머니가 자신 외의 다른 여성을 취한 데 대하여 나무라고 있다(오이디푸스 콤플렉스)고 솔거가 생각하고 있기 때문이며, 이러한 무의식은 어머니가 처녀를 죽인 것을 도덕적으로 나무라는 의미에서 광인이 되었다고 사위하는 솔거의 페르조나(가변적 인격)에 의해서 위상되어 있다.

이러한 콤플렉스의 배열은 작품 전개에서 중요한 모티브가 되고 있으며, 작중 인물의 심리를 통해 인간이 조화시켜야 할 정신 세계를 알게 한다.

(4) 꿈의 보상작용 —「목숨」·「폭군」

현대 심리학에서 주된 관심이 있다면 그것은 무의식에의 관심이다. 인간의 심성에서 무의식이 제외된 의식만을 가지고 정신이라고 부를 수는 없다. 어떤 사실의 무의식적인 면은 꿈에서도 그 모습을 드러내는데, 그때 그 무의식적인 면은 합리적인 사고로서가 아니고 상징적인 像(image)으로 나타난다. 꿈은 사람들이 정상적으로 깨어 있을 때의 경험으로는 뜻이 잘 통하지 않는다. 그래서 각 개인은 자신의 경험과 특수한 심리적 상황에 따라 받아들여서 나름대로의 방법을 가지고 이해하고 삶에 적용한다. 그렇지 않으면 개인의 의식적 사고의 한계 안에서 꿈에서 제시된 이미지를 제약하거나 무시해 버린다.

그러나 꿈에는 심리적 연상을 일으키거나 어떤 가능성을 향하여 이미지들이 연속하여 나타남으로써 생동감을 주기도 한다. 가령 원시인의 관념과 神話나 儀式 등에 나타났던 像(racial heritage)들이 꿈의 이미지(inherited image) 속에서 얼마든지 일어날 수가 있다.[74] 말하자면 현실에서 일어났던 일을 기초로 하는 의식의 합리적인 세계와 원시적이거나 본능 등 무의식을 연결시키고, 여러 이미지의 결합에 따라 감정(feeling)과 情動(emotion)의 반응을 나타내기도 한다. 그리고 꿈은 개인의 성격에 따라 나타나는 부족한 점들을 보상하고, 그들이 현재 가고 있는 길에 놓여 있는 위험을 경고[75]하기도 한다.

김동인 소설에서 꿈 장면이 두드러지게 나타나는 작품은 「목숨」

---

74) C. G. Jung, 무의식에의 접근, 인간과 무의식의 상징(서울:집문당, 1990) 42쪽. 프로이트는 이를 '古態的 殘滓'라고 불렀다.
　월프리드 L. 게린 外, 정재완 역, 문학의 이해와 비평(서울:청록출판사, 1986), 166쪽. Joseph Campbell 교수는 <The Masks of God: Primitive Mythology> (New York:Viking Press, 1959)에서 동물의 행동에 나타난 현상을 실험하여, 동물이 보편적으로 반응을 일으키는 속성을 가지고 태어남을 증명했다. 알집에서 갓 부화한 몇 마리의 햇병아리가 머리 위로 매가 날으면 흠칫하여 곧장 숨어버리지만 다른 새들이 날면 아무런 반응을 보이지 않는다는 것이다. 이것은 나무로 만든 매의 모형을 통한 실험에서도 마찬가지로 나타났다.
75) C. G. Jung, 전게서, 47쪽.

과 「폭군」이다.

「목숨」(<창조>8호, 1921.1)은 과학자인 '나'가 죽을 줄로만 알았다가 살아난 M의 일기를 보는 식으로 전개된 액자소설 양식을 취하고 있다. 말하자면 일기에 들어있는 M의 이야기가 주된 줄거리를 이루고 있다.

마리 루이제 폰 푸란츠(M.L. von Franz)는 인간이 自己를 조절하지 못하는 이유를 두 가지로 들었다. 하나는 어떤 단일한 본능적 욕구나 정동적인 像(image)이 그로 하여금 균형을 잃게 하는 일방적인 방향으로 그를 끌고 갈 수 있다는 것이다. 다른 하나는 과도하게 공상을 하는 데서 유래하고, 그것을 남보르게 특정한 콤플렉스를 둘러싸고 늘상 그 주위를 맴돈다[76]는 것이다.

그런데 '조각글 1'에서는 M이 죽을 지도 모른다는 과도한 공상을 함으로써 죽음 콤플렉스에 사로잡혀 있는 모습이 잘 나타난다.

1) '죽어라' 나는 저주한 뒤에 눈을 감았다. 눈을 감아서 밖에 감각이 적어지니, 죽게 불유쾌하던 그 경련과 구역이 아픔으로 변하고 만다. 경련보담은 아픔이 나은지 모르겠다. 숨을 편히 쉴 수가 있다. "이것이다!" 사람이란, 눈을 감은 뒤에야 처음으로 낙을 얻는다.[77]

2) 경종에 놀라서 후더덕후더덕 가로 뛰는 사람들은, 마치, 우리가 흔히 상상하는 바 지옥의 요괴들이 염라대와 앞에서 춤을 출 때의 뛰는 모양, 그것이다.[78]

---

76) M. L. von Franz, 전게서, 221쪽.
77) 김동인전집 1권(서울:조선일보사, 1987), 157쪽.
78) 상게서, 158쪽.

1)의 예문은 현실에서 아픔으로 인한 고통보다는 차라리 죽는 편이 낫다는 충동으로 가득차 있고, 2)의 예문은 현실에서 자꾸 죽음에 관한 공상으로 치닫는 장면이다.

'조각글 2'는 M의 죽음에 관한 환상이 중심을 이루고 있다.

> 3)'죽음은 갈색이다. 그리구……'
> 더 모르게 된다.
> "아이, 죽겠구나, 죽겠구나."
> 꽥 멀-리서 조그만 소리가 들린다.
> 즉, 대단히 잔인한 일을 하여 보고 싶은, 막지 못할 불길이 일어났다. '죽여 줄라, 기다려라. 그편이 너희들에게는 오히려 편하리라.'[79]

이 M의 환상 부분도 죽음에 대한 충동으로 가득차 있다. 이는 M의 죽음에 대한 과도한 공상이 환상으로까지 이어진 것이다. 이것은 푸란츠가 말한 대로 M이 과도한 공상으로 죽음 콤플렉스에 사로잡혀 자기를 조절하지 못하는 지경에까지 빠져들었음을 상징적으로 제시한 것이다. 이처럼 M이 현실에서 일어났던 병적 증상을 기초로 의식의 합리적인 사고방식으로 죽을 지도 모른다는 생각을 갖게 하고 죽음 이미지에 대한 과도한 공상을 함으로 꿈에서까지 죽음을 강요하는 악마와 싸우는 몽상을 하는 것은 김동인의 심리 묘사가 그만큼 심도 있게 처리되었음을 짐작게 한다.

그런데 '조각글 3' 부분의 꿈장면에서 어느 정도 변화의 조짐이 보이기 시작한다(여기서 꿈장면이라 함은 M이 '잠이 들었다.', '꿈이다.' 하고 분명히 인식하고 있었던 데서 확인할 수 있다).

---

79) 상게서, 161쪽.

일반적으로 意識的인 생활 아래서는 확실한 논리를 가지고 가정된 전제로부터 연역된 결론에 도달하기까지 이끌어간다. 그러나 융(C. G. Jung)을 비롯한 심리학자들은 정확하게 초점을 맞춘 삼단논법에 의하여 확신을 주는 것이 아니라 우회하고 반복하고 매번 동일한 주체의 되풀이 되는 견해를 그때나마 조금씩 다른 각도에서 제시80)한다. 꿈장면의 제시는 삼단논법이 아닌 동일한 주체의 반복으로 주제를 암시하는 경우가 많다. 김동인의 꿈장면 서술도 마찬가지이다. 그것은 논리적인 연결보다는 상징적 의미를 지닌 이미지들의 반복으로 주제와의 연관성을 맺는다.

> 4) "그 때는, 자네게 부러울 것이 무엇이야?"
> "사람은 떡으로만 살지 않는다!"
> "그럼, 또 무어루 사노?"
> "자기의, 발랄한 힘으로! 삶으루!"81)

여기서 예수의 광야에서의 시험받는 장면 같으면서도, 그 대화 내용은 '발랄한 힘'과 같은 앞의 장면과는 관세없으면서도 상징적 의미를 지닌 말이 나온다. 곧 의미없는 대화가 계속되는 것 같으면서도 그 속에 삶의 본능을 암시하는 상징이 들어 있다. 그러면서 김동인은 작품의 분위기를 M이 죽을 것이라는 암시에서 살 것이라는 암시로 바꾸어간다. 그리하여 꿈 장면에서 죽음과 관련된 이

---

80) John Freeman, 전게서, 10쪽. '융의 논법은 새가 나무 주위를 맴돌 듯이 주제 위를 돌면서 올라가는 특징이 있다. 처음에는 지면 가까이에서 잎사귀와 가지가 뒤엉킨 것만을 볼 수 있을 뿐이다. 점점 높이 높이 맴돌아 올라가면 반복되어 나타나는 나무의 여러 측면이 전체를 형성하고 주위 환경과도 관련성을 갖게 된다.
81) 김동인전집 1권, 163쪽.

미지로만 치닫던 M의 심성에 변화의 조짐이 보인다. '발랄한 힘'과 같은 삶과 관련된 어휘가 언뜻 비치는 것은 이 때문이다.

꿈의 일반적 기능은 꿈의 이미지들을 통하여 현실과의 심리적 균형을 회복하고자 하는 데 있다. 인간이 의식적으로 알지 못하는 것을 무의식에 의해 감지할 수가 있는데, 대개 꿈을 통해서 무의식의 정보를 전달받게 된다. 이를 융은 꿈의 보완적(보상적) 역할[82]이라고 불렀다.

「목숨」에서 죽고 싶은 충동에 사로잡혀 있던 M이 살고 싶은 충동을 갖게 되는 것은 바로 이 꿈의 역할 때문이다. M은 이 꿈을 통해 삶의 가치를 암시받게 된다. 4)의 꿈장면에서 제시했던 상징적 의미는 점차 M의 의식에 변화를 가져온다.

5) '……나의 발랄한 생기, 힘, 정력, 이것들을 마음껏 이 세상에 뿌리기 전에 내가 왜 죽어? 나의 활동은 아직 앞에 있다. 그것을 버리고, 내가 왜 죽어! 나는 결단코 안 죽으리라. 원장의 말이 무에냐?'[83]

6) "그럼, 자넨 무언가? 천국두 없구 지옥두 없으면 자네가 있을 필요는 무엔가?"
"나? 우리 악마라는 것을 그렇게 해석하면 우린 울겠네. 우리는 즉 사람의 精이구 사람의 본능이지."[84]

5)의 예문은 M의 의식에 자리잡게 된 살고 싶은 욕구다. 그리하여 M은 친구이며 의사인 R이 수술해 주도록 부탁하게 되고, 마침내 수술에 들어가게 된다. 6)의 예문은 수술한 때의 꿈장면이다. 이

---

82) C. G. Jung. 전게서, 47쪽.
83) 김동인전집 1권, 169쪽.
84) 상게서, 172쪽.

를 통해 「목숨」에서 M의 꿈 장면은 의식세계에서는 미처 생각하지 못했던 것을 보완해서 생각게 함을 보여준다. 그리고 끝에 가서 작중화자인 '나'가 높은 곳에서 장안을 내려다보며 삶의 소중함을 생각하는 데서 작가의 의도를 짐작할 수 있다. 곧 보다 넓은 안목에서 인간 본래의 속성을 알고자 함이 그것이다. M이 꿈 장면을 통해서 얻게 되는 삶의 가치도 이와 같은 맥락에서 생각해 볼 수 있다.

「목숨」이 꿈 장면을 삶에 잘 응용한 경우를 보여줬다면, 「폭군」은 꿈에 너무 의존한 나머지 실패(순애의 죽음)한 경우를 제시했다고 할 수 있다.

여러 본능적인 힘은 꿈(모든 종류의 직관, 충동, 그리고 다른 자연발생적인 사건들이 부가된)을 통해 의식의 활동에 영향을 미친다. 그 영향이 좋은 것인지 나쁜 것인지는 무의식의 실제 내용에 달려 있다. 꿈의 좋은 기능은 꿈이 개인에게 개인이 현재 가고 있는 길에 놓여 있는 위험을 경고한다[85]는 것이나. 「폭군」(<開闢>, 1921.3)은 처음부터 작중인물에게 닥칠 위험을 경고하고 있다.

무엇인지 모를 꿈을 훌쩍 깨면서 순애는 히스테리칼히 울기 시작하였다. 꿈은 무엇인지 뜻을 모를 것이다. 뜻만 모를 뿐 아니라 어떤 것이었는 지도 알 수 없었다. 검고 넓은 것 밖에는 그 꿈의 인상이라고는 순애의 머리에 남은 것은 없다. 그는 슬펐다. 그는 무서웠다. 그 꿈의 인상의 남은 것의 변화는 이것뿐이다.[86]

대개 악몽은 불길한 예감을 통해서 장차 다가올 위험을 경고하

---

85) C. G. Jung, 전게서, 47쪽.
86) 김동인전집 1권, 179쪽.

는 역할을 한다.[87] 순애는 꿈의 경고에 대비했어야 했다. 그러나 순애는 자신의 직감력을 과신하기만 했다.[88]

순애는 동생 P의 외도에 속상해 한다. 그리고 남편과의 死別 후에도 지켜온 지조에 자부심을 느끼고, 그렇지 못한 P를 나무랄 채비를 하고 있었다. P의 외도에 이토록 조바심을 느끼는 것은 자신이 지켜온 지조에 대한 우월감으로 인한 선입견 때문이기도 하다. 순애는 남편이 바람피우다 일찍 죽었으니 외박이 나쁘다는 것을 알려 주려 한다. 그리고 이 때문에 동생에게서 "내가 형님 그 병쟁이와 같단 말이야요?"라는 핀잔을 듣는다. 순애는 동생에게서 누나로서의 대접을 못 받자, 전제자처럼 행동하는 남성들의 태도에 심한 반감을 느낀다. 그리고 집을 나서서 혜감에게 가서 하소연하나, 혜감이 요새 사람은 다 그렇다는 말을 하자 실망의 빛을 감추지 못한다. 그러면서 순애는 죽겠다는 말을 불쑥 꺼낸다. 그리고 집에 돌아와서 P에게 또다시 무시당하는 소리를 듣고 정처없이 떠날 채비를 하다가 문갑 위에 놓인 칼을 발견하고 그것으로 가슴을 찌르고 만다.

김동인은 이 작품의 발단에서부터 꿈 장면을 통해서 순애에게 닥칠 위험을 암시했다. 그러나 순애는 그런 꿈에 대해서는 상관없

---

87) C. G. Jung, 전게서, 47쪽. 비현실적인 생각들을 갖고 있거나 자신을 너무 높게 평가하는 사람들이나, 또는 그들의 실제능력에 어울리지 않는 거창한 계획을 하는 사람들은, 하늘을 날거나 떨어지는 꿈을 꾸게 된다…… 만일 꿈의 경고를 무시한다면, 실제로 사고가 발생할 수도 있을 것이다. 그때의 희생자는 아래층으로 굴러 떨어지거나 또는 차 사고를 당할 수도 있다.

88) 김동인전집 1권, 179쪽. 남에게 눌려서만 살던 사람은 다 그렇거니와 순애도 무슨 일이든 사실보다 자기 본능에 대하여 자신이 더 많았다. 180쪽. 순애는 어떠한 사실보다도 확실한 증거가 있기 전에는 역시 자기 본능이 나았다.

는 것처럼 행동하고 자신의 의식세계와 관련있는 질투심하고만 연결시킨다. 곧 순애의 비극은 꿈의 경고를 무시한 데서 생긴 것이다.

결국 「목숨」에서와 마찬가지로 「폭군」도 꿈 장면이 의식세계만으로 치우쳤을 때의 편협한 사고를 경고하고 보다 폭넓은 안목에서 자기를 생각게 하는 꿈의 보완적 역할을 강조한 작품이라 할 수 있다.

5. 결 론

김동인은 춘원의 계몽주의 문학에 반발하여 '인생 문제 제시'와 '악마적 사상'을 주장하며 인간의 본성과 심리를 작품으로 형상화하는 데 주력한 편이다. 그가 그림자 현상, 어머니에의 고착, 콤플렉스 등 무의식에 관심을 많이 가진 것도 무의식을 꿰뚫는 自己實現을 위해서이다. 그의 무의식세계 표출은 성본능·광기·죽음 등이 극단적 행동양상을 띠고 나타난다. 이것은 악마성에서도 인생의 진실과 미를 발견할 수 있다는 김동인의 '악마적 사상'과 자신의 인생 체험을 창작으로 극복하려는 김동인의 의지에서 나온 것이다. 그래서 김동인은 상상력을 제한하고 감동을 역전시키는 윤리 규범을 과감히 깨트리고 극적인 결말에서 오히려 감동을 주며 비참한 삶의 모습에서 삶의 진실과 감동을 느끼게 한다. 그러면서도 전통 윤리로의 회귀를 드러내는 작품을 보이는 것은 그의 호방한 기질과 순수성에의 집착이라는 양면적 성격 때문으로 보인다. 그는 기생과의 유희 등으로 남들에게는 호방한 것처럼 보였지만, 실제로는 가출한 아내를 다시 받아들이지 않는 등의 순수성에의 집착을 보였다. 그의 기생과의 유희는 <創造> 폐간에 즈음한 공허감을 메우고 이광수·주요한 등에 느끼고 있던 카인 콤플렉스에 대한 보상심리로 나타난 것이다. 그가 기생들에게 애정을 주기보다는 자존심을 세우는 데 주력하고 자신 외에 다를 사람과 사귀는 기미가 보이면 가차없이 절교해 버리는 것은 그가 순수성에 너무 집착한 데서 기인한 듯하다. 호방한 기질과 순수성에의 집착이라는 양면성으로 말미암아 소설에서도 '악마적 사상'을 드러내는 작품이 많이 보이면서도 기존 윤리로의 회귀를 보이는 작품도 적지 않다. 이것은 작품 안에서는 극적 긴장감을 맛보고 작품 밖에서는 정서적 안정을 얻도록 하여 식민지 현실을 사는 사람들에게 카타르시스 효과를 얻게 하려는 의도도 작용한 듯하다.

김동인은 1926년 관개수리사업의 실패와 1927년 아내 김혜인의 가출로 심한 신경증과 우울증에 시달렸다. 김혜인은 「무능자의 안해」라는 그의 사소설에서 보이듯 활달한 성격을 가진 김동인이 좋아하는 여성상 가운데 하나였다. 김동인은 김혜인의 가출에 실망한 나머지 「김연실전」에서의 '연실'의 경우처럼 바람기 있고 방탕한 여성을 그리든가, 「광염소나타」·「광화사」·「어머니」에서 보인 것처럼 모성애 등 여성의 아니무스적인 면(모성애 등)을 강조하는 경우가 많다. 이는 김동인이 기생 김옥엽의 바람기와 아내의 가출로 인해 생긴 실망감(바슐라르적 의미의 '아니마'—아름다움에의 몽상 등—상실)을 여성의 아니무스적인 면으로 보상하려 한데서 생긴 것이다. 그가 재혼할 때 미모보다는 모친 옥씨처럼 강인한 성품을 가진 김경애 여사를 배우자로 택함으로써 어머니에의 건전한 고착상태를 보였으며 특히 어머니의 강인한 성품과 같은 아니무스적인 면을 좋게 보았다. 그는 재혼 후 가정생활에 성실하면서도 작품 속에서는 극단적인 광기를 가진 작중인물의 광포성을 많이 드러내었다. 이는 김혜인의 가출로 인해 생긴 정신적 압박감을 작품 속에서 터뜨림으로써 현실에서는 정서적 안정을 얻으려는 의도도 작용한 것 같다. 재정적인 어려움 속에서 김동인은 자연히 지난날의 유복했던 시절을 그리워하게 되고 그 유복의 근원을 옥씨가 마련해 줬다는 점에서, 김동인은 자연히 어머니에게 고착되었을 것이다. 「광염소나타」와 「광화사」 등의 작중인물이 어머니에게 병적으로 고착되 있고 김동인이 옥씨의 임종을 제재로 해서 「몽상록」·「가신 어머님」을 쓴 옥씨의 아니무스적인 면이 그에게 지대한 영향을 미쳤음을 알 수 있다.

「광염소나타」와 「광화사」는 작중인물의 어머니에의 고착과 자기 도취가 병적으로 심화된 경우를 그린 작품이다. 여기서 김동인은 인간 존재의 극단적인 면을 보여 주고 파괴를 통해 새로운 창조에의 승하를 맛보게 하며, 정열과 의지를 가지고 인생의 궁극적인 대상을 향해 나아가는 과정에 역점을 두었다.

「광염소나타」에서 사건의 아이러니는 성수가 음악에의 열정을 가지고 살아가지만 실제로는 정신병자가 되어 가는 데서 나타난다. 순진의 아이러니는 백성수의 행위를 통해서 의식적인 면(도덕성)에만 치우친 어머니와 무의식적인 면(창작열과 리비도 강조)를 강조하는 K씨의 편견을 폭로하는 데서 나타난다. K씨는 음악에 대한 전문적인 지식을 가진 비평가로 등장하지만 실제로는 백성수를 정신병원에 가게 한 장본인이 되었다는 점에서 자기 폭로의 아이러니가 작용한 것이다. K씨는 성수의 창작에의 재능 발휘를 위해 리비도를 응용했다. 리비도는 인간이 대상에 대해 가지는 에너지의 비급을 의미한다. 성수의 음악에 대한 창작은 죽은 어머니에 대한 몽상과 성적 대상에 대한 리비도를 이용함으로써 실현되었으며, 방화·屍姦·살인 등으로 선악 개념을 무시해 버린다는 데 특색이 있다. 성수가 자신의 행위가 신이 만들어 놓은 선의 관념에 대한 거부반응임을 모른 채 행동해 나가는 것은 극적 아이러니의 특색이 있다. 일반적 아이러니는 성수가 어머니의 교육 아래서는 자아본능이 성본능을 억압하고 있었으나 어머니가 죽고 K씨를 만나고 나서는 성본능이 분출하여 자아본능을 상실한 데서 나타난다. 낭만파의아이러니는 김동인이 작품 안에서는 작중인물의 행위에 집중하게 되고 작품 밖에서는 객관적 안목과 정서적 안정을 얻게 한다.

이렇게 볼 때 김동인은 인간의 그림자현상 콤플렉스 등의 심리를 작품 구성상에 매우 적절하게 운용했음을 알 수 있다. 그러므로 김동인 소설의 본질을 알기 위해서는 정신 분석적인 측면이 더욱 절실하게 원용되어야 한다고 본다.

제 3 부 변용의 미학

Ⅰ. 작가와 창작

1. 변용의 미학

누구나 다 경험하는 일이지만 나 역시 총각 시절에 심한 진통을 겪은 적이 있다. 교회 집사의 소개로 선을 본 적이 있는데, 맞선 상대를 불과 세 번 만나고는 그만 사랑에 빠져 버렸다. 학교에서 강의를 하다가도 허공중에 그녀의 얼굴이 그려져서 나도 모르게 웃음을 지어 보였고, 학생들은 그런 나에게 사랑에 빠졌냐고 물어 보았다. 나는 그녀를 만나지 않으면 적적해서 견딜 수 없었고 일도 손에 잡히지 않았다. 그런데 엎친 데 덮친 격으로 그녀가 절교를 선언했다. 나는 열 번 찍어 안 넘어가는 나무가 없다고 계속 전화를 해 댔으나, 그녀는 나를 만나기 전에 자신에게 애인이 있었음을 고백했다. 억장이 무너지는 심정을 그때 실감할 수 있었다. 그래도 끝까지 도전해 버리라 마음먹고 전화통을 붙들고 살았지만, 내 애기를 듣고 있던 누님이 그녀가 나를 싫어하는 것 같으니 그만 단넘하라고 해서 그 뒤론 전화를 하지 않았다. 그런데 환장할 일은 그녀 얼굴을 지우려 하면 할수록 자꾸만 그녀가 그리워서 견딜 수 없다는 사실이었다. 직장을 결근도 해 보고 여행도 가 보았으나 별소용이 없었고, 직장에서는 늘 풀이 죽은 모습을 하고 있었다. 그런 실연의 고통이 가셔진 것은 일 년이 지나서였다. 그것도 소설 습작을 통해서였다. 그때 나에게 창작의 수련이 없었더라면 나는 진작에 자살해 버리고 말았을 것이다. 비록 작품으로 탄생되지는 않았지만 나는 그때의 습작이 나를 자살로부터 구원하는 시간이었다고 자부한다.

요즘 IMF 관리 체제 기간이어서 그러한지 나의 주변에는 소설 습작을 하는 사람들이 많이 있다. 어떤 사람은 좋은 작품을 써서 명예도 얻고 돈도 벌어 보겠다는 악착스런 마음으로 몇 개월 이상을 거기에 매달리는 경우가 많다. 그런 사람들에게 나는 야구에서 팔에 힘이 들어가면 못 치듯이 작품이 잘 안 될 경우가 많으니까 우선 자기 구원을 해 보라고 권한다. 그래도 내 얘기를 들은 많은 여성들은 은희경이나 신경숙처럼 유명해져 보겠다는 욕망을 가지고 거기에 매달린다. 그러나 우리가 생각해 보아야 할 것은 문학이 인간 구원의 기능을 가지고 있다는 사실이다. 문학은 현실에서 이루지 못한 욕망을 상상과 허구를 통해서 개연성있게 창조해 내는 것이다. 그리고 그 세계에는 현실에서 변용을 해 나가는 미적 쾌락과 역경을 헤쳐 나가는 풍자와 알레고리가 들어 있다. 시에서의 서정과 이야기와 풍자는 인간성과 현실을 새로운 세계로 엮어 나가는 변용의 미학이다.

창작은 현실이나 삶이 새로운 모습으로 변용된 세계이다. 그것은 알레고리·상징·비유·풍자·아이러니 등을 통하여 새로운 옷으로 갈아입지만, 중요한 것은 實感遊離의 과정을 거친다는 점이다. 나는 언젠가 한 대학 교수를 만나서 그의 이중적인 인간성을 알게 되면서 매우 실망한 적이 있었다. 그는 남들이 보기에는 명예를 가지고 있었지만, 그 이면에는 평범한 사람들보다 더한 지저분한 면이 있었다. 카리스마적인 우월감으로 자기 패거리를 만들고, 연구실에서 젊은 여자를 희롱하는 등의 이야기를 소설로 쓰면 좋은 작품이 나오지 않겠는가 하고 여러 번 시도를 했으나 작품이 잘 되지 않았다. 선배 소설가는 그 이유를 이렇게 말했다. "자네 주관적인 경험으로 보면 대단한 것으로 생각할 수 있으나, 남들은 그것을 평범하게 생각할 수 있어요." 이는 實感遊離가 제대로 되지 않았다는 얘기다. 그러므로 우리가 창작을 할 때는 자신의 주관적인 경험을 떠나 독자의 입장에서 객관화시켜 바라볼 필요가 있다. 필자가 작품을 평가할 때는 제일 먼저 이 점을 기준으로 삼는다. 대개 초심자들은 자기 정서에 파묻혀서 감상에 젖어 있는 경우가 많은데, 이는 實感遊離가 안 되어서 나타난 결과이다. 이를 극복하기 위해서는 독자들이 작품 세계에 실감나게 빠져들 수 있도록 형상화하는 實感補修가 필요하다.

2. 문학의 제재

20세기 문학에서 가장 많이 대두된 문제는 문명 비판과 인간 회복이 아닌가 한다. 우리가 흔히 말하는 모더니즘의 주제가 기계문명 속에서 비인간화되어 가는 인간성의 회복에 있다고 할 때, 인간성의 회복은 수십 년 동안 주장되어 왔다고 해도 과언이 아니다.

어떻게 하면 왜곡되고 편협한 인간성으로부터 본래적인 인간성으로 돌아갈 수 있을까. 시인은 이를 위해 서정성을 제고하고 기계적인 인간으로부터 본래적인 인간으로의 일탈을 꿈꾼다. 이를 위해 우리에게 부여된 도덕 규범은 올바른 것인가, 환경이 우리가 원하는 방향으로 진행되어 가고 있는가, 태초의 원초적인 인간성은 어떠한 것인가를 고민하고, 그것을 이야기처럼 꾸미고 역설적으로 형상화하기도 한다. 다만 그 방법은 현대 과학 문명의 발달과 함께 매우 다양하게 전개되어 가고 있다. 이는 작가들이 20세기에 두드러지게 발달한 정신분석학이나 문화인류학, 언어학 등에서 표현 방법들을 원용해 왔기 때문이다. 초현실주의에서는 무의식의 가치를 인정하였고, 원형 비평에서는 작품 밑바닥에 인간의 보편적인 심리·경험 양식·상징 등이 자리잡고 있음을 발견하였으며, 구조주의에서는 가장 효과적인 표현을 위한 구조를 엮어내기에 힘썼다. 그리하여 의식의 흐름, 자동기술법, 리비도, 정신적 에너지, 아니마·아니무스, 페르조나·그림자 현상 등의 용어가 비평 용어에서 빈번하게 사용되었고, 작품을 다양하게 바라보는 관점에 제시되었다.

 우선 시간적으로는 예전의 스토리가 연애로부터 시작하여 결혼이나 죽음으로 끝나는 것이었다면, 현대의 스토리는 결혼이나 죽음 사건으로 시작하여 과거나 미래로 회상하고 연상해 나가는 변화를 보였다. 심지어 예전에는 죽음 뒤의 세계가 두려움으로 그려졌던 데 비하여, 현대에는 죽음 뒤의 세계가 아름답고 향기로운 세계로 그려지기도 한다. 또한 심리적 지속이 오래 가도록 하기 위하여 극단적인 狂氣·暴力·殺人·적나라한 성행위가 그려지기도 한다. 곧 예전의 스토리는 사색과 인간 관계가 서서히 진행되었다면, 현재의 스토리는 사건과 행동이 급속하게 변해 간다.

공간적으로는 그 시점이 확대되거나 인간의 내면세계로 심화되어 가는 것을 볼 수 있다. 한 인간을 하늘이나 사막에서 내려다보고, 새의 위치와 같은 동적인 관점에서 조명하며, 심해의 물고기 위치에서 바라보기도 하고, 전화기나 텔레비젼의 위치에서 투영하기도 한다. 때로는 달리는 전철을 토막내어 잘라 꽃으로 만드는 애니메이션이나 아내에 대한 사랑을 식탁 위에서 음식을 먹는 모습으로 형상화하는 알레고리가 등장하기도 한다. 인간의 내면세계에 대해서도 주인공의 의식을 知·情·意로 나누어 표현하는가 하면, 아예 여러 의식을 각기 다른 개체로 나누이 쌍둥이나 여러 인물로 형상화하기도 한다.

계급적으로 20세기는 리얼리즘의 등장 이후로 서민이나 하층 계급이 주로 등장하는 시기였다. 그것은 그 이전의 귀족 중심의 인물 표현에 비하면 매우 혁신적인 것이고, 서민 독자층이 많아진 데도 원인이 있다.

초현실주의의 등장 이후로 많이 대두한 제재는 성·광기·죽음 등을 들 수 있다. 한국에서도 '70년대 경제의 고도 성장 시기에는 성 제재, '80년대 신군부 권력의 등장 이후에는 광기나 죽음 제재가 논문 등에서 활발하게 전개되었으며, '90년대 소비 문화 시대에는 기형적인 인간상이 그려지기도 하였다.

이데올로기나 분단 제재는 한국 사회만의 독자적인 현실로 인하여 줄기차게 언급되어 왔다. '30년대 카프 이후 박태원·이태준·이기영 등은 서민의 실상과 존재 의의를 잘 형상화하였으며, 전쟁 이후 황순원·선우휘·오영수·최인훈, '80년대 이후 조정래·윤흥길·전상국 등은 통일로 나아가는 분단의 현실을 휴머니즘의 차원에서 조명하였다.

사상적으로는 동양사상·녹색시학·페미니즘 등이 활발하게 전개되었다. 평론에서는 한국 문학 나름의 패러다임 구축을 위해 諸行無常·연기론·空思想 등이 많이 언급되었고, 생명의 위협을 극복하고 보다 근원적인 삶으로서의 생명을 구제하고자 정신적인 구원의 능력을 강조하였다. 녹색시학은 문명을 일탈해서 그것을 직시하는 인간 본연의 생명성을 직시하자는 것이며, 전래되어 오던 자연성의 회복과도 맞물리는 사상이다. 그리고 '90년대는 은희경·공지영 등의 소설에서 페미니즘이 두드러지게 나타나기도 하였다.

이러한 여러 제재의 등장은 기계문명 속에서의 인간성 회복을 위한 갈망과 인간 구원을 목표로 하고 있으며, 세계문학의 무대로 나아가기 위한 한국 문학의 개성 발현 쪽으로 초점이 모아진다. 그리고 이러한 제재는 새로운 심상을 창조하고 새로운 관념을 감각화하여 사실로써는 획득될 수 없는 실체의 세계에서 새로운 감동을 획득하는 쪽으로 나아가야 할 것이다.

3. 문예사조

현대시는 여러 문예 사조에서 다양한 요소들을 끌어들임으로써 복합적인 양상을 띠는 것을 특징으로 한다. 그러므로 우리는 그 여러 사조들을 일별 할 필요가 있다.

초현실주의는 정신분석학에 이론적 바탕을 두고 있다. 정신분석학의 무의식에 대한 접근은 인간의 자유로운 상상력과 무의식에 대한 신뢰에 바탕을 둔 것이다. 그리하여 초현실주의자들은 자연주의와 과학적 합리주의에 반기를 들고 모든 논리적인 사고 방식에서 인간을 해방시키기 위해 그 나름대로의 역할을 다한다. 브르통은 [초현실주의 선언]에서 '초현실주의는 이성에 의하여 통제받지 않고 미적 도덕적 관심을 떠나서 자유롭게 행해지는 순수한 심리의 자동 현상'이라고 규정하였다. 그리고 여기서 중시되는 잠재의식은 인간의 신비로운 심층부에서 발현되는 만큼 본능에 의해서만 움직이지 않고 우주의 본질로·통하는 초현실적 현상1)으로 보았다. 곧 초현실주의는 외부 세계의 표피적 논리에서 탈피하고자 하는 창조적 노력의 하나로, 꿈과 무의식 그리고 상상력을 통해 새로운 질서를 현실 속에 뿌리내리고자 하는 예술 운동이다. 이러한 이론의 출현은 과학이 객관적 사실에 토대를 둔 진리라기보다는 하나의 가설 체계에 불과하다는 인식을 낳으며, 합리적 사고에 기반을 둔 인식론보다는 직관을 중요시하게 된다. 그리하여 초현실주의자들은 기성 세대들이 신성시하던 규제와 억압과 형식에 회의를 느끼고, 전쟁과 현대 문명에 의헤 피괴된 인간의 내면 풍경을 있는 그대로 제시하려고 한다.

1924년 발표된 [초현실주의 제1선언]에서 자유로운 시정신을 소유하기만 하면 시를 쓰지 않아도 시인이 될 수 있다는 주장이나 시인의 개인적 재능이나 영감을 무시하고 있는 태도 등은 정신의 자유를 강조하는 것으로 보인다. 특히 이 글에서는 무의식과 자동 기술이 역설된다.

1929년의 [초현실주의 제2선언]은 전통적인 질서와 개념을 부정하고 파괴하려 든다. 그것은 당대 사회가 안고 있던 근원적 문제를 치유하기 위해 사회의 개혁이 불가피하다고 본 데 기인한다. 그러

---

1) 손우성, 초현실주의론, 서울대 논문집 제1집, 1954, 94쪽.

므로 이 선언에서는 영원히 계속되는 반항과 폭력을 통하여 주어진 현실과의 단절을 지향한다.

초현실주의자들은 의식적인 창작 태도를 거부하고 무의식이 명령하는 대로 글을 씀으로써 인간의 내면 속에 감추어진 원시적인 힘을 있는 그대로 표출하고자 했다. 그것은 논리화된 사유가 진정한 사유가 아니고, 논리화되기 이전의 혼돈의 상태가 진정한 것이라고 생각하기 때문이다. 그들이 꿈, 신비, 광란, 잠재의식의 상태를 자동 기술하려고 한 것은 이와 무관하지 않다. 초현실주의자들은 질서와 무질서, 이성과 반이성이 부딪치는 데서 오는 개방적이면서도 풍요로운 세계를 지향한다.

이들의 생각을 요약하여 정리하면 다음과 같다.

첫째, 초현실주의자들은 기존의 질서에 반기를 들고 무질서해 보이는 현상의 이면에 감추어진 질서의 원리를 추구한다. 둘째, 초현실주의자들은 상상력에 의해서 세계의 변혁을 시도한다. 셋째, 초현실주의는 기존의 창작 방법이나 창조의 개념을 반대한다. 넷째, 초현실주의자들은 사실주의 소설을 비판하고 새로운 소설의 창작을 시도한다.[2]

이미지즘은 일반적으로 1912년부터 1917년까지 일단의 영·미 시인들이 일으켰던 시운동을 지칭한다. 그들은 낭만주의의 막연한 정신 편향과 센티멘탈리즘에 반대하고, 벽돌을 쌓아올리는 듯한 정밀함과 억제력을 요구하는 고전적 태도를 가지려고 하였다. 이미지즘의 이론의 기초를 확립한 파운드는 1913년 [이미지스트의 몇 가지 조항] 속에서 '이미지란 지적 정서적 복합체를 한 순간에 제시하는 것이다. 그것은 돌연한 해방감, 시간과 공간의 제약으로부터

---

2) 송현호, 초현실주의, <신문예사조> (서울: 우리문학사, 1994), 339-341쪽.

의 자유로운 해방감, 그리고 가장 위대한 걸작 앞에서 우리가 경험하는 바, 돌연한 성장감을 주는 것과 같은 그러한 '복합체'의 즉각적인 제시이다. 많은 분량의 작품을 쓰는 것보다는 일생에 하나의 이미지를 제시하는 것이 더 낫다.'3) 이것은 엘리어트가 형이상학파의 시법을 중시하고 사고와 감각이 통합된 감수성을 주창한 것과 연결된다.4)

오늘날 대표적인 이미지즘 이론으로 중시되는 요지는 다음과 같다.

① 일상적인 언어를 쓰되 유사하거나 장식적인 단어는 결고 사용하지 말고 정확한 단어만을 사용할 것.
② 새로운 정조를 표현하기 위해서는 새로운 리듬을 창조할 것. 시에서 새로운 운율은 곧 새로운 관념을 뜻한다.
③ 주제의 선택에 절대적인 자유를 허용하고, 현대 생활의 예술적 가치를 믿을 것.
④ 하나의 이미지를 제시할 것. '이미지스트'라는 명칭은 여기에서 유래한다. 아무리 장엄하고 우렁차다 하더라도 막연한 일반론이나 추상론은 배격할 것.
⑤ 윤곽이 흐리거나 불명확한 시는 피하고, 견고하고 투명한 시를 지을 것.
⑥ 무엇보다 집중이 시의 본질이라는 신념을 가질 것.5)

주지주의는 전통적 질서를 회복하여 현대 문명의 혼돈과 위기를 구제하려는 것을 목적으로 한다. 그리하여 반주지주의적인 모더니즘, 곧 미래파, 다다이즘, 쉬르리얼리즘까지 반대하며 이미지즘에

---

3) 문덕수, <한국 모더니즘시 연구>, (서울: 시문학사, 1981), 48쪽.
4) 이창배, <20세기 영미시의 형성>, (서울: 민음사, 1979), 114쪽.
5) S. K. Coffman, J. R., (New York: Octagon Books, 1977), 62쪽.

대해서도 비판적 입장을 취하며, 로만주의와 더불어 偏內容主義도 반대한다. 주지적 방법은, 첫째로 문학이 감정의 전달임을 부정하지 않으나 그것을 통제하여 질서를 부여하고, 둘째로 진리는 한정되어 있는 것이 아니라 어떤 진리이든 그것을 탐구하려고 하는 태도이며, 셋째로 시의 형식 또는 포름(form)의 형성을 중시한다. 그래서 주지주의자들은 감정적, 감상적인 문학을 좋아하지 않고 본능적, 영감적인 동기는 창조가 아니라고 본다. 또한 생활이 조직화되어 있지 않는 예술지상주의를 배격하고 사상적으로는 새로운 합리성, 질서를 구한다.

모더니즘은 예술에서의 새로운 양식이나 매너리즘을 의미할 뿐만 아니라 예술의 크나큰 재앙을 의미한다. 1914년 제1차 세계 대전을 전후하여 유럽에서 발생한 모더니즘은 전쟁으로 인한 불안과 절망, 혼돈 속에서 구질서에 대한 회의와 반발을 야기시켰고 기존의 체제와 양식으로는 그같은 무질서와 혼돈을 수용할 수 없다고 보고 새로운 개념과 형식과 질서를 추구하기에 이른다. 그러므로 모더니스트들은 서구 예술의 전통적 토대와의 결별을 전제로 하며, 끈질긴 도전으로 자신이 살고 있는 세계에서 새롭게 부각되는 문제점들을 표현하고 극복하려고 노력했다. 그리하여 흄, 에즈라 파운드 등은 낭만주의의 애매성과 안이한 정서 위주에서 탈피하는 운동을 전개해 나갔다. 흄은 <사색록>에서 낭만주의가 한숨과 눈물을 동반하여 흐리고 축축한 것은 시인들이 현실을 인간 중심으로 생각하여 인간에게 절대적 권위를 부여한 데서 기인된다고 말하고, 이제 새로운 시대의 문학은 그러한 인간 중심의 현실 안에서 벗어나 고전주의적 현실안을 가져야 한다고 주장했다. 그리하여 주로 시각적 이미지와 언어의 긴축미, 새로운 음률을 내세웠고, 또한 그것 자체가 자족적인 가치를 가진 것으로 생각했다.6) 흄이 수립하려고 한 전통은 각기 과학적 절대적 태도와 기하학적 예술 및 고전주의적 문학이다7).

모더니스트들은 총체성에 의문을 던지기에 개인의 자각을 중시하지만 그렇다고 그것은 낭만적 자아가 아니다. 신을 잃은 세대에게 그런 통합된 에고는 더 이상 존재하지 않는다. 따라서 그들의 개인성은 전통이나 신화 혹은 지극히 절제된 고전주의적 보편 구조 속으로 통합되는 것이다. 그리하여 그들은 저자가 더 이상 신이 될 수 없으며 더 이상 세상이 무엇인가를 말할 수 없다고 보고 독자의 능동적인 참여를 요구한다. 이것이 모더니즘이고 저자의 사라짐이다. 그런데 언어, 본질, 총체성에 대한 회의에서 개인의 의식과 자율성을 강조했던 모던 문학은 난해성과 추상성으로 대중과 유리된다. 저자의 설명 없이 인물의 의식이 그대로 드러나는 독백은 독자의 참여를 유도했지만 비평가를 제외한 독자들은 난해함으로 접근을 회피했다. 그리하여 모더니즘은 구체성을 잃고 추상에 함몰되어 일상과 유리된다. 이를 극복하기 위하여 대두한 것이 포스트모더니즘이다.

구체적으로 프랑스에서 50년대 말에는 누보 로망이라는 신소설이 나타나고 60년대에는 데리다와 푸코를 비롯한 해체론이 논의된다. 라캉은 모던 정신분석이 지나치게 의식의 자율성을 강조한 것에 반발했고 지라르는 신비평이 제외시킨 장편들을 분석하면서 욕망의 특성에 눈길을 주었다. 진리, 영웅, 기준 그 자체를 의심해 보고 그것이 어떻게 자의적으로 세워진 것인지 신비를 벗겨 보고 권

---

6) 박철희 편, 문예사조, (서울: 이우출판사, 1988), 88-89쪽.
7) 오세영 편, 문예사조 (서울:고려원,1983), 252쪽.

력과 진리의 관계를 탐색하면서 인간의 이성이란 게 얼마나 비이성적인 요소들을 억압하고서 세워진 욕망의 산물인가를 보기 시작한다.[8] 그리하여 해체론자들은 기존의 인식이 세계의 일부분만을 보는 편협한 것이었다고 보고 그 본질을 들여다보기 위해서는 기존 관념의 틀을 해체해야 한다고 주장한다. 그리고 모더니즘의 난해성을 극복하기 위해 작은 서술자를 개입시키기도 한다.

구조주의는 1960년대에 폭발적으로 등장한 유행사조이다. 기성의 가치, 가장 합리적인 척하는 논리, 정통연하는 표현의 언어—이런 모든 것들이 허구로만 느껴지고 그런 것들을 무너뜨리고자 하는 광기와도 같은 저항감이 사람들의 충격적인 욕구를 북돋았다. 구체적인 사건은 1968년 5월 프랑스에서 5월 혁명이라 일컫는 급박한 사태로 빚어졌다. 좌익에 대한 좌절감이나 불신감이 프랑스 지식인들 사이에 넓게 번져가게 되어 종말에는 권위와 위신을 누렸던 지식 및 사상체계가 졸지에 불신에 싸이게 되고, 이것은 마르크스주의와 좌익이 논거로 삼고 있던 역사의 법칙이라는 것에 대한 환멸이기도 하며, 또 한편으로는 그 역사의 주체였던 근대에 대한 실망이기도 했던 것이다. 이러한 현실 아래서 그 저류에 흐르고 잇는 것은 인간의 회복이라는 이미지이며 관리로부터의 이탈의 요구이다. 그리하여 언어에 대한 불신과 기성 권위에의 도전, 생명의 충족감을 가져다주는 행동에 몸을 던지고자 하는 욕망 같은 것이 오늘날의 젊은 세대의 욕구 불만의 화신으로 나타난다. 구조주의는 인간 인식의 변혁을 종합하는 방법으로서 나타나 일찍이 변혁의 이념을 향도해 온 역사주의도 실존주의도 마르크스주의도 인간의 정체성을 적확하게 파악할 수 잇는 인식 방법이 되지 못한다는 것

---

8) 권택영, 포스트모더니즘, 신문예사조론 (서울: 우리문학사, 1994), 449-454쪽.

이 현실과의 상충과 모순에 의하여 실감되고, 그러한 의미에서 현실의 진행과 과거의 이데올로기 내지 인식 방법 사이에 생기게 된 커다란 사상적 간극을 메우고 인간 인식에 대한 혁신적인 이론을 창조 내지 재생시키는 매개자로 등장하게 된 것이다.

소쉬르의 <일반 언어학 강의>에서 배태된 구조주의는 사회과학적 이데올로기가 아니라 넓은 의미의 인간과학에서의 방법론으로서 하나의 조작개념이다. 구조언어학은 19세기의 언어학이 사적 언어학 및 비교 언어학 또는 언어계통론 등으로 하나같이 역사적 관점에서 벗어나지 못한 데 회의를 품은 나머지 역사의 어느 시점에서의 언어 상태를 靜態的이고 공시적인 관점에서 하나의 체계로서 파악하자는 데서 구조언어학은 시작되었다. 레비스트로스는 이러한 구조 언어학의 원리를 언어가 아닌 다른 인간 문화 事象, 특히 민속학적, 문화인류학적 대상에 원용하여 전통적으로 쟁점이 되어 오고 있던 친족관계, 근친상혼 및 토템 현상 등의 원초적 인간문화현상에 대한 새로운 조명을 하였다.

레비스트로스는 '같은 사회에서의 다른 유형의 전달 체계인 친족체계와 언어란 것'이 실제로는 '같은 무의식적 접근'9)에 의하여 생성되고 있다는 근거에서 이러한 친족의 체계 내지 구조는 그것을 가지고 있는 사회의 언어 구조와 相同的이 아니겠는가 하는 가설에서 출발한다. 그 어떤 경우에도 인간 문화현상의 특질을 결정하는 것은 그 현상 자체의 어떠한 내부적 양상이 아니고 현상의 구성 요소간의 관계라는 것이 구조주의의 기본적인 원리이다. 하나의 구조는 존재할 수 있는 가장 기본적인 친족의 형태이다. 그것은 본래적인 의미에서의 친족관계의 단위이다10).

---

9) Claude Levi-Strauss, Anthropoligie structurale, Paris, Plon,1958, 62쪽.

소쉬르와 레비스트로스 등의 이론은 문학에서 '구조주의'로 원용되어 나타난다.

이상에서 여러 문예사조를 살펴보았다. 이들에 포함되어 있는 문학의 요소들은 현대의 문학 작품에서 얼마든지 원용될 수 있다.

4. 시인의 역할

샤를르 보들레르가 사바체에게 5년 동안 짝사랑하는 연애 편지를 써서 여인의 마음을 돌리게 되었을 때, 그가 오히려 도망을 갔다는 사실은 시인다운 심성을 보여 준다. 그가 마음에 든 여자는 그리움으로만 오래도록 놓아두고 별로 예쁠 것도 방정할 것도 없는 흑백 혼혈녀 잔느 뒤발만을 데리고 살았다는 것은 그야말로 시적인 통과의례라 할 만하다. 보들레르의 [여행에의 유혹]이나 [두 여인의 죽음] 같은 시에 나타나는 전율하는 그리움은 시인의 절제와 함축이 원천이 되어 나타난 결과로 보여진다. 한용운의 [繡의 비밀] 마지막 구절에서 '이 적은 주머니는 짓기 싫어서 짓지 못하는 것이 아니라, 짓고 싶어서 다 짓지 않는 것입니다.'라 한 것도 시인의 절제와 매력을 짐작게 한다. 이 시의 화자는 객지에 나가 있는 애인에게 보낼 옷을 해 놓고 마지막으로 주머니를 만들고 있는데, 이걸 마저 끝내 버리면 사랑하는 사람과의 사이에 마음의 다리를 놓고 있는 일이 끝나 버릴까 겁내고 있는 것이다. 시인은 절제와 함축을 통해 수많은 사연을 암시하고 여운을 남긴다. 그런 의

---

10) 상게서, 46쪽.

미에서 시인은 동양의 종소리를 닮고 있다. 오래도록 여운을 남기며 멀리까지 퍼져 나가는 동양의 종소리는 응축된 사상과 정서를 운율로 실어내는 시인의 메아리다. 그래서 필자는 한국의 시인들을 좋아한다. 그들은 삶과 현실을 고뇌로 엮어 마광한 화살로 창조해 내는 언어의 연금술사다.

그러나 한국 문단에서 시인의 수가 양적으로 팽창한 반면에 질적인 수준의 향상이 거기에 비례해서 발전했다고는 보여지지 않는다. 현재 한국의 문학 잡지 수는 공식적으로 통계가 나온 것만도 80여 종이 되고, 수많은 대학의 문예창작학과·평생 교육원·언론사의 문화센터·시를 좋아하는 동인 모임 등을 통해서 공식적으로 6천여 명 이상의 시인이 배출되었다. 이는 문단의 패권을 쥐어 보겠다는 일부 문인의 몰지각과 독자가 작가가 되어 보겠다는 욕망을 앞세움에도 원인이 있다. 이로 인해 시인 가운데는 별로 존경할 만한 인물이 없다는 소리도 나오고 있고, 어느 중소 기업 사장은 명함 대신 시집을 돌려서 신용을 얻으려고도 한다. 시인이 많은 것은 좋은 일이다. 시를 통하여 사회가 훨씬 아름다운 방향으로 승화될 수도 있다. 그러나 시가 시답지 못한 것이 문제다. 이전에는 시인이라면 보통 사람은 범접하지 못할 특별한 사람으로 보았다. 그것은 아무리 암송해도 지겹지 않을 정도로 시가 좋기 때문이었다. 그런데 요즘 나온 시들은 하도 많은 까닭에 좋은 작품을 가리기도 어려울 뿐더러 암송하기가 쉽지 않다. 기법은 다양한데 어딘지 질적으로 가벼운 부분이 많고, 시간이 흐르면 쉽게 잊혀지고 만다. 시인들이 문학 잡지나 출신 배움터, 동인 등에 따라 섹트화 되어 있는 것도 문제다. 그 섹트화가 그야말로 개성을 살린다면 좋은 일인데, 그저 친목 단체의 성격이 짙은 경우가 많다. 작년 연말에 여러 시상식장이나 망년 모임에 가 봤지만 필자가 모르는 이름도 허다하게 많았다. 그러므로 질적으로 우수한 시인들을 가려내는 일은 시인이나 평론가 모두가 팔을 걷어붙이고 나서지 않으면 안 된다.

Ⅱ. 수필 창작

1. 수필의 어원

隨筆이란 한자어는 '붓 가는 대로'라는 뜻이다. 따라서 수필의 어의는 '그때그때 보고 듣고 느낀 것을 붓 가는 대로 써 낸 글'이라고 할 수 있다. 수필이란 말을 처음 쓴 중국 남송 때의 洪邁는, '나는 게으른 탓으로 책을 많이 읽지 못했으나 그때그때 뜻한 바가 있으면 앞뒤의 차례를 가려 챙길 것도 없이 바로바로 기록하여 놓은 것이기 때문에 수필이라 일컫게 되었다.'라고 책이름을 수필이라고 쓴 까닭을 말하고 있다.

영어의 에세이(essay)는 '계량하다', '음미하다'의 뜻을 가진 라틴어의 exiigere에서 온 불어 essai에서 온 말이다. 또한 essaysms '試金, 試驗, 計劃'의 뜻을 가지고, 불어 '시험해 본다', '시도한다'의 뜻을 가진 essai와 어원을 같이한다.

이런 뜻의 에세이라는 말을 처음으로 자기가 쓴 작품에 붙인 사람은 몽테뉴(Montaigne)이다. 그는 자기와 자기 집안의 사사로운 일을 솔직하게 쓴 책을 <Les Essais(수상록)>라하여 1·2권을 1580년에 내놓았다. 이 책에서 그는 만년에 뻬리고르(perigord)의 몽테뉴 성에 살면서 인생과 자연을 관조하여 생애에서 얻은 체험과 결정된 사색의 편린을 숨김없이 솔직히 적어 놓았다.

베이컨(Bacon)의 수필집 <The Essays>가 출판된 것은 1590년이다. 영국 수필의 鼻祖라고 일컬어지는 베이컨은 <에세이>(1662)에서, '면밀이라기보다는 시사적으로 쓴 짧은 비망록의 약간을 나는 에세이라고 하였다. 이 말은 새롭지만, 그 자체는 옛날부터 있었다.'라고 에세이가 무엇인가를 말하고 있다. 그 뒤 베이컨은 계속해서 주로 외부적·사회적 문제, 이를테면 우정, 결혼, 논쟁, 여행 등의 문제를 썼다.

이리하여 인생을 내적으로 사색하는 몽테뉴 형의 수필, 개인적 수필(informal essay)과, 사회적인 문제를 주로 경구적·객관적으로 귀납하는 베이컨 형의 수필, 사회적 수필(formal essay)의 두 양식을 이루어 문학의 새로운 장르를 이루게 된다.

2. 수필의 정의

수필은 인간과 인생을 읽고 꿰뚫는 인간학이다. 수필은 감동을 전제로 하되 언어를 통해 인생을 새롭게 해석하고 이해시키는 정서화된 사상의 전달로서의 인간학이다. 자기를 일단 부정하고 비판하는 과정을 매개로 하여 도리어 새로운 나를 찾는 곳에 참된 산 현실을 파악할 수 있다는 점에서 수필은 다할 줄 모르는 자기 비판이요, 자기 발견으로서의 자기 실현이다.

　수필은 자기(인생)를 표현한다는 점에서 1인칭으로 서술하게 되고, 자신이 터득한 체험을 바탕으로 하여 나(인생)를 해석하고 이해해 간다. 그리하여 수필은 고뇌를 뚫고 인생의 의의를 발견하게 하며, 인생을 새롭게 제시하고 생명을 해석하게 한다.

　수필은 '특수하고 개인적이며 관조적인 작의없는 진실에의 주제를 형식에 구애받지 않는 자유로운 형식으로 표현하는 문예적 산문으로서의 적당한 길이의 작문'1)이다.

　결국 수필이란 달관과 통찰과 깊은 사고가 인격화된 자유로운 마음의 산책이며, 한가로운 심경에의 試筆 속에서 산문으로 엮어지는 적당한 길이의 작문이되 隨意隨想의 글이면서 동시에 인생을 관조하는 自照文學이라 할 수 있다.

3. 수필의 종류

　수필은 지성을 기반으로 한 정서적·신비석 이미지로 되어진 문학이다. 수필을 이루기 위해서는 여러 구성 요소가 있어야 하는데, 제재, 구성, 문체, 주제 등이 그것이다. 우리가 수필을 읽을 때에도 1) 제재의 파악, 2) 구성의 분석, 3) 문체의 음미, 4) 주제의 도출, 5) 유형의 구분, 6) 감상문 정리 등으로, 제재의 파악을 제일 먼저 하게 된다. 제재(subject matter)는 일정한 주제를 나타내기 위한 재료, 즉 주제를 나타내기 위해서 선택한 소재를 말한다. 즉, 작가가 주제를 나타내려는 의도에서 많은 소재 중에서 선택한 재료를 말한다. 따라서 우주의 삼라만상은 모두 소재인 동시에, 작가에 의해

---

1) 장백일, <현대수필문학론> (서울: 집문당, 1994), 22쪽.

서 선택되어져서 작품의 내용이 되어질 때 제재가 되는 것이다.

수필의 제재는 그 내용에 따라 인생사, 자연, 동식물, 사유의 대상으로 나누어 생각해 볼 수 있고, 이는 개인적·주관적·사색적인 미셀러니(인포멀 에세이, informal essay)와 객관적·사회적·경구적인 에세이(포멀 에세이, formal essay)로 분류될 수 있다.

(1) 미셀러니

개인적 수필이라고도 하며, 신변, 사색, 편지, 기행 수필 등 주관적·개인적·사색적 경향의 수필이다.

순항훈련 준비를 하면서 낡은 함정을 수리하느라고 장병들은 엄청난 고생을 했다. 꼼꼼하고 빈틈없는 함장의 성격에 모두 혀를 내둘렀다. 순항훈련을 앞두고 돈을 부쳐달라는 내용의 서신을 집으로 보내 통신보안에 저촉된 수병을 함대 영창에 구금하는 함장의 결단에는 찬바람이 돌았다. 나는 지금도 그 당시 그분의 모습을 함의 안전과 승무원의 생명을 책임진 함장의 본모습이라고 기억하고 있다.

그런데 어느 날인가 사관실에 앉아 있는 함장의 손에는 노란 책 한 권이 들려 있었다.

"이렇게 감동적인 책은 처음 봤어. 교도소에서 4년의 형기를 마치고 석방된 남편이 아내에게 편지를 썼다구. 남편을 용서하고 받아들일 의사가 있으면 마을 앞에 있는 커다란 참나무의 꼭대기에 노란 손수건을 매어 놓으라고 말이야. 만약 재혼을 했거나 남편으로 받아들일 마음이 없으면 손수건을 달아 놓지 않아도 무방하다고. 손수건이 보이면 아내에게 돌아가고, 보이지 않으면 모든 것을 이해하고 조용히 지나가겠다는 거야. 그 이야기를 들은 버스 안의 승객들까지도 관심을 가지게 됐지. 버스가 마을에 도착했을 때 그 나무에는 20개, 30개 아니 수백의 노란 손수건이 매달려 노란 물

결을 이루었다는 이야기야. 혹시 못 보고 지나칠까봐 그렇게 여러
장의 손수건이 필요했던 거 아니겠어? 남편을 사랑하는 부인의 마
음이 얼마나 아름답게 표현되어 있는지. 그뿐이 아니야. 다른 이야
기들도 한결같이 따뜻하고 감동적인 내용이라구. 오 중위도 꼭 한
번 읽어보지.”

그분의 얼굴은 손자를 앞에 둔 시골 할아버지의 얼굴, 인자한
초등학교 교장 선생님의 표정 그대로였다. 거친 파도와 싸우는 뱃
사람의 모습은 어느 구석에서도 찾아볼 수가 없었다.

내가 그 책을 읽은 것은 제대 후에 학생들을 가르칠 때였다. 그
책은 오천석 박사가 편저한 <노란 손수건>이었다. 나는 그 후로
그 책을 학생들에게 읽어 주곤 했다. 그분의 이야기를 곁들이면서.

― 오대석, [함장과 ‘노란 손수건’]에서2)

작가가 해군 중위로 복무할 때에 만난 함장에 관한 체험을 ‘노
란 손수건’ 제재와 연결시켜 개인적 수필 유형으로 엮어낸 작품이
다. 함장의 인품을 [노란 손수건]이란 작품과 연결시켜 표현한 점
이 이채롭다. 말하지면 다른 사람의 작품도 충분히 개인적 수필의
제재가 될 수 있음을 보여 준다.

(2) 에세이

객관적·사회적·경구적인 포멀 에세이다. 소논문적인 구성을 특
징으로 한다.

일제시대의 민족사적 지도 원리가 해방과 독립을 실현하는 데
에 있었고 그것을 가장 잘 포착한 역사학자들이나 민족사학자들이

---

2) 한모음회 편, <어둠이 깊을수록 등불은 빛난다> (서울: 제삼기획, 1994),
   161-162쪽.

었지만, 그들이 모두 독립운동사를 연구 대상으로 삼은 것은 아니었다. 오히려 그들의 대부분은 고대사를 연구하였지만, 그 연구 결과를 통하여 민족사회학자로서의 책임을 다할 수 있었던 것이다.

그들은 식민지 통치 아래서 우리 민족이 당면한 가장 절실한 역사적 과제가 무엇인가를 정확하게 파악하고 그것을 위한 사론을 개발하고 또 그것으로서 우리 역사를 체계화하려 하였기 때문에 민족사학자로서의 학문적 특징을 살릴 수 있었던 것이다.

이와 같은 사실을 두고 20세기 후반기 국사학이 당면한 절실한 과제를 생각해 보면, 이 시기 민족사의 요구에 부응하여 분단 체제를 청산하고 통일을 지향하는 사론을 수립하는 일이 시급하다 할 것이다.

그리고 그것을 위해서는 국사학 자체가 분단체제 속의 현실을 철저히 객관화하고 그것을 극복할 수 있는, 그리고 통일을 지향하는 지도 원리를 수립할 수 있는 길을 찾아야 할 것이며 또 그것을 위한 역사상의 자산을 개발하여야 할 것이다.

예컨대, 분단체제를 극복하기 위한 국사학은 현실에 매몰되어서도 안 되지만 또 현실을 기피해서도 안 될 것이라는 생각이 간절하다.

—— 강만길, [분단사학]에서[3]

역사학적인 관점에서 필자의 생각을 논리적으로 이끌어 간 점에서 포멀 에세이에 해당한다.

4. 수필의 재료

수필의 재료는 수없이 많다. 설화에서 인간의 보편적 경험 양식

---

3) 안병욱 외, <홀로 그 자리에 서 있는다 해도> (서울: 민성사, 1989), 15쪽.

으로서의 원형을 끌어와 현실을 재해석하고, 자기를 분석하여 새로운 '나'를 찾을 수가 있다. 이밖에도 인생과 현실에 대한 사유, 독후감, 칼럼 등에 이르기까지 그 재료는 수없이 많다.

(1) 설화

사람은 저마다의 시간체계를 지니고 다닌다. 가령 연대기적 시간은 시계의 추에 따라 흘러가는 역사적 시간을 의미한다면, 심리적 시간은 개인의 심리에 영향을 미치는 시간을 의미한다. 문학에서는 개인의 심리에 영향을 미치는 심리적 시간에 관심을 많이 가진다. 시에서는 이미져리나 이야기가 선명한 작품이, 소설에서는 극한상황의 사건이나 인물의 성격이 분명한 작품이 개인의 머릿속에 오래 지속된다. 그리고 수필에서는 체험이 감동적인가에 따라 심리적 지속이 오래 간다. 또한 진정한 자기를 수필로써 드러내기 위해 수필에서는 체험뿐만 아니라 과거의 역사적 사실이나 설화까지도 중요한 제재가 될 수 있다. 그러므로 우리가 수필을 쓰려고 마음먹으면 글의 재료가 될 만한 것이 무수히 많이 있다. <삼국유사>에는 수필의 재료가 될 만한 설화가 무수히 나온다.

신라 남해왕 때에 가락국 바다 가운데에 어떤 배가 와서 닿았다. 이것을 보고 가락국의 수로왕이 백성들과 함께 북을 치고 법석이면서 그들을 맞아 머물게 하려고 했다. 그러나 그 배는 나는 듯이 鷄林 동쪽 阿珍浦로 달아났다. 이때 마침 포구에 한 늙은 할멈이 있어 이름을 阿珍義善이라고 하였는데, 이 사람은 바로 혁거세왕의 고기잡이 할멈이었다. 배를 끌어당겨 찾아보니 까치들이 배 위에 모여들었다. 그 배 안에는 궤 하나가 있었다. 이윽고 궤를 열어 보니 단정히 생긴 사내아이가 하나 있었으며 아울러 七寶와

노비가 가득 차 있었다. 그는 龍城國 사람으로서 왕비의 몸에서
알로 나왔다. 이에 신하들이 '이것은 아마 좋은 일이 아닐 것이다'
하자, 대왕은 七寶와 奴婢들을 함께 배 안에 실은 뒤 바다에 띄우
면서 '아무쪼록 인연있는 곳에 닿아 나라를 세우고 한 집을 이루
도록 해 주시오' 하고 빌었다. 빌기를 마치자 갑자기 붉은 용이 나
타나더니 배를 호위해서 신라의 해변에 닿았다. 알에서 나온 아이
는 두 종을 거느리고 토함산 위에 올라가 칠일 동안을 머무르면서
城 안에 살만한 곳이 있는가 바라보았다. 산봉우리 하나가 마치
초사흘달 모양으로 보이는데 오래 살 만한 곳 같았다. 이내 그곳
을 찾아가니 바로 瓠公의 집이었다.
　아이는 이에 속임수를 썼다. 몰래 숫돌과 숯을 그 집 곁에 묻어
놓고, 이튿날 아침에 문 앞에 가서 말했다. "이 집은 우리 조상들
이 살던 집이요." 瓠公은 그렇지 않다 하여 서로 다투었다. 是非가
판결되지 않으므로 이들은 관청에 고발하였다. 관청에서 묻기를,
"무엇으로 네 집이라는 것을 증명할 수 있느냐." 하자, 어린이는
말했다. "우리 조상은 본래 대장장이였소. 잠시 이웃 고을에 간 동
안에 다른 사람이 빼앗아 살고 있는 터이요. 그러니 그 집 땅을
파서 조사해 보면 알 수가 있을 것이요." 이 말에 따라 땅을 파니
과연 숫돌과 숯이 나왔다. 이리하여 그 집을 빼앗아 살게 되었다.
이때 남해왕은 그 어린이, 즉 탈해가 지혜있는 사람임을 알고 맏
공주로 그의 아내를 삼게 했다4).

　이 설화는 재능 있는 탈해가 왕의 사위가 되는 과정을 그려 놓
았다. 그리고 용성국에서 보내진 알이 용의 호위를 받는 등으로 신
비스럽게 그려져, 능력 있는 영웅임을 부각시키고 있다. 그러나 한
편으로 탈해는 속임수를 썼다. 자신의 집도 아니면서 숫돌과 숯을
묻어 놓고 자기 집이라고 우겼다. 이러한 사실은 능력만 있으면 도

---

4) 일연, 삼국유사, 이민수 역 (서울: 을유문화사, 1992), 70-72쪽.

덕성이 부족하여도 지도자가 될 수 있다는 쪽으로 논리화될 수도 있다. 그리하여 현대사에서 자신을 과신한 나머지 도덕성을 도외시한 채 권력욕을 가진 현실을 보다 객관적으로 보기 위해 탈해와 설화를 인용하기도 한다. 가령 정의홍의 <하루만 허락받은 시인>(새미, 1996)은 5공 시절의 언론 탄압과 인간 소외의 현실을 다룬 작품이다. 이 작품에 나오는 현실을 풍자할 때는 탈해 설화를 인용하면 훨씬 이해가 쉽다. 왜냐하면 설화에는 역사적 현실이나 개인의 보편적 경험 양식인 원형이 내재해 있기 때문이다.

불교의 空 사상이 구체적 사건으로 들어 있는 설화는 [광덕과 엄장] 이야기다.

문무왕 때에 중 광덕과 엄장이 있었는데, 두 사람은 서로 사이가 좋아 밤낮으로 약속했다. '먼저 서방 극락국으로 돌아가는 이는 모름지기 서로 알리도록 하자.' 광덕은 분황 西里에 숨어 살면서 신 삼는 것으로 업을 삼으면서, 처자를 데리고 살았다. 엄장은 南岳에 암자를 짓고 살면서 나무를 베어 불태우고 농사를 지었다. 어느 날 해그림자는 붉은 빛을 띠고 소나무 그늘이 고요히 저물었는데, 창 밖에서 소리가 났다. "나는 이미 서쪽으로 가니 그대는 잘 살다가 속히 나를 따라 오라." 엄장이 문을 밀치고 나가 보니 구름밖에 天樂 소리가 들리고 밝은 빛이 땅에 드리웠다. 이튿날 광덕이 사는 곳을 찾아갔더니 광덕은 과연 죽어 있다. 이에 그의 아내와 함께 유해를 거두어 장사를 지내고 부인에게 말했다. "남편이 죽었으니 나와 함께 있는 것이 어떻겠소." 광덕의 아내도 좋다고 하여 드디어 그 집에 머물렀다. 밤에 자는데 관계하려 하자 부인이 이를 거절하면서 말했다. "스님께서 서방정토를 구하는 것은 마치 나무에 올라가 물고기를 구하는 것과 같습니다." 엄장이 놀라고 괴이히 여겨 물었다. "광덕도 이미 그러했거니 내 또한 어찌 안되겠는가." 그러자 부인이 이렇게 말했다. "남편은 나와 함께 십여 년을 같이 살았지만 일찍이 하룻밤도 자리를 함께 하지 않았거늘, 더구나 어찌 몸을 더럽혔겠습니까. 다만 밤마다 단정히 앉아서 한결같은 목소리로 아미타불을 불렀습니다. 혹은 十六觀을 만들어 미혹을 깨치고 달관하여 밝은 달이 창에 비치면 때때로 그 빛 위에 올라 가부좌하였습니다. 정성을 기울임이 이와 같았으니 비록 서방정토로 가지 않으려고 한들 어디로 가겠습니까. 대체로 천리 길을 가는 사람은 그 첫 발짝부터 알 수가 있는 것이니, 지금 스님의 하는 일은 동방으로 가는 것이지, 서방으로 간다고는 할 수 없는 일입니다." 엄장은 이에 몸을 깨끗이 하고 잘못을 뉘우쳐 스스로 꾸짖고, 한 마음으로 도를 닦으니 역시 서방정토로 가게 되었다5).

여기서 우리는 서방정토로 가기 위해서 空이 필요함을 알게 된다. 空은 諸行無常의 흐름을 알고 마음을 비우는 것이다. 광덕과 엄장은 서방정토로 가기 위해 색욕을 버렸다. 여기서 우리가 마음에 참으로 간직하여야 할 진리가 무엇인가를 생각하게 된다. 한 알의 씨앗이 열매를 맺기 위해서는 자신을 비우는 것이 필요하며, 음식물이 소화되기 위해서는 이전의 형태가 소멸될 필요가 있다. 그러므로 우리는 마음을 비우는 자세가 필요하다. 그런데 현대인은 좀더 크고 좋은 것을 소유하려고 하기에 욕심이 생기고 사악한 마음이 생긴다. '광덕과 엄장' 이야기는 이러한 현대인에게 마음을 비우는 일이 소중함을 가르쳐 준다.

이와 같은 설화는 수필을 쓰는 데에 좋은 재료가 된다.

善德이 어느 때 문득 입에 담았던 듯한 쌍소리까지도 우리에겐 그네의 강력한 유우머의 품위 높은 수식으로 보인다.

---

5) 상게서, 363쪽.

백제군이 신라를 쳐들어 왔을 때

"오올치, 남정네들이 女根谷으로 들어왔다면 다 죽어야 할 건 뻔한 일이지러……"

난국 속의 당황을 조금도 보이지 않은 이런 웃음엣 소리를 한 마디 한 덕으로, 신라군의 사기도 웃음의 여유 속에 넉넉히 유지되어 백제군을 손쉽게 격파해 내었으니 쌍소리도 그네의 이런 경우의 유우머 속의 쌍소리는 참 상당히 유력한 것이었다.

그 잦았던 外寇내란에 발끈 달아 올라 당황하거나, 풀죽어 부들부들 떨기가 일쑤였던 삼국시대 이래의 그 많은 王殿下들에 비해 볼 때, 여왕의 이 한마디 쌍소리는 참 순금 좋은 순금빛 만큼 믿음직한 것이다.

—— 서정주, [여왕·善德]에서6)

일상 생활에서 유우머가 중요함을 <삼국유사>에 나오는 선덕여왕 이야기에서 끌어온 작품이다. 작가는 여기서 선덕여왕이 자신을 짝사랑한 지귀가 잠들어 있을 적에 금팔찌를 놓아 준 사건이나 백제군이 신라의 女根谷에 쳐들어 왔을 때의 쌍소리 등을 열거하며, 여유 있는 삶이 얼마나 중요한가를 역설하고 있다. 곧 현재의 상황에 과거의 설화를 어떻게 해석하고 적용하느냐 하는 문제도 수필에서 좋은 화두가 될 수 있는 것이다.

삼국유사에 보면 자녀가 하나도 없어 걱정이던 경덕왕의 부탁으로 하늘의 옥황상제에게 사정하여 왕의 後妃 滿月夫人의 배에 그걸 하나 갖게 하는 얘기가 나와 있는데, 이건 요새 읽어도 識者나 道人들까지도 상당히 웃기는 데가 있는 것으로 보인다.

"大德스님께서 하늘의 上帝께 특별히 졸라서 내 후비의 배에 꼭 좀 태기가 있게 해 주이소."

---

6) 서정주, 未堂隨想錄 (서울: 민음사, 1976), 200쪽.

　　이런 부탁까지를 하는 왕도 왕이지만,

　　"하늘에 올라가서 상제께 特請을 했더니 아들이 안 되고 딸이라면 하나 가지라고 합디다."

　　비록 딸일망정 자신만만하게 이렇게 응낙하고 나선 表訓도 또 무척은 대단하다.

　　"그 딸을 아들로 고쳐달라고 상제께 또, 한 번 더 가서 졸라보이소."

　　왕의 두 번째 청은 더욱이 錦上에 添花고,

　　"그것도 하자면 할 수는 있겠지만, 계집이 될 걸 사내로 고쳐 놓는다면 나라를 위태롭게 하기 쉽다고 합디다."

　　두 번째로 하느님에게 갔다 왔다는 두 번째의 표훈의 답변은 더욱이 묘한 데가 있다.

　　"나보고 너무 뻔질나게 하늘에 드나든다고 인제는 다시는 올라오지 말랍디다. 하늘의 비밀이 모두 새어 나가서 못쓰겠다구요."

　　그것 참 그럴 일 아닌가?

　　"왕의 男根 길이가 여덜치라"고- 이게 여자의 배에서 씨를 못 보는 이유로 뚜렷이 표현되어 있는 삼국유사의 해당 기록 속에서 어허 참, 불교의 하늘도 아닌 道家 하늘의 옥황상제까지를 개입시켜, 후비 만월부인의 배에서 아들일지 딸일지 확실치도 않은 씨 하나를 표훈스님이 맡아 만들게 하고 있었던 이 얘기는 꽤나 재미있다.

　　"表訓 뒤로부터는 신라에 聖人이 생기지 않았다"는 삼국유사의 표현과 아울러서. 이 얘기를 음미해 보면 재미가 있다.
—— 서정주, [表訓스님]에서[7)

　　<삼국유사>에 나오는 이야기를 작가 나름대로 새롭게 엮어서 표현해 놓은 글이다. 설화는 간접 경험을 통해서 얻은 소재이지만, 과거의 이야기를 현대적으로 재해석하고 적용하는 데서 묘미를 느

---

7) 상게서, 202-203쪽.

끼게 된다.

수필이란 달관과 통찰과 깊은 사고가 인격화된 자유로운 마음의 산책이며, 인생을 관조하는 自照文學으로 이해되어진다. 설화는 현재의 삶을 과거의 삶과 대비시켜 바라봄으로써 인간성을 관조하고 자기 나름대로 재해석하여 인간과 세계를 바라보게 한다.

(2) '나'와 콤플렉스

수필은 붓 가는 대로 쓰되 무형식 속에서 형식을 갖춘 글이다. 형식이라는 그릇 안에는 '자기의 독자적인 철학을 정서의 신비 속에 용해시킨 지성의 심오성'(박종화)이 있으며, 지성은 다시 정서적 신비적 이미지로 승화되어 나아간다. 그리하여 수필은 인생의 진실이 문학적 진리에 의해 문학적 美에로의 경로를 밟게 함으로써 독자에게 감동을 불러일으켜야 한다. 그래서 수필 속엔 인생을 깊이 통찰하고 달관하되 정서로 여과된 서정적인 달콤함도 있어야 하고, 심경을 달래 주는 멋도 있어야 하며, 때로는 날카롭게 찌르는 지성의 번득임도 있어야 하는 문학이다.

수필은 맑은 호수같은 심정으로 인생을 바라보며 그 사색을 자유로운 형식에 담아 삶의 새로운 해석과 이해에의 자료도 되어 주어야 한다. 그로써 독자는 심오한 哲理에의 명상에 잠기게도 된다. 그 관조의 경지에서 인생을 성찰하고 사색하게 한다. 그러므로 수필을 쓸 때는 먼저 자기 자신의 심성을 파악하는 일도 필요하다. 왜냐하면 수필에는 어떤 방식으로든 글쓴이의 체험과 인생을 관조하는 심정이 반영되기 때문이다. 자신의 심성을 점검하고 보다 높은 차원으로 끌어올리는 일이야말로 글쓴이가 글을 쓰기 이전에 준비되어야 할 작업이다. 글쓴이가 자신 또는 타인의 심성을 분석하는 데는 여러 가지 방법이 있겠지만 심리적 분석, 특히 콤플렉스의 분석이야말로 선결되어야 할 과제이다. 콤플렉스는 여러 가지가 있지만, 그 가운데서 바슐라르가 분류한 몇 가지를 살펴보기로 하자.

바슐라르는 불이 가지고 있는 상징성과 인간의 심리를 관련시켜 몇 가지 콤플렉스를 추출해 냈지만, 바슐라르가 명명한 콤플렉스를 응용하여 우리는 다음과 같은 심리적 요소들을 추출할 수 있다.

프로메떼 콤플렉스(Complexe de Promethee)는 禁忌 파괴의 의미를 지니고 있다. 엄마가 어린 아이에게 난롯불 근처에 가지 말라고 했는데도 아이는 붉고 파란 불빛이 아름답고 신기하다고 생각하여 불이 가진 위험성을 모른 채 난로에 손을 댔다가 다치는 경우가 있다. 마찬가지로 인간은 금기시된 사회적 조건에 대하여 그 경계 밖의 세계를 알고자 하는 지식의 갈망을 가지고 있다. 마치 프로메테우스가 제우스의 명령에도 불구하고 불을 훔쳐 인간에게 전해 준 것처럼. 이와 같이 사회적 도덕적 금기를 벗어나려는 인간의 반항심이나 지적 갈망을 프로메테우스 콤플렉스라고 말할 수 있다.

앙페도클 콤플렉스(Complexe d'Empedocle)는 일반적으로 재생의 불이라 풀이된다. 인간에게는 삶과 죽음이라는 결코 벗어날 수 없는 상황이 있다. 타인의 죽음을 보면서 인간 존재의 실체가 너무도 허망하다는 생각이 들 때가 많다. 그러면서 죽음 뒤에는 뭔가 또 하나의 다른 세계가 있을 것이라는 막연한 기대를 하게 된다. 예수의 부활은 인간의 그러한 기대를 충족시켜 줬기 때문에 종교적인 힘을 발휘할 수 있었다. 죽음 뒤의 또 다른 세계를 기대하는 것과 같이 인간은 변화를 기대한다. 이후의 삶이 이전의 삶과는 다를 것이라는 기대는 삶을 지속시키는 힘을 유지시켜 준다. 이러한 인간의 재생 욕망을 우리는 엠페도클레스 콤플렉스라고 규정지을 수 있다. 이것은 불이 금광석을 제련하여 금을 추출해 내는 이치에서도 유추해 볼 수 있다.

노바리스 콤플렉스(Complexe de Novalis)는 性化된 불의 의미를 지니고 있다. 불이 두 개의 사물의 마찰을 통해서 생기는 것처럼 인간은 서로 자주 만나고 육체적 접촉을 통해서 사랑이 생겨난다. 성적인 욕망이나 열정은 창조의 질서로 애초부터 인간 누구나에게 주어진 질서이다. 그러므로 창작에서는 사랑 제재가 빠지지 않고 등장한다.

호프만 콤플렉스(Complexe de Hoffman)는 상상의 세계에서 강하게 나타나는 현상이다. 알코올은 겉으로 보기에는 물처럼 보이는데 거기서 불이 생긴다. 이와 같이 인간은 상상을 통해서 여러 세계를 볼 수 있다. 꿈장면을 들여다보면 현실에서 보았던 세계와 사물이 등장하면서 긴장감 있고 흥미진진한 세계를 마치 실제 일어나는 것처럼 보여 줄 때가 많이 있다. 내 몸은 책상 앞에 가만히 앉아 있는데도 어렸을 적 고향의 정경을 회상하기도 하고 앞으로 진행될 니의 모습을 상상하기도 한다. 인간과 인간, 인간과 사물, 사건과 사건의 결합으로 인한 새로운 세계의 상상을 호프만 콤플렉스라고 할 수가 있다. 캠프 파이어를 하면서 불 앞에서 아름다움을 느끼는 것은 인간의 아름다움에 대한 상상을 유추해 보게 한다.

이러한 콤플렉스를 보다 구체적으로 알아보기 위해 김동인의 [광화사]에 나오는 솔거의 심리를 살펴보기로 하자.

솔거는 추남 콤플렉스를 가지고 있었다. 열여섯 살에 스승의 중매로 어떤 양가 처녀와 결혼하였지만 그 처녀는 솔거의 얼굴을 보고 기절을 하고 기절에서 깨어나서는 그냥 집으로 도망쳤다. 그 다음에 또 한 번 장가를 들어보았지만 그 색시 역시 첫날밤만 정신 모르고 치른 뒤에는 이튿날 무서워서 죽어도 같이 못 살겠노라고 부모에게 떼를 써서 가 버렸다. 두 번이나 이런 일을 겪은 솔거는 차차 여인을 보기를 피하여 인가에서 떨어진 숲속에 조그만 오막살이를 틀고 근 삼십 년을 그림 그리기에만 정진하며 살았다. 생활이나 그림에 필요한 물건을 구하기 위하여 거리에 나갈 필요가 있을 때에는 반드시 밤을 택하였고, 어쩌다가 낮에 나갈 필요가 있을 때에는 방립을 쓰고 그 위에 얼굴을 베로 가리었다. 그는 여인에게 소모되지 못한 정력을 그림에 쏟아 부은 결과 수천 점의 그림이 생겼다. 말하자면 자신의 추남 콤플렉스를 극복하기 위하여 그림 그리기라는 상상 중심의 호프만 콤플렉스에 젖어들어 갔던 것이다. 그는 표정 있는 얼굴을 그리느라 다시 10년의 세월을 보냈다. 처음에는 단지 아름다운 표정을 가진 미녀를 그려보고자 했던 그는 자기 안해로서의 미녀상을 그려보고 싶었다. 만물의 영장인 사람이 짝없이 오십 년을 보낸 데 대한 불만과 함께 세상이 주지 않는 안해를 자신의 붓끝으로 그려서 세상을 비웃어 주고 싶었다. 이 세상에 존재한 가장 아름다운 계집보다도 더 아름다운 계집을 자신의 붓끝으로 그리어 못나고도 아름다운 체하는 세상 계집들을 비웃고, 덜난 계집을 안해로 맞아 가지고 천하의 절색이라고 믿고 있는 사내놈들도 깔보아 주리라고 마음먹었다. 그는 미녀의 얼굴을 그리기 위해 낮에 거리를 다니지 않던 마음을 바꾸어 장안을 돌아다녔다. 그리고 얼굴을 싸매고 계집들이 많이 모이는 우물가며 저자를 돌아다니며 예쁜 여자의 얼굴을 찾아보려 했으나 얻어 내지 못했다. 나중에는 親蠶桑園에 숨어 들어가 採桑하는 궁녀의 얼굴을 얻어보려 했으나 매번 헛걸음하기가 일쑤였다.

솔거에게는 몽롱한 기억이 하나 있었다. 그것은 희세의 미녀였던 어머니였다. 어머니의 아름다운 얼굴이 때때로 몸서리치도록 그리웠다. 유복자였던 그는 어린 아이가 어머니에게 느끼는 감정인 오이디푸스 콤플렉스를 오래도록 가지고 있었던 것이다. 솔거가 미녀의 아랫동이를 그려 놓고도 얼굴을 오래도록 그리지 못한 것은 바로 이 오이디푸스 콤플렉스 때문이다. 만일 솔거가 얼굴을 그려 놓는다면 그것은 그가 최상의 미녀라고 생각하고 있던 어머니의 표정을 그려 놓을 가능성이 많았기 때문에 그는 두려워했다. 안해로서의 미녀상에 어머니의 얼굴을 그려 놓는다는 것은 근친상간이나 다를 바 없었다. 곧 그는 사회적인 모랄을 깨트려서는 안 된다는 프로메떼 콤플렉스도 가지고 있었던 것이다.

그런데 그것을 해결할 수 있는 기회가 왔다. 그는 저녁 쌀을 씻으러 시내를 더듬어 가다가 웬 처녀를 발견하였다. 그녀는 흐르는 시내에 관심을 가지다가 솔거의 집 근처에까지 올라온 소경 처녀였다. 그녀는 어머니의 표정과 닮은 모습을 취하고 있있다. 그는 그녀를 데리고 자신의 오막살이로 돌아와 용궁 애기를 하면서 어머니의 표정과 닮은 모습이 계속되기를 바랬다. 그는 아름다운 표정을 하나도 놓치지 않고 화폭 위에 담았다. 그러나 밤이 다가와 눈동자를 그리기에는 너무 어두웠다. 그래서 그는 눈동자는 내일 그리기로 하고 처녀와 관계를 맺었다. 곧 그는 원초적인 사랑을 의미하는 노바리스 콤플렉스를 해결할 수 있었던 것이다. 그런데 그에게는 자신의 추남 콤플렉스를 안해로서의 미녀상을 그림으로써 극복하려는 앙페도클 콤플렉스나 호프만 콤플렉스가 더 강했다.

다음 날 그는 소경 처녀를 다시 그림폭 앞에 앉게 했다. 그러나 전날 밤 처음으로 노바리스 콤플렉스를 맛본 처녀는 애욕의 심리에만 집중되어 있었다. 솔거가 아무리 용궁 얘기를 해 줘도 처녀는 애욕의 표정을 벗어나지 못했다. 답답한 솔거는 처녀의 멱을 잡고 흔들었다. 그리고 처녀의 눈자위에 원망의 빛깔이 나타나는 것을 보고 더욱 힘있게 흔들었다. 솔거가 손을 놓았을 때 처녀는 눈을 뒤집은 채 넘어지면서 벼루에 가 부딪쳤다. 깜짝 놀라 흔들어 보매 처녀는 이미 이 세상 사람이 아니었다. 어찌할 줄 모르던 솔거는 자신의 그림을 쳐다보고는 기절을 할 수밖에 없었다. 그림에는 벼루에서 튀긴 먹물로 인해 원망의 눈동자가 그려져 있었다. 그로 인해 광인이 된 그는 여인의 화상을 들고 수년간을 방황하다가 어떤 눈보라가 치는 날 족자를 깊이 품고 죽는다.

그런데 튀긴 먹물로 인해 원망의 눈동자가 실제로 그려졌을까? 아마도 그것은 솔거의 생각이 반영되어 나타난 결과일 것이다. 왜 솔거는 원망의 그림자가 그려졌다고 생각했을까? 우선 표면적으로는 그림을 완성하면 근친상간을 하게 될지도 모른다는 두려움과 처녀를 살인했다는 데서 오는 프로메떼 콤플렉스라고 할 수 있지만, 이면적으로는 소경 처녀보다 어머니를 더 사랑한 데서 생긴 오이디푸스 콤플렉스의 반영이라고 할 수 있다. 말하자면 어머니가 자신과 똑같이 그리지 않아서 원망하고 있다고 생각하는 것이다.

소설에서의 작중 인물의 콤플렉스와 마찬가지로 수필은 '나'의 콤플렉스를 극복하게 한다. '나'의 콤플렉스를 솔직하게 드러내면 이와 유사한 심리를 가진 독자들의 관심을 높일 수가 있다.

Ⅲ. 체험과 實感遊離

1. 체험의 가치

필자는 지난 수년간 심리주의 비평에 대해 연구해 왔다. 작가의 개인 심리가 작품에 어떻게 표현되었으며, 작중 인물의 심리에는 어떠한 보편적인 심리가 자리잡고 있는가, 그리고 그러한 심리들이 독자에게 이띠한 영향을 미치는가를 주로 살폈다. 그 가운데서 작가 심리에 대한 연구가 가장 이려웠던 것 같다. 그것은 같은 인간으로서 한 개인이 다른 개인에게 접근하는 데서 오는 어려움뿐만 아니라, 한 개인의 무의식을 파악하기가 매우 어렵기 때문이었다.

프로이트 이후 가장 왕성하게 연구되는 분야가 있다면, 그것은 무의식이다. 프로이트는 인간의 의식은 마음의 극히 표층부에 있는 얇은 부분에 불과하고 대부분은 무의식으로 구성되어 있다고 생각했다. 즉 마치 빙산을 생각할 때 의식은 물 위에 드러난 부분과 같고 무의식은 그 밑의 큰 부분을 차지한다는 것이었다. 프로이트는 무의식을 두 가지로 나누었는데 하나는 전의식(preconscious)이고,

또 하나는 진짜 무의식(unconscious proper)이다. 전의식의 생각이나 기억은 저항이 약하기 때문에 쉽사리 의식계에 떠올릴 수 있다. 그러나 진짜 무의식이나 생각이나 기억은 여간해서 의식계로 올라올 수 없다. 억제력이 너무 강하게 작용하기 때문이다.

무의식의 생각이나 기억을 의식계로 떠올리기 위해서는 이 정신과정에 많은 에너지가 집중되어야 한다. 이때 이를 위해 투입되는 에너지는 다른 정신과정에서 끌어올 수밖에 없다. 따라서 우리는 어떤 일을 기억할 때 한 가지씩밖에 기억할 수 없다. 그러나 하나의 생각, 기억, 지각, 느낌 등에서 다른 생각, 기억 등으로 이동할 경우 그 회전 속도가 빨라지게 되면 거의 동시에 여러 가지 생각이나 기억을 할 수 있게 된다. 지각계통은 마치 레이더와도 같이 주변세계를 빨리 돌면서 그 영역에 있는 것을 밝혀 준다. 이때 만일 레이더가 새로운 대상을 발견하거나 잠재적인 위험을 포착했을 때는 그 물체에 대해 고정 감시하는 현상이 일어난다[1]. 그래서 정신분석학에서는 환자의 꿈이나 연극 행위를 통해서 무의식에 감추어진 심리를 발견한다. 가령 어떤 사람이 음식이나 술을 지나치게 좋아하는 것은 자기의 무의식 속에 있는 옛날에 받지 못한 부모의 사랑 때문에 그렇다는 것을 알아내기도 한다. 그러므로 우리가 작가의 심리를 파악하기 위해서는 작품 내용 뿐만 아니라 작가의 체험이나 주변 사람의 이야기를 직접 들어볼 필요가 있다.

김소월의 경우를 보자. 김소월은 '20년대를 대표하는 시인이다. 그는 임을 잃은 시적 자아를 통하여 나라의 주권을 잃은 민족의 설움을 표현하였다.

---

1) C. S. 홀, 프로이트 심리학 해설, 설영환 역(서울: 선영사, 1991), 149-152쪽.

산산이 부서진 이름이여!
허공중에 헤어진 이름이여!
불러도 주인없는 이름이여!
부르다가 내가 죽을 이름이여!

심중에 남아 있는 말 한 마디는
끝끝내 마저 하지 못하였구나.
사랑하던 그 사람이여!
사랑하던 그 사람이여!

붉은 해는 서산 마루에 걸리었다.
사슴의 무리도 슬피 운다.
—— 김소월, [초혼] 부분2)

화자가 이와 같이 애타게 임을 찾는 것은 김소월에게 이같은 체험이 있었기 때문에 가능한 것이었다. 김소월이 어렸을 적에 아버지가 일본인 철도 공사자로 인해 정신 분열증을 일으킨 일이 있었다.

1904년 갑진년의 난리(러일전쟁)를 겪은 그 해 5월 소월의 아버지는 곱게 다듬은 명주 바지 저고리를 새로 지어 입고 외가 古邑에 나들이를 갔다. 말등에는 떡과 술, 그리고 안주로 낚지를 볶아서 잔뜩 싣고 갔다. 그 때 정주와 곽산 간에 철도를 부설하는 공사가 한창이었는데, 길을 닦는 목도군들만 보일 뿐 길에는 사람이 없었다. 무연한 평야를 막실이군과 같이 걷고 있을 때 3십여 명의 일본 목도군들이 우르르 몰려와 길을 막자,

"이놈들, 길을 왜 막느냐? 비켜라!"

---

2) 김정식, 소월시집 (서울: 서문당, 1976), 153쪽.

하고 소월의 아버지는 소리쳤지만 나이 어린 새신랑은 무수히 매를 맞고 말에 거꾸로 실려 왔다. 막실이군도 혼자서는 어쩔 수 없어 그대로 당하고 말았다. 마적떼 같은 일본 목도군들은 짐을 풀고 떡과 술과 안주로 배가 부르게 되자, 말과 사람은 집으로 돌려보냈다. 대문을 들어서자.

"어머니!"

하고 크게 부르고는 그만 실신하고 말았다. 그 후 소월의 아버지는 21세의 젊은 나이에 일본인의 행패로 인하여 정신병 환자로 폐인이 되어 버렸다.3)

이러한 아픈 추억이 있었기에 김소월은 집 없는 나그네의 설움과 임을 잃은 이별의 한을 노래하지 않을 수 없었던 것 같다. 그의 아버지가 폐인이 되어 버림으로 인해 자연히 집안 일은 김소월의 어머니가 이끌어 갔고, 갓 시집온 그의 숙모는 어린 소월에게 많은 이야기와 민요를 들려주면서 돌보았다. 이런 김소월의 어린 시절 체험은 다음과 같은 시를 낳게 했다고 본다.

> 엄마야 누나야 강변 살자.
> 뜰에는 반짝이는 금모래빛.
> 뒷문 밖에는 갈잎의 노래
> 엄마야 누나야 강변 살자.
>
> 김소월, [엄마야 누나야] 전문4)

어딘가 아니마적인 분위기가 많이 풍긴다. 화자는 이상 세계를 아름다운 강변에 두고 있다. 이때의 강물은 여성적이고 부드러운

---

3) 계희영, 藥山 진달래는 우련 붉어라 (서울: 문학세계사, 1982), 25-26쪽.
4) 김정식, 전게서, 20쪽.

이미지를 상징한다. 여기서 엄마나 누나는 화자의 오이디푸스 콤플렉스를 만족시켜 주는 대상이다. 곧 김소월이 체험에서 얻은 어머니와 숙모 계희영의 이미지가 반영되어 있다고 보아야 할 것이다.

심리학적으로 볼 때 작가의 심리는 어떻게든 작품에 반영되지 않을 수 없다. 그리고 그 심리는 작가의 체험과 작중 인물의 심리를 관련지음으로써 파악된다. 독자 역시 자신의 체험에 의해서 작품에 나타난 인간 심리를 이해하게 되고, 나아가 자신의 심리를 분석하게 된다. 이렇게 볼 때 체험은 글을 쓰는 사람에게 매우 중요한 가치가 있음을 알 수 있다.

문학에서 체험을 중시하는 태도는 정신분석학뿐만 아니라 실증철학적인 배경에서도 생각해 볼 수 있다.

실증철학은 주관적 관념들을 배제하는 이른바 경험적 사실에 근거한다. 그리하여 실증철학에서는 하등의 초경험적 실재를 인정하지 않고 모든 지식의 대상을 경험적 所與인 사실에 한정한다. 콩트에 의하면 사변적이고 형이상학적 고찰을 물리치고 경험과학에 의한 존재론적 해석을 주장한다. 이러한 콩트의 핵심적인 견해는 제1의 신학적 단계에서 제2의 형이상학적 단계를 거쳐 제3의 실증적 단계에서 비로소 완결을 가져다 준다는 지식의 3단계론에 의존되고 있다.[5] 그래서 현대 문학에서는 實在, 實存과 같은 경험에 의한 객관적 인식 태도를 중시한다. 특히 수필이 '나'를 표현하는 자기 고백의 문학이요 개성의 문학이라고 할 때, 작가의 체험이 매우 중요한 비중을 차지한다.

체험은 무엇을 어떤 태도에 의해 쓰는가에 따라 신변잡기와 견해로 나누어진다.

---

5) 박진환, 현대시론 (서울: 조선문학사, 1996), 12쪽.

몽테뉴가 그의 <수상록>의 [서문]에서 '내가 묘사한 것은 내 자신'이라 전제하고 '내 자신을 통째로 적나라하게 그렸으리라는 것을 장담한다'고 한 말은 주관적 개성으로서의 전자를 중시한 것이다. 그리고 인식이나 행위대상이나 목표가 되는 것, 그래서 인식이 지향하는 대상으로서의 인식 내용이나 인식 대상은 후자와 결부된다. 전자가 '나'의 세계라면, 후자는 '너'의 세계라고 할 수 있다. '나'의 세계란 인생관이나 특수한 순간의 감상, 그렇게 되는 그 자신을 직접 독자에게 보여 주는 '자기의 심적 裸像'(이태준, <문장강화>에서)이요, '너'의 세계란 수필적 소재를 객관화함으로써 예지로 분석하되 인생의 실생활과 관계지으면서 보편적 진리를 펼치는 수필적인 작업6)이다.

1) 노모는
"즈이 애가 일진이 나빴지유 뭐…"
라고 말하는데, 집안의 형쯤 돼 보이는 이는
"아, 나두 얼마 전에 오토바이를 타고 가는디 뻐스가 받았지유. 갈비뼈가 석 대나 부러졌는디 보험회사에서 다 보상하데유. 기왕 그런 거 마음이나 편히 먹어야지유 뭐…"
라고만 했다.
일진 탓으로 돌리고 마는 노모나, 기왕의 일이니 마음이나 편하게 가져야 한다는 형이 되는 자의 말에서는 내가 잊고 살던 진한 흙 냄새가 났다. 물씬하게 풍겨나오는 인정들이 참으로 은근하고 아름답기가 그지 없었다.
햇볕에 까맣게 그을린 얼굴로 수없이 고랑이 진 주름살을 보면 가난에 시달린 모습이 역력했지만 마음만은 어찌 그렇게도 넉넉하던지? '비벼댈 언덕이 없으면 만들어서라도 비빈다'는 고약한 세

---

6) 장백일, 현대수필문학론 (서울: 집문당, 1994), 140-141쪽.

태이다만 그들에게서는 욕심이 나서 비벼댈 악의 그림자 같은 것
은 전혀 보이질 아니 했었다.
　나는 흙과 더불어 사는 그들을 통해서 인간들의 추악한 다툼은
물질이 모자라서가 아니라 마음이 빈곤한 탓임을 알았고 진정한
삶이 어떤 것인가를 다시 생각하게 되었다.
　이즈음은 더욱 더, 마음이 하늘을 닮은 '사람다운 사람'들이 그리
워지는 세상이다.
　　　　　　—— 조효현, [마음이 하늘을 닮은 사람들]에서[7]

2) 버리고 비우는 일은 결코 소극적인 삶이 아니라 지혜로운 삶의
　모습이다. 버리고 비우지 않고는 새것이 들어설 수 없다. 그러므로
　차지하고 채우는 것은 어떤 의미에서 침체되고 묵은 과거의 늪에
　갇히는 것이나 다름이 없고, 차지하고 채웠다가도 한 생각 돌이켜
　미련없이 선뜻 버리고 비우는 것은 새로운 삶으로 열리는 통로다.
　만약 나뭇가지에 묵은 잎이 달린 채 언제까지나 떨어지지 않고
　있다면 계절이 와도 새잎은 돋아나지 못할 것이다. 새잎이 돋아나
　지 못하면 그 나무는 이미 성장이 중단되었거나 머지않아 시들어
　버릴 병든 나무일 것이다. 소나무 향나무 대나무와 같은 상록수도
　눈여겨 살펴보면 계절이 바뀔 때마다 묵은 잎을 떨구고 새잎을 펼
　쳐낸다. 늘 푸르게 보이는 것은 그 교체가 낙엽수처럼 일시적이
　아니고 점진적이기 때문이다.
　잎이 말끔히 져버린 후박나무와 은행나무는 그 빈 자리에 내년에
　틔울 싹을 벌써부터 마련하고 있다. 이런 현상이 바로 생태계의
　자연스런 리듬일 것이다. 이런 리듬이 없으면 삶은 지루하고 무료
　하고 무의미해진다. 이래서 자연은 우리에게 위대한 교사다.
　　　　　　—— 법정, [버리고 떠나기]에서[8]

---

7) 조효현, 풍류여정 (서울: 한누리 미디어, 1996), 29-30쪽.
8) 법정, 버리고 떠나기 (서울: 샘터, 1993), 244쪽.

  1)은 조효현이 퇴근길에 교통사고를 일으키고 나서의 체험을 바탕으로 한 글이며, 2)는 法頂이 자연의 흐름을 보고서 버리고 비우는 삶의 가치를 역설한 글이다. 1)은 순전히 신변잡기적인 체험을 바탕으로 한 것이며, 2)는 자연과 현실을 보고 인식한 가운데서 얻어진 것이다. 1)을 통해서는 독자 주위에 있는 아름다움을 떠올리게 되고, 2)를 통해서는 불교의 空사상과 함께 모든 것이 변한다는 諸行無常의 원리를 인식하게 된다. 이와 같이 체험은 경험이나 인식을 바탕으로 해서 '나'를 고백하고 인간답게 사는 길을 모색게 하는 진실이 있다. 수필은 '나'에 의해 구성되고 문장화되어지며, 체험을 바탕으로 해서 '참(眞)'을 사랑하게 한다.

2. 實感遊離와 實感補修

  글쓴이가 체험을 그냥 표현하면 남을 이해시키기가 어렵다. 글쓴이 자신의 입장에서 보면 자신이 직접 체험한 사건이기 때문에 이해가 가겠지만, 그 체험을 직접 확인하지 못한 독자의 편에서 보면 실감이 나지 않기 때문이다. 초심자가 겪기 쉬운 시행착오 가운데 하나는 독자가 잘 알 것이라고 생각하고서 자신의 체험을 그대로 표현하는 경우이다. 그래서 초심자가 어떤 상황하에서 안타까운 일을 겪었다면 '매우 안타까운 일이었다'면서 직접적으로 토로해 버리는 경우가 많이 있다. 그러나 그것은 초심자의 입장에서는 그 상황을 직접 체험했기 때문에 그런 심정을 실감있게 받아들였을지 몰라도, 그런 상황을 겪지 못한 독자의 입장에서는 그러하지 못할 수도 있다. 그래서 글쓴이는 자신이 겪은 상황을 독자의 입장에서 객관화시켜 표현할 필요가 있다. 이와 같이 자신이 겪은 감정을 저 만치 떼어놓고 객관화시켜 바라볼 때 이를 實感遊離라 한다. 이 말은 직정과 대응되는 말로서 실제적 정서 체험과 거리를 유지한다는 뜻이다. 달리 풀이하면 느꼈던 것을 그대로 형상화하는 것이 아니라 일단 이를 멀리 떼어놓고 객관화한다는 뜻이다. 그리하여 실제로 체험했던 정서를 수정하고 보완하여 새로운 정서로 환기시킨다는 뜻으로 해석할 수 있다. 말하자면 정서의 직접적 체험을 뒤돌아봄으로써 환기시키고 직접 체험을 여과·순화·미화시켜 새로운 정서로 이끌어 낸다는 뜻9)과 통한다. 實感遊離시킨 체험은 다시 독자가 감각적으로 느낄 수 있도록 이미지화 할 필요가 있는 데 이를 가리켜 實感補修라 한다. 이는 어떤 형상이나 사건을 독자가 직접 인지하고 감각화 할 수 있도록 하는 것을 말한다.

　　나와 동갑인 사촌과 함께 신비롭고 존엄하게만 느끼던 삼촌의 글방엘 들어가게 되었다. 마침 삼촌께서는 외출중이라서 빈 방이 있다. 붓글씨를 쓰시다가 나가신 듯 먹물이 고인 벼루와 붓대는 물기가 홍건했다. 나와 사촌은 그 붓을 가지고 옆에 서 있는 병풍에 난초를 그렸고, 족보가 놓인 오동나무로 만든 백년이나 됨직한 퀘퀘묵은 누런 古態를 깨끗이 페파로 밀어 놓았다. 그런 후 우리는 삼촌의 방을 나왔다. 자랑스런 일을 하듯이. 그러나 저녁상을 눈 앞에 둔 나에게 삼촌께서 달려오시고, 불호령이 떨어졌다. 英祖 大王行馬圖 란 가보 병풍이 쓰지 못하게 됐고, 100년이나 족히 되는 연상이 새 것처럼 돼 조상의 체취가 사라졌다고 발을 동동 구르셨다. 삼촌의 말씀을 듣고서, 기름 때가 쫄쫄 흐르던 硯床이 햇볕 속에서 유난히 반짝거리는 그 때의 그 모습을 생각하니 이제사 큰 죄를 지은 것 같았다.

---

9) 박진환, 당신도 시인이 될 수 있다 (서울: 자유지성사, 1992), 35쪽.

　　그런 지 이십 년, 내가 옛 것을 위하고 아끼는 마음은 그날의
최대의 실수에서 배운 바 크다. 그러니까 삼촌은 간접적으로 나를
好故派로 만든 셈이었고 나는 삼촌댁의 병풍과 연상을 망친 것이
었다.
　　'자, 차가 식겠다. 어서 마셔, 그리고 눈길에 조심해서 가 봐.'
삼촌께서 재촉하셨다.
—— 이재인, [甲寺에서]에서[10]

　아들을 데리고 갑사를 여행하던 작가가 자신의 삼촌을 만나 옛
날 일을 회상하는 내용으로 이루어진 작품이다. 이 작품은 크게 두
개의 구조로 되어 있다. 하나는 아들과 갑사를 여행하며 나누는 대
화이고, 다른 하나는 내려오는 길에 삼촌을 만나고서 느끼는 회상
이다. 전자는 현대 사회에서 옛 문화가 왜 소중한가 하는 메시지가
담겨 있고, 후자는 작가를 '호고파'로 만든 사건이 중심을 이루고
있다. 작가의 체험을 이야기한 것이지만 實感補修된 형상화를 볼
수 있다. 가령 '조상의 체취가 사라졌다고 발을 동동 구르셨다'라
든지, '기름 때가 줄줄 흐르던 연상이 햇볕 속에서 유난히 반짝거
리는 그 때의 그 모습을 생각하니' 등의 표현은 독자로 하여금 실
감을 느끼게 한다. 이렇게 볼 때 작품의 형상화는 먼저 체험에 대
한 實感遊離의 단계를 거쳐 實感補修를 하는 가운데서 이루어진다
는 것을 알 수 있다.
　끝으로 未堂의 [冬天]을 소개하면서 글을 맺고자 한다.

　　내 마음 속 우리 님의 고운 눈썹을
　　즈믄 밤의 꿈으로 맑게 씻어서

---

10) 이재인, 당신에게 드리는 마음 (인천: 효진출판사, 1998), 72-73쪽.

하늘에다 옮기어 심어 놨더니
동지 섣달 나는 매서운 새가
그걸 알고 시늉하며 비끼어 가네.
　　　　—— 서정주, [冬天] 전문

　사람은 누구나 진실과 아름다움을 남기고 싶어한다. 그래서 사람
들은 임을 이상화시켜 놓고 거기에 자신의 이상을 투여한다. 그런
데 작가는 많은 사람이 우러러 보는 '하늘'에 아름다운 세계를 창
조해 보려 한다. 그리고 그 세계는 '매서운 새'라는 악한 무리가
비끼어 가는 힘을 지니고 있다. 우리도 현실에서 한 번 일탈해서
한 차원 승화된 아름다운 세계를 창조해 보면 어떨까.

한국 현대문학의 성찰과 비평
— 〈한국문학의 담론〉을 중심으로

張 伯 逸 (문학평론가, 국민대 명예교수)

I

비평은 작품에 대한 비평가의 진솔한 증언이다. 작품의 가치를 이론적이며 논리적·합리적인 평가로 입증한다. 이에 작품의 가치 판단을 방법론적으로 논술하는 비평론이기도 하다.

이 작업을 진행시킴에 선행으로 전개해야 할 작업은 "비평하는 일"이다. 비평 작업으로써 작가가 작품을 통해 무엇을 원하고 호소하며 그것의 문학적 가치가 무엇인가를 캔다. 그러기에 작가의 심리를 이해하려면 비평을 이해함이 첩경이다. 그 점에서 비평가는 심리학자의 기능을 갖는다. 나타난 작품에서 작가 심리의 번득임을 읽어낼 때 그는 참된 비평가다워진다.

이에 정신재의 비평을 이해한다면 우리는 단지 그의 비평의 특질을 이해할 뿐만 아니라 그 표현을 통해 작가들의 창작 심리를 이해하게도 된다. 그의 비평의 특질은 그것의 증언이기 때문이다. 이에 필자도 할 수만 있다면 그의 평론집 <한국문학의 담론>을 꿰뚫는 심리학자이고 싶다.

Ⅱ

　평론집 '책머리에' 밝히듯 그간 우리 비평은 이론 창작보다는 이론 수입에 급급해 왔다. 그래서 외래 이론의 틀에 끼워지면 좋은 작품이요 아니면 설익은 작품으로 소외당했다. 그 점에서 외래 유행에 따른 비평론 의존의 작품 재단이었음도 사실이다. 그로 인해 외래 비평의 식민지화를 초래했고 사대주의 문학관을 이식해 왔다. 그래서 외래 비평의 반추일 뿐 자기 혈육화(血肉化)는 아니었다.

　이에 비하면 정신재의 비평은 이론의 반추가 아니라 이론 섭취를 자기 혈육화의 새로운 자극으로 삼는다. 이론 섭취를 통해 나를 새롭게 일깨우는 자극제로 삼을 뿐 아니라 혈육화시킨 이론으로서의 우리 문학의 이해요 비평의 자기 정립이고자 한다. 즉 수입 이론의 노예화가 아니라 혈육화로부터의 비평의 창작이고자 한다. 즉 비평을 전개시킴에 여러 거울(이론)을 시용하되 정신분석학적 논리로써 재정리시킴이 비평의 특징을 이루면서 여타 비평과 또 다른 강점을 갖는다.

　평론집은 3부로 나뉜다. 제1부 「한국문학의 담론」, 제2부 「김동인 소설연구」, 제3부 「변용의 미학」이 그것이다. 제1부 「한국문학의 담론」은 <한국 현대시의 경계와 해체>부터 시작한다. 한국 현대시의 경계가 식민지 현실에 있었음을 제시하되 그것의 극복을 위해 20년대는 민족주의와 사회주의 논리(카프문학), 30년대는 모더니즘운동, 40년대 초의 암흑기를 거쳐 해방공간의 좌우익 논쟁, 6·25와 전후논쟁, 60년대의 순수와 참여논쟁, 70년대의 리얼리즘

논쟁, 80년대의 리얼리즘과 모더니즘논쟁, 90년대의 정신주의, 민중문학, 포스트모더니즘 등 삼분법의 비평론 등을 끌어들였다. 그로써 한국 현대시의 현주소를 살피되 그 과정에서 비중있는 업적은 90년대의 시 비평이다.

한국에서 민중문학은 7·80년대의 정치상황의 체재 비판을 통해 입지를 확보해 왔다. 그로부터의 민주화운동이다. 80년대에 민중시가 활기띨 수 있었음은 시의 이야기체 뿐만 아니라 민중문화와 함께 전개했기 때문이다. 그래서 기존의 미학을 외면하고 노동 현장의 생생함을 전달하는 한편 노래마당·굿판·연희 등으로 기존 장르를 뚫고 놀이나 웃음동반의 카니발 형식으로 발전시켰다.

웃음 동반의 카니발형식이란 기존의 가치관에 대한 반대와 제도·인습·권위로부터 해방된 삶을 즐긴다. 이에 비민중 문화와는 긴장과 갈등의 관계를 갖는다. 그래서 그로부터 해방되려는 야유와 비판의 해학정신이 자리잡게 된다. 그럼에 그 웃음 속에는 기존문화에 대한 파괴적인 요소를 지니는 한편 창조적이고 생성적인 요소도 갖는다. 그를 위한 민중문화이고자 했고 비민주화에 대한 폭로와 고발의 비판적 리얼리즘문학이고자 했음도 속성적 기능으로 갖기도 한다.

우리 민중문학과 민중문화는 90년대의 문민화가 정착되면서 변주는 불가피해졌다. 이에 민족문학의 근대성을 바탕으로 하는 리얼리즘과 모더니즘, 특히 모더니즘의 옹호파가 있는가 하면 민족문학 갱신파도 있다. 또한 민족문학의 견지에서 두 파의 폭넓은 절충을 주창하는 파도 있다. 이에 정신재는 '민중문학=민족문학'의 편파적 시각은 우리 문학을 사시적으로 이끈다고 전제하고 민족문학은 정신주의, 해체주의, 리얼리즘(민중문학)을 포괄적으로 수용해야 함을 의미있게 강조한다.

이에 민중시가 문민화의 얼굴로 달라지기 시작했음은 80년대 후반에서 90년대로 들어오면서부터이다. 그로부터 두드러지게 나타난 현상은 정신주의와 해체주의이다. 그러나 정신주의를 내세운 비평가들의 주장은 전통 서정시의 시적 특성에서 별로 다르지 않았음을 보여준다. 그러나 오늘의 정신주의는 추상성을 면치 못하고 있음을 비판하되 김지하의 생명사상이 나오기까지에는 민중문학에 변용 과정이 있었음을 보여준다. 즉 민중문학적 측면에서의 정치적 사회적 현실에 대한 비판 대상이 약화되자 생명 사랑의 이상 공간으로 자리 바꿈하면서 그에 대한 응진력을 발휘했음도 본다. 그것이 김지하의 민중시로부터의 변용이다. 따라서 김지하 문학은 민중문학과 정신주의를 포괄하는 열린 사고로부터 생명사상에 대한 문학화로서의 형상화가 시급한 작업임을 역설한다. 바로 이로부터 민중문학이 변용할 수밖에 없는 근거 제시의 이유를 듣게 된다.

다음은 해체주의 시의 과제이다. 이에 대한 정신재의 주목할만한 비평은 이승훈의 해체시론 비평이다. 이승훈은 기존의 전통시는 구닥다리 문학, 점잖은 문학, 재미없는 문학으로 일축한다. 그래서 한물간 문학에 대한 비판적 글쓰기를 시도한다. 즉 우리 문학의 인습적 가치에 대한 해체를 시도한다. 그 해체론은 데리다의 해체주의의 영향을 받아 이성중심주의를 배격한다. 이성중심주의는 편견을 드러내 인식론적 허위를 보여준다고 여긴다. 그래서 그는 비판적 입장에서 대상을 없애고 주체를 소멸시킨다. 그러면 남는 것은 언어 뿐이다. 주체가 있음이 아니라 시가 있고 언어가 있을 뿐이다. 시가 나를 생산하고 나는 시와 언어 속에 존재할 뿐이다.

이에 정신재는 "해체는 목적이 인간 구원과 소외된 주변부에 대한 관심을 목표로 한다"고 전제하고 "인간 구제나 이상사회를 지향하는 해체여야 하되 자기 파괴적인 요소가 주가 되는 해체가 되어서는 곤란하다"고 이승훈의 해체시론에 침을 놓는다.

끝으로 21세기에 지향해야 할 바의 우리시의 방향을 제시한다. 즉 "지금까지 우리 비평은 이분법 내지 삼분법으로 경계를 그어 왔다"고 전제하고 "통시적으로 20세기는 식민지와 분단 현실이었으며 남한과 북한 또는 남한·북한·해외동포라는 이분법 내지 삼분법의 역사적 상황에 기인"해 왔다고 지적한다. 이제 21세기의 우리 비평은 이런 부정적 경계를 박차고 세계문학과 민족문학에 뿌리하되 우리의 통일문학이 생성되기를 기대한다. 이는 우리 민족의 지상 과제이다.

다음은 <리얼리즘의 담론>을 통한 김동인의 소설관 비평이다. 리얼리즘은 19세기 실증 철학을 뿌리로 한다. 사실과 체험과 실험의 과학법칙을 거친 것만이 확실한 진리라고 믿는다. 그래서 실증 철학의 영향은 의학에서 베르나르의 <실험의학 서설>, 생물학에서 다윈의 <진화론>, 문학에서 테느의 환경절정론(인종·환경·시대)을 낳았다. 그리고 실증적 인식을 통해 미래를 예측한다.

기법상 리얼리즘은 객관성을 취한다. 현실사건에 집중하되 비개성적이고 객관적으로 제시한다. 윤리와 도덕에 얽매이지 않는다. 중류계층과 하류계층을 즐겨 다루되 가난과 범죄와 성욕 등 삶의 암흑면과 암담면을 사실적으로 파헤친다. 그래서 비전통적인 플롯을 창안한다.

리얼리즘은 서구 리얼리즘과 러시아 리얼리즘으로 구분된다. 러시아 리얼리즘은 다시 비판적 리얼리즘과 사회주의 리얼리즘으로 구분된다. 전자는 서구 리얼리즘의 바탕이 되는 자본주의에 대한

모순 비판이라면 후자는 유물론적 창작방법을 문학적 수단으로 삼
는다. 이에 비판적 리얼리즘 작가들은 인간 소외와 대립 등을 예술
로 담으면서 자본주의의 부패상을 폭로하고 고발했다. 나아가 사회
정의의 구현을 도모하고자 했다.

한국에서의 리얼리즘은 실학사상과 서민의식을 계기로 하여 현
실 인식의 기반을 형성하기 시작하면서부터이다. 그러나 그 구체적
인 논의는 김동인이 춘원문학의 계몽성을 비판하면서이다. 1919년
『創造』를 통해 민족의 현실인식의 필요에서 거론되기 시작했다. 이
러한 문예사조론적인 해석과 이해의 근거하에서 정신재는 김동인
소설과 리얼리즘의 관계를 추구하고 추적한다.

김동인은 소설을 통해 일제 부정의 현실을 고발하되 휴머니즘을
되찾기 위한 개혁의 수단으로도 여겼다. 이를 위해 러시아 리얼리
즘이나 서구 자연주의의 요소를 반영했다. 또한 가난 문제를 소설
의 제재로 삼았음도 리얼리즘과 관련이 깊다. 김동인은 가난을 계
급투쟁의 수단으로서가 아니라 가난 때문에 몰락해 가는 인간의
실상을 리얼리즘의 문학화로 추구했다.

이상에서 정신재는 김동인이 계몽주의적 춘원문학을 비판하면서
"인생 제시"의 리얼리즘적 문학관을 정립시켰음을 증언한다. 그러
면서 앞으로 김동인 소설의 리얼리즘은 작중인물의 심리분석과 함
께 체계화돼져야 한다고 의미있는 지침을 밝힌다.

다음은 「시간의 담론」에 대해서이다. 즉 시간형상학적 접근을 통
한 김동인 소설의 이해이다. 정신재는 소설에서의 시간은 하나의
테마나 어떤 성취를 위한 조건이면서 소설의 주제가 되며 사건을
성취시키는 힘(한스 마이어호프說)이라고 여긴다. 이의 대전제하에
서 시간적 계기를 통해 진행해 가는 작중인물의 행동이 작가의 개

성과 기법에 따라 여러 형태로 배열될 수 있다. 그래서 모든 소설은 시간체계를 갖고 있으며 여러 時間價의 복합체로 이루어져 있다는 견해(A.A. 멘딜로우)를 수긍한다. 이의 이해로부터 김동인의 소설에 나타난 표면적 현재의 인물들을 추구해 간다.

세상사는 현재의 시점에서 일어난다. 그것이 포면적 현재이다. 즉 세상사는 현재의 경험이요 이념이며 그 산물이다. 그래서 과거는 현재속의 기억 경험으로써 어제의 오늘이요, 미래는 현재속의 기대요 예상으로써 내일의 오늘이다. 따라서 인간의 기억과 경험은 연상이나 의식의 흐름을 표면적 현재속에서 새로은 질서를 형성한다. 그 점에서 기억과 연상은 자아 형성의 중요한 요소이다.

이에 정신재는 김동인의 「광염 소나타」, 「아라삿 버들」, 「광화사」 등을 표면적 현재를 수놓은 작품으로 증언한다. 이는 그의 비평관의 새로운 시각이요 시도이다. 아울러 그는 이들 작품이 보여준 표현 기법상에서의 後辭法(추상)과 豫辭法의 표현 기술을 대변해 준다. 이 또한 작품 해석과 이해를 위한 길잡이의 역할을 더해 준다. 즉 김동인 소설에서 시간이 작품구성이나 인물의 심리표현에 어떻게 작용하고 있는가를 구체적으로 보여준 비평이라는 점에서 그 의의를 더해 준다.

다음은 <순진의 아이러니>로서 이재인 소설의 비평이다. 자크 라캉의 욕망 이론을 참고하되 이재인 소설이 갖는 역사와 욕망을 추구해 간다. 그 속에 순진의 아니러니가 가장 돋보이고 있음을 캔다. 그 주인공들은 자기 분수를 떠나 허풍을 떨기도 하고 허풍선이의 외세에 눌리기도 하면서 엉뚱한 짓을 곧잘 한다. 또한 약삭빠른 사람들에 의해 자신의 거짓이 폭로되기도 하고 그로부터 수모를 당하기도 한다. 그러면서 웃음으로써 자신을 관조하기도 하고 세상을 달관하기도 한다. 개인을 보다 깨끗한 차원으로 승화시키는가 하면 악의에 찬 사람들을 순화시키고 정화시키기도 한다. 또 그 주인공들은 문학적인 취향에 젖어 있어 웃음 밑바닥에 깔려 있는 휴머니티를 드러냄으로써 인간성을 옹호하고 구제하는 인간학이고자 한다.

이를 전제한다면 이재인의 소설은 90년대의 도시적 메카니즘 속에서 순진의 아니러니의 인간상을 창조했다는 점에서 타소설과는 또 다른 의의가 있음을 제시해 준다. 그 점에서 순진의 아니러니는 희극미로 발전하기도 하고 부조리의 인간성을 개조하는데 쓰이기도 한다. 그러면서 있는 자의 교만과 권력을 미워하되 주어진 일상의 시간에서 과연 무엇이 행복인가를 깨닫게도 한다.

이어 제2부인 「김동인 소설 연구」는 김동인의 창작 태도와 작품과의 상관성을 정신분석학적(분석심리학적) 이론으로 꿰뚫었다는 점에서 괄목할만한 업적을 보여 준다. 이 방면의 연구에 있어 또 하나의 이론의 지침을 제시했다는 점에서도 그 노고는 인정된다.

그동안 한국에서의 비평 작업은 대부분 "역사 전기적 비평"이나 "사회 문화적 비평"이 고작이었다. 그 때문에 비평 방법을 일방적으로 저해시켜 왔음도 사실이다. 즉 작품은 시대의 반영이라는 측면에서 오늘의 역사선상의 산물로만 취급해 왔음도 부인할 수 없다. 그러나 작품은 시대의 객관적 의미체로서의 산물만도 아니다. 작가의 창작 태도에 의한 마음의 표현임도 인정해야 한다. 그간 이 방면의 정신분석학적 비평은 가뭄에 콩나듯 미흡했다. 그 점에서 정신재가 보여준 김동인의 창작 태도와 작품의 상관성은 이 분야의 처녀지를 개간해 주었다 해도 과언이 아니다.

정신재는 김동인의 일련의 작품을 전신분석학적 측면, 곧 분석심리학적 측면에서 해석하고 이해한다. 그 해석과 이해의 무기는 무의식, 리비도, 페르조나, 그림자현상, 아이러니, 아름다움에 대한 몽상, 콤플렉스, 카인 콤플렉스, 오이디푸스 콤플렉스, 프르메테우스 콤플렉스, 고착심리, 아니마, 아니무스 등으로써 작중인물들의 심리현상을 꿰뚫어 간다. 그로써 작가의 창작 태도와 작품과의 상관성을 정심분석학적 이해로 추구하고 추적했다는 점에서 그의 비평은 더욱 돋보여진다. 그 구체적인 작품 분석의 실례는 제2부의 본문 내용에서 사실적으로 접하게 될 것이다.

이상에서 살핀 바를 대전제로 할 때 김동인은 위의 갖가지 심리현상, 그중에서도 그림자현상과 콤플렉스 등의 심리현상을 작품 구성에서 매우 적절하게 차용했음을 입증해 준다. 이에 김동인 소설의 본질을 보다 정확하게 꿰뚫으려면 정신분석학적인 해석과 이해가 선행돼져야 함을 촉구시킨다. 이는 인간 심리를 꿰뚫음에 있어 보다 구체적이고 합리적인 방법이라는 점에서 더욱 그러하다. 그 점에서 이 비평이 보여준 의미와 의의는 크다 아니할 수 없다.

제3부는 「변용의 미학」으로 특징지워진다. 즉 작가의 사명과 창작의 가치는 변용의 미학에 있음을 증언해 준다. 변용의 미학이란 곧 창작미학이다. 창작이란 현실의 삶을 "새로운 모습"으로 변용시키는 작업이요 그로 빚어진 세계이다. 새로운 모습이란 알레고리·상징·비유·풍자·아이러니 등을 통해 새 옷으로 갈아 입은 모습이지만 그 중에서도 가장 중요한 심리 작업은 "實感의 遊離" 작업이요 "實感의 補修" 작업이다.

문학은 정서로부터 시작된다. 그 정서는 미적 정서이다. 미적 정서가 되려면 심리적 과정을 거쳐야 한다. 이를 미적 경로라 한다. 감정이나 정서가 미적 정서로 되려면 미적 경로를 밟아야 한다. 미적 경로없이는 결코 훌륭한 예술은 될 수 없다. 미적 경로는 두 심리적 특색, 곧 위에서 말한 실감의 유리와 실감의 보수를 갖는다. 실감의 유리란 경험 당시의 실감이 아니라 거기서 일당 떠난 추억과 회상의 실감이요 illusion으로서의 정서를 뜻한다. 또한 실감의 보수란 체험된 감정을 수정 정리해서 미적 정서가 되도록 함이다. 따라서 미적 정서는 生體驗 그대로의 정서가 아니라 예술가에 의해 취사 선택되고 순화되고 정화되고 미화된 정서이다. 문학은 이런 미적 정서를 본질적으로 가춰야 한다. 그점에서 예술은 실감의 유리와 실감의 보수로 빚어진 산물이기도 하다..

이에 정신재는 실감의 유리와 실감의 보수라는 변용의 미학으로부터 오늘의 문학을 관조하고 비판한다. 그로부터 20세기 문학의 제재를 자성하되 기계문명 속에서의 인간성 회복을 위한 갈망과 옹호와 구제를 문학화의 새로운 변용세계로 촉구한다. 또한 그로부터 한국 현대시가 걸어온 발자취를 추적하면서 앞으로 있어야할 미래 지향의 시를 나름대로 시사해 보기도 한다.

이를 위한 [시인의 역할]항에서는 오늘날 한국문단(시단)이 설어가고 있는 모순과 비리를 그의 비평의식으로 예리하게 꼬집는다. 그러면서 [체험과 실감의 유리]항에서 작품의 형상화는 먼저 체험에 대한 실감의 유리 단계를 거쳐 실감의 보수를 빚는 가운데서 이루어짐을 서정주의 시 [冬天]의 형성과정을 통해 증언한다.

다음은 수필창작 방법론의 제시이다. 여기서의 괄목할만한 시사는 수필 재료로서의 "설화"와 "콤플렉스" 제시이다. 수필은 통찰과 달관과 사고가 인격화된 자조문학으로서의 자유로운 마음의 산책이다. 그래서 설화는 오늘의 삶을 과거의 삶과 대비시켜 관조하고 달관함으로써 그로부터 새로운 해석과 이해에의 삶의 지혜를 터득하게 된다. 수필의 묘미가 바로 여기에 있어서이다.

또한 수필은 "나와 콤플렉스"의 심리가 반영되는 글이면서 지성을 바탕으로 하는 정서적 신비적 이미지의 미학을 내포하는 인간학이기도 하다. 그 경지에서 인생을 성찰하고 관조하며 사색하는 글이다. 그 점에서 자신의 심성을 자각하고 자성하는 작업도 필요하다. 뿐만 아니라 남의 심성을 통찰하는 지혜도 있어야 한다. 수필은 체험과 관조의 심성을 반영하는 글이기 때문이다. 그래서 정신재는 프로메테 콤플렉스, 앙페도클 콤플렉스, 노바리스 콤플렉스, 호프만 콤플렉스, 오이디푸스 콤플렉스 등을 또 하나의 수필 재료로써 제시한다. 이를 보다 구체적으로 이해시킴에 김동인의 작품으로써 실례를 대신한다. 정신분석학적 이해로부터의 수필의 응용이요 작법의 제시이다.

Ⅲ

이상에서 정신재의 비평세계를 정리한 평론집 <한국문학의 담론>을 살폈다. 이를 통해 비평가가 무엇을 구하고 호소하는가를 들었다. 그가 구하고자 한 바는 외래 이론의 틀에 맞춘 우리 문학의 짜깁기식의 해석과 이해가 아니라 그 외래 이론의 혈육화로부터의 우리 문학의 바른 해석이요 이해이기를 바란다. 그로부터 호소한 바는 그 바른 해석과 이해로부터의 우리 문학의 세계화이다. 이를 촉구하는 평론집으로 집약돼진다.

이를 위해 정신재는 현대 비평의 다양한 이론을 섭렵했고 그로부터 우리가 본래의 우리로 다시 돌아와 우리 길을 우리 자신의 힘으로 개척하며 걸어갈 때 그 문학의 길은 세계성을 띠면서 천하의 공로로 통하게 됨을 깨우친다. 또한 우리의 창조적 문학 건설은 동시에 세계문학 건설에 참여하는 소이가 됨을 이 평론집은 시사해 준다. 그러면서 우리 문학의 궁극적 과제가 바로 여기에 있음을 일깨운다. 이 점에서 본 평론집은 우리 문학을 정신분석학의 해석과 이해로 읽어낸 또 하나의 지침서라는 점에서 그 의의는 더욱 깊다.

문학평론가 정신재에 대하여

전 기 철(문학평론가)

1

필자가 정신재의 문학평론을 애기한다는 것은 아마도 힘들 것이다. 정신재의 문학평론이 한국 문단에서는 거의 활용되지 못하고 있는 심리주의에 닿아 있어서 거론하기가 어렵기 때문이다. 그동안 서정주와 김동인의 정신 구조를 정신분석이나 원형 심리학을 통해 분석한 정신재는 한국문단에서는 보기 드물게 문학을 심리학적으로 분석한 거의 유일한 평론가라고 해도 과언이 아닐 것이다. 그는 25세 전후의 젊은 나이에 어려운 심리학에 관심을 가진 이후 지금까지 심리주의 비평에 줄곧 매달리고 있다. 그가 읽은 이론 서적은 프로이드에서부터 융, 프라이, 훗설 등에 이른다. 아마도 그의 뚝심이 충분이 발휘된 덕택인 듯하다.

그렇다면 그는 왜 심리주의 비평에 매달릴까. 아마도 그것은 그의 인생 역정과도 관련된 것이다. 그는 어린 시절 유복한 교육자의 가정에서 자랐다. 그러나 교장 선생님이셨던 아버님이 세파를 견디지 못하고 사기로 재산을 모두 날린 뒤 힘들게 살아오면서 어린 시절의 자존심과 고향에의 그리움 때문이 아니었을까. 그의 어떤

수필에 보면 어린 시절에의 향수가 유달리 나타나고 있는 것을 볼
수 있다. 이것이 심리학에서의 원형 찾기나 유아기의 체험을 바탕
으로 한 인간 검증으로 그를 몰고 간 것이 아닐까.

뿐만 아니라, 그는 한 때 신학대학원에도 다닌 적이 있다. 이는
그가 어린 시절부터 부모님으로부터 물려받은 신앙심의 영향이 아
니었나 싶다. 정신재의 어머님은 독실한 기독교 신자로 그에게 많
은 영향을 준 분이다. 막내 아들인 정신재에 대한 안타까움에서 온
것일 수도 있는 어머님의 애정은 그에게 깊은 신앙적 영향으로 다
가왔다. 그리하여 극한적인 상황에 처해 있었던 대학 졸업 이후에
신학대학원으로 진출할 생각을 갖게 된 것이리라.

정신재는 진실하다. 속세에 잘 어울리지 못할 정도로 진실하다.
그의 체구는 건장하여 남성적 이미지를 풍기지만, 그의 안경과 물
렁한 살뿐만 아니라 유순한 마음을 대하면 그가 얼마나 여리며 문
학적인지를 잘 알 수 있다. 이 상반됨, 이것이 정신재의 갈등이고,
그가 문학과 현실 사이에서 느끼게 했던 것이며, 신학보다 신앙에
중심을 두었던 것이리라. 그러므로 그는 문학적 상상력과 함께 성
실성을 동시에 소유할 수 있었다. 그는 문학 이론을 본질적으로 공
부한 10 년여 동안 7 권의 전문 서적을 냈다. 이것은 쉬운 일이 아
니다. 그를 버티게 하는 것은 이러한 그의 성실성 때문이라고 해도
과언이 아니다. 그는 문학에 대한 욕심 이외에는 거의 욕심이 없다
고 해도 과언이 아니다. 그의 성격은 시원시원하고 막힘이 없다.
그러나 그의 학문에 대한 욕심은 심오하다.

2

　정신재의 문학평론은 그가 만난 몇 사람과 관련이 있다. 한 사람은 조연현이며, 다른 한 사람은 장백일이다. 조연현은 동국대학의 스승으로서 그의 석사과정 지도교수이기도 했다. 조연현은 그가 ≪현대문학≫에 문학평론가로 1회 추천을 받을 수 있도록 해줬으며, 그를 통해서 문학평론의 길을 갔다고 할 수 있다. 정신재는 조연현과의 만남을 행복하게 생각했다. 그 만남에 대하여 그는 남다른 의의를 두고 있었다. 그러나 조연현은 정신재의 등단 2년째가 되는 해에 그의 곁을 떠났다. 이 때부터 정신재의 문학적 역정은 비틀리고 만다. 문학에 대한 연구를 계속할 것인가 말 것인가를 고민하여 한참 동안을 문학에서 떠나 있게 된 시기가 이 때이다. 그만큼 그에게 있어서 조연현은 큰 존재였다. 그가 해 보고 싶었던 희곡사 연구를 그만두고 죽음이라든가 원초적 고향에 대한 연구에 몰두한 것도 조연현의 죽음을 맞는 제자의 충격 때문이었다. 이 시기부터 그는 기댈 사람이 없었으며, 그는 문학의 스승을 잃었다는 좌절감에 빠져 방황하게 된다. 그의 방황은 꽤 오래 지속되었다. 그는 그 사이에 일상 생활과 신앙에 빠진다. 이 시기에 나온 저서가 ≪구조주의 문학론≫이다. 그리고 이후 그가 순수문학에 매달린 것도 조연현과의 만남으로부터 연유한다고 할 수 있다.

　다음으로 장백일과의 만남은 그에게 새로운 전기였다. 장백일은 따뜻한 사람이다. 그 장백일의 따뜻한 가슴에 정신재는 편안함을 느꼈다. 그리하여 다시 문학을 할 수 있으리라 생각하며 정신재는 장백일의 문하에 들어간다. 그 후 정신재는 본격적으로 분석심리학을 탐구하며, 문학평론에도 적극적인 활동을 한다. ≪시문학≫에

꾸준히 월평을 발표하고, ≪한국문학평론가협회≫ 사무국장을 지낸 시기도 이 때이며, 심리주의 비평을 원용하여 박사학위 논문을 제출한 시기도 이 때이다. 정신재는 스승 조연현을 잃은 아픔을 장백일과의 만남을 통해 해소한 후 새로운 가능성으로 나아간다. 이때부터 그의 문학적 전환기는 시작된다. 그는 게걸스럽게 글을 쓰고 발표하며, 자신의 문학론을 꾸준히 다듬었다. 많은 작가들과의 만남을 통해서 이뤄진 ≪한국중견작가연구≫나 ≪한국현역작가연구≫등이 이 때에 나왔다. 이 책들은 그가 불같이 문단활동을 한 최근 4~5년의 활동상을 적나라하게 보여주는 노작 모음집이다. 그는 문단에서 친분을 쌓고 자신의 문학적 경향을 집요하게 선보였다.

3

위 두 사람 이외에 그가 만난 두 사람이 있다. 김동인과 서정주가 그들이다. 위의 두 사람이 직접직으로 현실 속에서 만난 사람이라면, 김동인과 서정주는 관념적으로 책 속에서 만난 두 사람이다. 이 두 사람을 통해서 정신재는 자신의 이론을 다듬었으며, 이 두 사람을 통해서 자신의 인간적 내면을 표현하려고 했다. 이번에 낸 ≪한국문학 담론≫도 이 두 사람과의 만남을 선보인 것이라고 해도 과언이 아니다. 특히 김동인과의 만남은 그의 거의 모든 저서에서 보일 정도로 절대적이다.

그렇다면 그는 왜 서정주와 김동인을 자신의 이론을 적용할 수 있는 대상으로 꼽았을까. 무엇보다도 서정주는 생명의식으로서의 고향의 공간을 드러낸 시인이다. 그의 [화사]라든가 [귀촉도][신라

초] 등 거의 대부분의 시간은 원초적인 고향에의 그리움이나 원형을 담고 있다. 이에 정신재는 서정주의 이러한 원초적 귀향의식에 남다른 애정을 가졌으리라. 이런 서정주와의 만남으로 그는 문단에서 시 월평을 많이 쓰게 된다.

　다른 한편 김동인의 만남은 서정주와의 만남보다 더 중요하다. 이번 저서가 김동인 작가론이라고 해도 과언이 아닐 정도로 김동인의 심리 추적이 대부분을 차지하고 있지만 그는 이번 저서 이외에도 김동인에 매달려 있다. 이 저서를 보면 김동인의 창작과정에서부터 김동인의 심리 분석에 이르기까지 김동인의 작가론적 총체성이 드러난 논문이라고 할 수 있다. 방대한 자료 섭렵과 세밀한 추적을 통해서 그는 김동인의 참모습을 밝히려 하고 있다. 그는 박사학위에서도 김동인을 연구하였고, 이후 계속해서 김동인에 매달려 있다. 이는 그가 김동인의 생애와 작품 경향에 남다른 자의식을 느꼈기 때문이라 여겨진다. 다시 말하면 정신재는 김동인의 인생 역정과 문학적 경향에 대해 단순히 학문적 접근을 벗어나 인간적 애정을 느낀 듯하다. 그것을 필자가 김동인의 가정적 굴곡과 연결시키면 너무 비약일까. 김동인과 정신재는 그 기질이 아주 다르다. 그러나 그 주변 여건에 있어서는 아주 비슷하다고 할 수 있다. 그렇다면 정신재는 김동인을 통해서 자아를 투사하고 있는 것은 아닐까. 이 부분에 대해서는 보다 면밀한 검토를 필요로 한다.

4

　정신재의 평론은 한 마디로 문학적 순수와 고향의식이라고 할 수 있다. 이러한 경향은 한국문단에서 1950년대 이후 많이 후퇴하고 있는 듯이 보인다. 그러나 누군가가 이 부분에 대해서 대변해 주고 정리해 주지 않으면 안 된다고 할 때, 그 한 축을 이루고 있는 경우가 심리주의를 중심으로 한 정신재의 평론이라고 할 수 있다.

그러나 정신재는 자신의 심리주의를 너무 편협하게 이해하고 있는지 않나 고민해 볼 단계에 왔다고 본다. 심리주의가 우리 시대 작가나 시인들의 정신 현상에 대해 깊이 있는 이해에 도달할 수 있을 것인가에 대해서 말이다. 그가 최근에 읽는 라깡을 통해서 이러한 의식이 보다 확대되었으면 한다.

한국문학의 담론

인쇄일 초판 1쇄 1999년 02월 19일
        2쇄 2015년 08월 20일
발행일 초판 1쇄 1999년 02월 26일
        2쇄 2015년 08월 23일

지은이 정 신 재
발행인 정 찬 용
발행처 국학자료원
등록일 1987.12.21, 제17-270호

서울시 강동구 성내동 447-11 현영빌딩 2층
Tel : 442-4623~4 Fax : 442-4625
www. kookhak.co.kr
E- mail : kookhak2001@hanmail.net
가 격 10,000원

*저자와의 협의 하에 인지는 생략합니다.